思い出探偵

鏑木 蓮

PHP
文芸文庫

○本表紙デザイン＋ロゴ＝川上成夫

思い出探偵◉目次

思い出探偵

第一章

温かな文字を書く男

1

実相浩二郎《じつそうこうじろう》はふと窓の外を見やり、そのとき初めて事務所の看板電灯が点《つ》けっ放しであることに気づいた。パソコンの画面から逃げるように席を立ち、スイッチを切る。浮かび上がっていた「思い出探偵社」の文字が元の白いアクリル板に沈んだ。

時計を見ると午前五時前だった。依頼人が報告書を受け取りにくるのが九時の約束だから、まだ四時間の余裕がある。三時間で完成させて文字校正を八時に起きてくる妻に任せ、写真などの整理をつければコーヒーを味わう時間ぐらいはできるかもしれない。ただ三十分ほど前からうねりのように襲ってくる眠気を一掃《いっそう》できればの話だ。

浩二郎はキーボードが苦手だった。京都府警の刑事だった五年前までは、パソコンを必要最小限しか使用しなかった。もっぱら太めの万年筆を愛用し、達筆ではないが、読みやすい文字で評判は良かったのだ。

しかしこの仕事を始めて、曲がりなりにも報告書の編集という作業をするようになって、デジタル情報の簡便性を思い知った。効率を考えるとき、浩二郎自慢のペン文字原稿はお荷物になると痛感し、キーボードを叩《たた》くようになったのだった。

浩二郎は立ち上がったついでに、外の空気を吸いに表に出た。目の前には京都御苑《ぎょえん》が朝もやに煙《けぶ》り、すでに散歩をする老夫婦の姿もあった。

七月とはいえ、さすがにこの時間は、頰《ほお》をなでる風に忌《い》ま忌ましい熱気はなかった。

何度書いても「思い出探偵報告書」には骨を折る。対象は思い出であり、ひとやものではない。探偵内容に納得してもらえるか否《いな》かは、報告書のデキが左右し、すべて依頼人の心で決まるのだ。

報告書に納得してもらえないときは実費だけの請求になると、探偵依頼覚書に記していた。それは思い出をお金に換えることへの後ろめたさが、浩二郎につきまとっていたからだ。

浩二郎は、思い出を捜《さが》すなどということを仕事にするつもりはなかったし、また商売になるとも思っていなかった。

一人息子を亡くしたのをきっかけに、妻がアルコールに溺《おぼ》れていくのを事件捜査の忙しさにかまけ、まったく気づかなかったという理由で家庭崩壊の隘路《あいろ》にはまった。

そもそも、高一だった息子の死そのものが、普通ではなかった。冬の琵琶湖で溺死《できし》したのだ。

滋賀県警の捜査課は、夏のアルバイトで買った真新しいパソコンに打ち込まれた遺書めいた詩を発見し、自殺だと断定した。

ほとんど家にいなかった浩二郎にも、息子の浩志《こうし》が自ら命を絶つ人間ではないことを確信できる。ましてや母である三千代《みちよ》が、容易に自殺を事実として受け入れられるはずもなかった。

当然、浩二郎は滋賀県警の出した結論に疑問をもち、単独捜査をすることになる。そんな自由行動を警察組織が容認するはずもなく、上司との数え切れないほどの衝突の末、浩二郎は辞表を提出することになったのだった。

時間はできた。息子の死の真相を解明することも、妻に寄り添って治療をすることにも、誰の制約も受けることはない。

これ以上悪化すれば、アルコール性肝炎《かんえん》から肝硬変《かんこうへん》、そして――。すでに幻視《げんし》を見て、幻聴《げんちょう》を聞き出し、人格も壊《こわ》れ始めていた妻が、無性《むしょう》に哀《あわ》れに思えたのだ。

妻は息子に関するもの、例えば母子手帳やアルバム、小学校時代の通知簿や教科書、卒業証書を眺め、息子のお気に入りだったCDをエンドレスで一日中聞き入っていた。浩志の死を受け入れたくない気持ちが、彼女を過去に連れて行ってしまうようだった。ただ思い出に没入して、いまの暮らしを否定する。

そうかと思うと酒を浴びるように飲んで、子供なんてはじめからいなかったのだと、浩志の部屋のドアに釘を打ちつけた。いわば思い出との格闘の末、妻の体は蝕《むしば》まれていったのだ。

少しでも長く側にいてやりたい。

浩志の事件を解決し、妻を支えるために、浩二郎は時間を使おうと決心したのである。

2

そんなある日、浩二郎は、思い出が人生にとって、いかに重要なものであるのかを思い知る出来事に遭遇《そうぐう》する。

いつものように妻をK大病院に連れていき、診察が済むまで初秋《しょしゅう》の日光に当たろうと思った。病院の玄関から東山《ひがしやま》通りに出るまで、広場のような贅沢《ぜいたく》なスペースが設けられていて、そこにあるベンチに腰を下ろせば、日光浴もできるし、妻の出てくるのも見えて好都合だ。

適当なベンチを見つけ、それに座ろうとしたとき、「ちょっと！　あんた」と叫ぶ声がした。

振り向いたが背後には誰もいない。

三十メートルほど向こうから、茶髪《ちゃぱつ》の若者がぶかぶかのTシャツをなびかせて駆けてきた。初老の婦人が若者の後ろにしゃがみ込んでいる。

引ったくりだと判断した浩二郎の体は、反射的に動いた。若者の正面ではなく、左側へ向かって駆け寄ると肩へ体当たりをした。

若者は避《よ》ける間もなく突き飛ばされ、バランスを崩して転倒した。

浩二郎は、若者が顔面を地面に打ちつける寸前で腕をつかみ、自分の体を反転させて頭部を守ってやった。相手に極力怪我《けが》をさせないことが逮捕術《たいほじゅつ》の原則だ。刑事を辞《や》めて数カ月の浩二郎の体に染《し》みついていた体術《たいじゅつ》だった。勝手がちがったのは、腕を取って身柄を確保したとしても、逮捕権がなかったことだ。

「ちくしょう！　返せばええんやろ。放せや、おっさん」と若者が吠《ほ》えたとき、警察に突き出す面倒《めんどう》が頭をかすめ、つかんだ腕の力をゆるめた。

若者は腕を払い、舌打ちをしてその場を走って逃げた。

浩二郎は苦笑して、若者が放り投げたバッグを拾い上げ、とぼとぼと歩いてくる婦人に手渡した。「奥さん、怪我ないですか」

「すみません。ほんとうに、ありがとうございます。助かりました。私、これがなくなったら……」女性は何度も礼を言いながら、頭を下げた。そしてバッグから、年季の入った革製と見られる財布《さいふ》を出して、手でさするとそれを仕舞《しま》った。

「中身を抜き取る時間はなかったが、一応確かめた方がいいですよ」

引ったくりの常習者は、手際《てぎわ》よく札だけを抜く。そんな輩《やから》に限って、バッグなどは早々に放り出すものだ。

「お金はいいんです、大して持ち歩きませんから。お財布が無事ならもうそれだけで」

「大切なものだったんですね」浩二郎はそう言ってから、余計なことを口走ったなと思った。くたびれて、ところどころ剝《は》げた革の財布にそれほど価値があるのか、という気持ちを含んだ言葉だったからだ。

「これ、息子が初めての給料で買ってくれたものですの。修繕しながら二十年も使っていますからね」浩二郎の気持ちを見透《みす》かしたように女性が言った。

「使い慣れたものが一番です」

「ああ、何かお礼をしなくちゃ」

「礼なんていりません。十分です、そのお気持ちだけで」

「いえ、このお財布がなくなったら、私は生きる気力も失っていたんです。お礼の申しようもないほど、感謝しておりますの」

浩二郎がいくら断っても、婦人は引き下がろうとしなかった。

仕方なく院内のシアトル系コーヒー店で、飲み物を御馳走《ごちそう》になることで、納得《なっとく》してもらうことにしたのだ。

3

浩二郎は、妻の診察室に行き、顔見知りになっていた女性看護師に自分の居場所を伝えて、コーヒー店に戻った。

婦人との共通の話題はない。病院で出会ったのだから、自然と病気の話にならざるを得なかった。

「私は見ての通り頑丈《がんじょう》にできています。妻が体調を崩しましてね。あなたは？」浩二郎は婦人に訊《き》いた。

「腰痛《ようつう》と腱鞘炎《けんしょうえん》、それにリウマチで。けど、私が倒れる訳にいかないものですから」

婦人には何か事情があって、それを吐露《とろ》したいという雰囲気《ふんいき》が伝わってきた。妻の診察と会計が終わるまで、まだ一時間ほどは待たされる。浩二郎は、これも多生《たしょう》の縁と、婦人の愚痴《ぐち》につき合おうと思った。

「それは大変ですね」

「ええ。さっき言いました息子が、寝たきりで、もう二十年になります」

「二十年ですか」思わず繰り返した。

慢性疾患《まんせいしっかん》でも、長くて半年で転院か退院を迫られると聞く。高齢者の療養型ならいざ知らず、婦人の年格好《としかっこう》から類推《るいすい》しても、息子の年齢は壮年期のはずだ。とすれば、相当な難病か、動かせないほどの重病と思われた。

「事故で頭を打ちましてね。意識が戻ってないんです」

彼女の息子は、事故の後遺症から、瞬《まばた》きと右手の指の他は動かないと言った。

「そうだったんですか」

「で、息子のために自宅を改築して在宅介護《かいご》ができるようにしたとたん、夫が急逝《きゅうせい》してしまったんです。もう十三回忌《き》を済ませましたけれど」

息子は、病院の都合でたらい回しにされたようだ。

結局、自宅で介護するしかなくなりリフォームした。婦人の腰痛や腱鞘炎は長年の介護疲れからだろう。

人生が思い通りにならないのは、自宅介護の環境が整ったとたん、夫はクモ膜《まく》下《か》出血で他界してしまうというアクシデントが起こるからだ。しかもそのとき、夫は四十八歳という若さだった。

息子が初めての給料で買ってくれた財布だから、それがいくら古びようと大切にしている気持ちが、浩二郎にも分かった。

「このお財布は……」婦人はバッグから、両手で包み込むようにして財布を取り出し、続けた。「初めての給料って言いましてもね、小さな印刷工場での見習い期間ということもあって、七万円ぐらいだったんです。滋賀で下宿をしておりましたから、さあ手元に残ったのは四万円ほどでしょうか」

その中から息子は二万円もする財布を母親に贈った。久しぶりに実家に帰ってきて、誇らしげに財布を手渡す息子の顔がいまも忘れられないのだと言った。婦人は持ったことのない高級革の財布の価格が気になり、包装紙に印刷された名前の店に同じものを見に出かけた。

息子が事故に遭《あ》ったのは、その一週間後、滋賀から実家の京都へ向かう国道をスクーターで走っていて、後ろからダンプカーに追突されたのだ。

「死ななかったのが不思議だと、警察の方はおっしゃいました。本当に、よく生きていてくれました」

浩二郎も事件、事故において、瀕死《ひんし》の状態で助かった例を知らない訳ではない。しかし二十年間看病に明け暮れた末に、生きていてくれたと目を細める人間に出会ったことはなかった。

「でも……一昨日あたりから息子の容態《ようだい》が芳《かんば》しくありません」婦人はぽつりとつぶやいた。

「そうですか。大変なときにいやな目に遭いましたね」ため息混じりに言った。

「このお財布を見ると、あの子の小学生の頃の怪我や中学に上がってからの家出、高校に進学して主人と大ゲンカしたこと、良いことより心配させられたことばかりが思い出されるんです。いろいろ乗り越えてきたんだなって。だからこのお財布をなくすと、あの子が遠くにいくようで……ずっと大切にしてきました」

婦人は元気だった頃の息子の思い出によって、辛《つら》い看病を凌《しの》いできた。朽《く》ちかけた財布は、元気だった息子を象徴するものであり、回復を祈る対象ともなっていたのだろう。

婦人のこれまでの苦労がいかに大きかったか、容易に想像できた。けれども彼女は、息子から贈られた財布を眺めては、それを慰めにして生きてきたのだ。

——思い出。

浩二郎の四十五年の人生を振り返っても、鮮烈《せんれつ》に記憶している思い出がいくつかある。人生の岐路《きろ》に立ったとき、ふと思い出しては反省をしたり、また癒《いや》されたりしてきた。ことに刑事の職を辞するとき、悩みに悩んでいた折に頭をよぎったのは、九年前に病死した元刑事の父との思い出だった。

京都の北の外れに実相家はあった。現在は兄、健一《けんいち》が住み、庭を改造して『無心館《むしんかん》』という剣道場を開いている。

洛北《らくほく》と呼ばれるこの地域の浩二郎たちが住んでいたところは、すぐそこまで山が迫っていた。山に分け入れば小川が流れ、アユやヤマメを捕獲する格好の遊び場だった。

冒険心が旺盛《おうせい》だった七歳の浩二郎は、肝試《きもだめ》しに禁止されていた夕刻の里山へと入っていった。真《しん》の暗闇の恐怖を知らない少年浩二郎は、方向感覚を失い森をさまようことになる。

地元の消防団に救出されたのは二日後だった。空腹は川の水で癒していたので、疲れてはいたが健康上の問題はなかった。一番の気がかりは、父の雷だった。とりあえず搬送された病院に父が駆けつけたとき、浩二郎は布団《ふとん》に潜《もぐ》り泣いて謝った。

よく怪我なく戻ったな。

父は布団越しに浩二郎を抱きしめた。そしてその後、夜の山に入ったことに一度も触れることはなかった。

この思い出と対《つい》となって、浩二郎の心に残る出来事があった。それは過去に父が捕らえた殺人犯が、うちにきたときのことだ。出所して最初に会いたい人間は父だと言ったらしく、わざわざ迎えに行って、家に連れてきた。

中学生だった浩二郎には、殺人犯を家に招くこと自体、自分たちの暮らしを危《あや》うくする無謀《むぼう》な行為に思えてならなかった。正直にいえば、人殺しは怖《こわ》かったし、前科者と蔑《さげす》んでもいたのだ。

そんな気持ちが態度に表れ、五十歳ぐらいの男が丁寧《ていねい》な挨拶《あいさつ》をしても浩二郎は無視した。

その瞬間、父は浩二郎の胸《むな》ぐらをつかむと頰を平手《ひらて》で叩いた。一発だったが、その痛みは未《いま》だに体が覚えている。

過《あやま》ちを犯した者の心が分かる、そんな人間になれ！

父はそう言って、ゆっくり胸ぐらの手をほどいた。

あのひとは、病《やまい》の痛さに耐えられず殺してほしいと懇願《こんがん》する寝たきりの母親に、涙をのんで枕を押しつけたのだ、と後になって母から聞いた。

怖くなって逃亡した男を捕まえた日、父は辛い仕事だったと、夜遅くまで竹刀《しない》を振り続けていたのだそうだ。

事情を知った後も、殴《なぐ》られたことの意味が理解できず、父を恨《うら》んでいた。頬の痛みと病院での布団越しの抱擁《ほうよう》を何度も思い出しているうち、目の前が開ける瞬間があった。

弱いものへの慈《いつく》しみだ。

自分の失敗を反省して泣く息子と、殺したくない母を手に掛け刑期を終えた犯人とに共通するのは、精神的に弱っている点だった。そんな人間に必要なのが優しさであることを、父は教えてくれた。

息子の浩志が死に、それが原因で妻が心身を病んでいる状況を見て、もし父が生きていたならどう言うだろうか。息子の死に疑問を持ち、組織を逸脱《いつだつ》してまでも真実を追究《ついきゅう》しようとする刑事に、何と声を掛けるだろうか。そんなことを考えていると、父の抱擁とビンタが浩二郎の頭をかすめた。

共に苦しんでやることが、慈しみではないか。

辞表を出すときの浩二郎の心境は、むしろ清々《すがすが》しかった。

婦人は別れ際も、何度も何度も礼を言い、お辞儀《じぎ》をしていた。

人間にはもの以上に、そのものが持つ思い出の方が大切なことがある。生きてきた足跡そのものが、生き甲斐《がい》となることもあるのだと、改めて思い知らされた。

刑事として人間の裏側ばかりを見てきた浩二郎にとっては、心が洗われるような気がした。

色がまだらの財布を後生大事に持ち、元気だった頃の息子の思い出に励《はげ》まされている婦人の姿は、思い出に関わるものやひと、そしてことを捜す手伝いをするのも意義があるかもしれないと考えるきっかけになった。

妻と二人で困っている他人のために時間を使い、ものを考え、行動する。ボランティアでいい、ひとの役に立っていると思うことができれば、未だに浩志の死を思い出に変えられない妻のリハビリにもなるのではないか。思い出探偵という仕事は、そんな気持ちで始めたのだった。

それが自宅に看板を掲《かか》げるとすぐに、地元メディアが取り上げてくれ、戦後を疾走《しっそう》し何かを置き忘れてきた世代を中心に依頼が増えだした。

無料での調査は、却《かえ》っていかがわしいとマスコミ関係者が言い出した。その一方で、依頼人の中には実費をはるかに超える探偵料を払おうとする者も現われた。それで、実費プラス報告書作成料を頂戴《ちょうだい》することにして、浩二郎は「思い出探偵」となった。

妻の回復を遅らせると考えた住まいを出て、元々税理士が自宅と事務所を兼ねていた物件を購入し、現在の場所で「思い出探偵社」を開業した。

思い出は時として、諸刃《もろは》の剣になることを浩二郎は痛感《つうかん》している。妻のようにその内へ閉じこもってしまうこともあれば、財布の婦人のように生きる糧《かて》となる場合もある。だが、人生は思い出の積み重ねでしかありえない。良きにつけ悪《あ》しきにつけ、そのひとが生きてきた証《あかし》なのだ。そこに喜怒哀楽《きどあいらく》のすべてがあって、人間らしさがある。それを見つけるのが思い出探偵の仕事ではなかろうか。

本気で他人の思い出と関わるのなら、ひとを慈しむ目が必要だ、という亡き父の声が聞こえてくる気がした。

思い出探偵の仕事を通じて浩二郎は、いつしか浩志の死を受け入れ、事務所の三階に保管している息子の持ち物を夫婦揃《そろ》って手にして、思い出に変えられる日がくると信じているのだった。

4

コーヒーのカフェインにも、どうやら耐性《たいせい》ができてきているようだ。長い時間、保温状態に放置されたブラックを飲んだが、眠気《ねむけ》は引かない。むしろ豆の挽《ひ》き立て、淹《い》れ立ての新鮮な香りの方が効《き》くのかもしれない。

そう思ってコーヒーメーカーを睨《にら》んでいると、玄関でバイクのエンジン音がして、停止した。

ありがたい。

事務兼調査員の一ノ瀬由美《いちのせゆみ》だ。バツイチの三十四歳、九歳になる女の子の母だが、75《ナナハン》0ccライダーなのだ。

由美は元看護師で、妻の通う病院で知り合った。姐御肌《あねごはだ》で、院内でも看護師の束《たば》ね役だったそうで、パワーハラスメントを繰り返していた医師と衝突《しょうとつ》して病院を辞めた。事務所立ち上げの手伝いをしてもらうだけのはずが、急増する依頼の対応に追われ、いまでは事務所になくてはならない存在だ。

「やっぱり、徹夜《てつや》しはったんですね。そんな気がして」

ヘルメットを小脇に抱《かか》えて、事務所に入るなり由美は、750ccを操《あやつ》る女性とは思えないやわらかな京言葉で言った。

「例によって七転八倒《しちてんばっとう》なんだ。由美君のコーヒーがないと、調子が出ないよ」

「へぇ、へぇ」と由美は返事をして、ヘルメットを自分のデスクの足元に置き、白と赤のライダースーツを着替えるために更衣室《こういしつ》へ入った。すぐにサーモンピンクのシャツにブラウンのスカート姿で出てきた彼女の体は、背が高くモデルのように引き締まっていた。

「あきませんよ、徹夜は。一度人間ドックに入ってもらわんと」

「いや、頑丈さだけが売りだから。人間ドックなんかの世話になると、その売りの部分に傷がつく」

「怖がったはるだけでしょう」

由美は台所で食器を洗うと、手際よくコーヒー豆をミルに入れ、スイッチを入れる。芳しい香りが事務所に漂い始めると、浩二郎は再び報告書に挑《いど》む気になった。

「どうしても時間がかかっちまうんだよな」浩二郎は、パソコン画面に向かってひとりごちた。

書き終えていたが、依頼人の気持ちに寄り添う言葉を捜すうち、推敲《すいこう》せざるを得なくなる。大概《たいがい》は時間軸で調査の進行を書き記していけば、報告書としての体《てい》は成す。しかし依頼人の気持ちを汲《く》んで、思い出に何を望むのかを考え、できうる限り、それに近づくような内容の報告書にしたかった。

例えば会いたいと思う人間にたどり着いたとしても、他界していたり、まったく失念されていることがよくある。そんなときは、再会できなかったことへの落胆《らくたん》を、別の幸福感で埋めるものに仕上げたかった。相手の人生の良かった点を強調し、幸せな一生だったことを伝える。

嘘はつけないが、事実だけでは傷つくこともある。作り事ではなく、真実をあぶり出すことが探偵の力量になる。そこが事件捜査や浮気調査とはまったくちがう点だ。

「由真《ゆま》ちゃんはいいの？」淹れ立てのコーヒーを運んできてくれた由美に、六時を指している時計を見ながら訊いた。由真は由美の一人娘だ。

「夏休みに入ったんで、母のところに」

「夏休みか。子供がいないと忘れるね」

「子供の頃はもっと長い休みが欲しいと思てましたけど、母親としては、はよ学校始まって欲しいですわ」

毎年由美は夏休みの間、娘を実家に預けていた。彼女の実家は京都市の郊外、大原の山間《やまあい》にあって、自然が豊富で気温も低く、子供には快適な環境なのだろう。

「三千代さんが降りてきはるまで間がありますから、校正しましょか」

由美は、妻を通院中と同じように名前で呼ぶ。

「そうだな。その方が早く片づくね。どうせ八時以降にしか降りてこないし、雄高《ゆたか》は撮影が済んでからになるし、佳菜《かな》ちゃんは定時だものな」

本郷《ほんごう》雄高は、兄から紹介されたアルバイトで、役者志望の三十二歳の男性だ。彼は兄の剣道場の門下生だった。時代劇俳優を志していて、太秦《うずまさ》で仕事があるときは撮影を優先するという約束で雇《やと》っている。

ただ年齢が若くないことを、本人は悩んでいる。郷里の鹿児島にいる両親は、早く身を固めろとか、実家の農家を手伝うために帰郷しろなどとうるさいらしい。

といっても、いま雄高に郷里へ戻られて一番困るのは浩二郎だった。彼がいないと出張できるのが浩二郎だけになり、依頼の三割以上を断らねばならなくなる。したがって浩二郎にとっては、細々とエキストラをこなしながら、思い出探偵社で仕事をしてくれるのは都合がよかった。

もうひとりのメンバー橘《たちばな》佳菜子は、二十七歳の小柄な女性だ。彼女は見るからに体が細く、弱々しい印象を与える。年中不調を訴えていて、高校を卒業してから一所《ひとところ》で長く勤められず、数日で辞めた職場もあったそうだ。

働く意欲はあるし、努力を欠かさないのだが、体がまったくついていかないのだ。

その理由が、十七歳の彼女を襲った事件にあることを、浩二郎は知っている。

なぜなら、十年前に浩二郎自身が担当した殺人事件の被害者だったからだ。

佳菜子は見知らぬ男からつきまとわれていて、彼女の両親が当時住まいのあった伏見《ふしみ》署に相談していた。

電話や手紙で佳菜子に言い寄ったり、野球帽にサングラス姿で後をつけ回したりしていたが、具体的に犯罪に繋《つな》がる行為には出ていなかったため、警察は動けなかった。いや、所轄《しょかつ》の担当者は動かなかった。

だが橘家は、電話や切手のない手紙の数がどんどん増え、明らかに男の感情が激高《げきこう》してきていることに恐怖を感じていた。警察署の門を幾度《いくど》もくぐり、その都度《つど》証拠を提示して、少なくとも男を特定するための捜査を懇願した。

そんな両親の願いも空《むな》しく、悲劇は突然やってきた。

大きな商店街から狭い路地《ろじ》に入って、造り酒屋の立ち並ぶ住宅街に佳菜子の家はあった。

土曜の午前中、書道部の活動に参加して学校から帰った佳菜子は、午後から予備校へ行くための準備を終え、一緒に通う女友達を待っていた。つきまとわれて以来、友達と橘家で落ち合い、二人でバスに乗るようにしてきたのだった。

その友達が時間になってもこない。心配になった佳菜子は、商店街の交番まで見に行こうと歩き出した。

何げなく交番を覗《のぞ》くと、友達が警官と話しているのが見えた。

聞けば、商店街で変な男に手をつかまれ、慌《あわ》てて交番に駆け込んだという。

不審者の特徴は、野球帽にサングラスと、佳菜子をつけ狙う男と一致していた。自分だけではなく、友達にまで手を出そうとしたことにショックを受けて、とても予備校で勉強をする気にはなれなかった。

休む連絡をしようと、二人は佳菜子の自宅に戻り、とんでもない光景を目にすることになる。

現場に急行した浩二郎は、玄関口で包丁《ほうちょう》が背中に突き立ったまま倒れている父親、居《い》間《ま》に首を真一文字に切られ自分の血の海に倒れている母親を目にした。

浩二郎は、他人事《ひとごと》のように事情を話す佳菜子の様子を見て、かえって心の傷の深さを知った。例えば日本刀のような鋭利な刃物で、素早く致命傷《ちめいしょう》を負わされたとき、切られたことに気づかないことがあると兄から聞いたことがある。

佳菜子の場合も、一瞬にして両親を惨殺《ざんさつ》された衝撃があまりに大きく、感情がついてこないのだと思った。

浩二郎の考えが外れていなかったことは、過呼吸を繰り返し、その後心療内科に一年半入院した事実が物語っている。

彼女が退院できたのは、ある男が飛び降り自殺を図り、遺書に佳菜子の両親殺害の一部始終《しじゅう》を書き残していたからだ。

ワープロで打たれた文章だけに、どことなく信用できないと浩二郎は上司に言ったが、殺害現場の様子を記述した部分に、公表していない事柄が含まれていたことが決め手となった。

その佳菜子が今年の始め、突然『思い出探偵社』に働きたいと言ってきた。そしてすっかり大人びた彼女に再会したのだった。

彼女が、それまでどこでどんな人生を歩んだのかは、面接時に聞いた職歴の一部以外、浩二郎も知らない。

5

「浩二郎さんがいま書いてはるのん、佳菜ちゃんが初めて関わった事案ですねぇ」パソコン画面をのぞき込んで由美が言った。

「うん。手掛かりは温かな文字だけだった。だけどその文字に着目したのが、書道をやっていた佳菜ちゃんだ。よくやってくれたよ」

佳菜子がかつての事件のショックから立ち直っているのかどうか、表面的には分からないが、今回の事案に参加する彼女の目に力を感じた。

佳菜子は、真剣に依頼人の気持ちに寄り添っていた。だからこそ『温かな文字を書く男』と名づけた事案は納得のいく解決をみたのだ。

他人の気持ちに寄り添うことほど、神経を擦《す》り減らす行為はない。それができたということは、少なくとも彼女の心に、他人の思い入れを住まわせるだけの余裕が生まれてきたのだと、浩二郎は感じている。

だからこそ、依頼人に納得してもらえる報告書を作成し、さらに自信をつけさせてやりたい。

事務所内で『温かな文字を書く男』と呼ぶ事案は、大がかりな調査を必要とはしなかった。

依頼人は、梅雨《つゆ》の終わり頃、思い出探偵社にやってきた。

五十歳前後の女性は、半透明のビニール傘《がさ》を傘立てにしまいながら、玄関に一番近い席の雄高に声をかけた。

しかしあまりに小さな声だったために、雄高ではなく佳菜子が婦人に気づいて、対応することになったのだ。

「思い出だけしか、調査してもらえないのでしょうか」

今度は奥にいた浩二郎にも、婦人の声が届いた。

浩二郎は応接セットのソファーに案内するよう、佳菜子に言った。

婦人を席に着かせ、コーヒーを運んできた佳菜子を同席させた。入社して半年では心もとないと思ったが、積極的に仕事に参加させるよい機会だと考えた。

「思い出に繋がるものでしたら、どんなことでも引き受けますよ。私が責任者の実相浩二郎と言います」名刺《めいし》を手渡し、浩二郎はソファーに座った。

「こちらは調査員の橘です」浩二郎に紹介された佳菜子は、慌てて立ち上がりぺこりとお辞儀をした。

「私はオチキョウコと申します。越えるという字に、下に日のある智恵の智と書いて越智、京都の京に子供の子で、京子です。……思い出に繋がる、ですか」越智は、首をかしげながらつぶやいた。

五十前かもしれない。整った顔立ちの頰には張りがあった。グレーのワンピースに黒のカットソーという地味な色目が三、四歳、老《ふ》けさせているようだ。

「調査対象は、ひと、こと、もの、いずれでしょうか」浩二郎が尋《たず》ねた。

「ひとです。見ず知らずのひとを見つけて欲しいんです。会って、お礼が言いたいんです」

「分かりました。そういうのが、うちの仕事なんですよ、越智さん」

越智は緊張が解《と》けたのか、一息《ひといき》つき佳菜子に微笑《ほほえ》みかけた。

佳菜子も、自分のことのように嬉《うれ》しそうな笑顔を見せている。

料金は実費プラス、調査員一人当たりの日当一万五千円、話を聞いて五万単位の見積もりを提示することなどを説明した。そして報告書に納得がいかない場合は実費だけでいいと最後に付け加えた。それを口にする度、浩二郎の背筋は自然に伸びる。

「分かりました」

越智に浩二郎の真剣な気持ちが伝わったのか、彼女の表情はこわばった。

そんな反応をつぶさに観察して、依頼人の性格を模索《もさく》する。悪戯《いたずら》や冷やかし、犯罪に加《か》担《たん》しないための基本でもあり、報告書を書くときの参考とするのだ。

「それじゃ詳しい話を聞きましょう」浩二郎は、テーブルに常時置かれている小型ボイスレコーダーのスイッチをONにした。

6

越智は、岡崎公園の近くに一人住まいをする四十七歳。建設会社に勤めていた夫とは訳あって離婚していた。二人の男の子は、それぞれ独立をしている。

離婚の際に一戸建ての住まいを手に入れ、スーパーでパートタイマーをして生計を立てていた。月にいくらかは二人の息子が補助してくれていて、ゆとりはないものの暮らし向きは苦しくはない。

それでも一人はさみしいと、二年前に子猫を飼うことにした。スーパーの「捜しています。譲《ゆず》ります」伝言板に貼《は》られていた写真の猫に一目ぼれをしたのだという。

「うちのスジャータです」越智は写真をテーブルに置いた。

体の大部分は黒色だが、鼻の横だけ丸く白抜きになっている猫が、こぼれ落ちそうな大きな目で写っている。コーヒーに入れるポーションミルクのようだから、スジャータと名づけたのだそうだ。

「可愛《かわい》い」隣の佳菜子が、高校生のような黄色い声を発した。

「可愛いでしょう。本当に私の心を慰めてくれていました」

「いなくなったのですか？」

越智の悲しそうな目と、彼女の過去形の表現に浩二郎は反応した。

「うちにきたのはまだ六カ月の頃でした。完全な室内猫にしようと考えていたのですが、一歳ぐらいまで成長したとき、お日様に当ててやろうと、中庭に出したのが間違いだったんです」

外の風を覚えたスジャータは、家の中より中庭で遊ぶことをねだるようになった。

それから半年後、中庭から縁の下を抜けて、大通りまで飛び出した猫は、車に撥《は》ねられてしまったのだ。

「すべて私が悪いんです」写真に目を落として、越智はうつむいた。

ハンカチで目頭《めがしら》を押さえ、声も出さずに泣く越智を見て、どれほどスジャータを可愛がっていたかがうかがえる。浩二郎には、息子を失った喪失感《そうしつかん》が胸に迫った。

目頭を押さえながら、おもむろに越智はペンダントを出した。ペンダントトップには、昔流行《はや》っていた星の砂でも入っているような、ガラスの小瓶《こびん》が使われていた。

ペンダントを受け取り、小瓶の中身を見たが、汚《よご》れた鳥の羽根と半透明の割れた籾殻《もみがら》のようなものが入っているだけだ。けっして美しいという代物《しろもの》ではない。

「これは？」

「小汚《こぎたな》いと思われたでしょう。いえ、正直言って私も、これを見てきれいだとは思いません。だからこそ私は、これを大事だと判断された方にお礼が言いたいのです」小瓶の中身は、スジャータが一歳五カ月のときに庭にきた雀《すずめ》を捕ろうとして失敗し、なんとかとらえた羽根と、死んでから見つけた、生え替わって落ちた爪だと、越智は説明した。

この小瓶のペンダントを嵯峨《さが》にある名勝《めいしょう》、清涼寺《せいりょうじ》の境内《けいだい》で落としてしまったというのだ。

「私は娘時代から『源氏物語』が大好きで、この歳になっても光源氏への憧《あこが》れがあるんですよ。それでひとが少なくなる梅雨時分《じぶん》を選んで、清涼寺にあるお墓にお参りします。本堂やお庭を見てゆっくり過ごして、境内にあるお店で、あぶり餅《もち》をいただいて帰るのを楽しみにしていました」

この寺は、『源氏物語』の主人公、光源氏のモデルと言われている源融《みなもとのとおる》の別荘「棲霞《せいか》観《かん》」だった場所にある。そして融の墓として、宝篋印塔《ほうきょういんとう》がひっそりと建っているのだと越智はつけ加えた。ちなみにあぶり餅というのは、串に刺した小さな餅にきな粉《こ》をふってあぶり、甘い白味噌《しろみそ》だれをつけた名物だ。

越智はその印塔の前にしばしたたずみ、光源氏のモデルとして実在した融にあれこれ想像を巡らせていた。

「大切なペンダントを落としても、気づかなかったんです」なくしたことに気づいた瞬間の後悔《こうかい》を思い出したのか、悔《くや》しそうに越智は言う。

「越智さんの家から、清涼寺までは何で？」

「バスと嵐電《らんでん》です」

嵐電とは通称で、正式には京福《けいふく》電鉄嵐山《あらしやま》本線といい、京都市内中心部の四条《しじょう》大宮から嵯峨野《さがの》嵐山までを二十分強で結んでいた。

「バスが二十分、嵐電で二十分の計四十分ぐらいですね」

となると、どこかで彼女のことを見ていたり、知っている人物がペンダントを拾ったのではない。依頼人との関係性は、まずないということだ。

浩二郎は、ペンダントがどういう経緯で、手元に戻ってきたのかを尋ねた。

「自宅に戻ってすぐに、ペンダントが首にないのに気づいたんです。てっきりバスの中だと思ったので市の交通局に連絡を取りました。時間とバスの系統を告げて捜してもらったのですが見つからず、それならと京福電鉄にも問い合わせましたが……私はすっかり気落ちして寝込んでしまったんです」

寝込んだことが、けっして大袈裟《おおげさ》でないことは、越智のスジャータに対する愛情を考えればよく分かる。

愛猫《あいびょう》の死を自らのせいだと感じ、もうどこへもやらない、いつまでも一緒にいるんだという思いから、おもちゃにしていた羽根と残した爪をペンダントにしていた。それを失うことは二度目のペットロス状態に陥《おちい》ったといっても過言ではないだろう。

「乗り物の中にないのなら、お寺の境内かもしれないと思いました」

越智は融の墓へ行くまでの、自分の行動を思い出し何度も捜し歩いたそうだ。

小さなガラス瓶は、踏まれでもすれば粉々に割れ、中身の羽根も爪も散逸《さんいつ》してしまう。
六、七月は、桜や紅葉《こうよう》の季節ほどではないにしろ、修学旅行生の少なくない季節だ。天《てん》龍《りゅうじ》寺や二尊院《にそんいん》、大覚寺《だいかくじ》に落柿舎《らくししゃ》と名刹《めいさつ》の多いこの界隈《かいわい》では、ひとの通りが絶えるということはなかった。また今年の梅雨は雨量が多い。

「普段なら風情《ふぜい》のある雨の竹林ですが、いつしか合羽《かっぱ》を叩く雨音が、スジャータの駆け寄る足音に聞こえてきたり、妙な感じでした」

熱にうなされるように、越智はスジャータの思い出を捜し歩いた。

「しかし見つけることができなかったんですね」

「必死で四日、這《は》わんばかりの格好で捜したんです。もうあきらめかけてました。いえ、本心ではとてもあきらめられないのですけど、仕方ありませんから」

越智は精根《せいこん》尽き果て、とぼとぼと嵐山駅に向かって歩いていた。濡れた体は梅雨冷えで小刻《こきざ》みに震《ふる》えた。ふと顔を上げて目にとまった駅前の喫茶店の明かりが、その日はいやに温かそうに思えたのだと言う。

「滅多《めった》に喫茶店には立ち寄りません。私はタバコの煙が苦手で、少しアレルギーをもっているんです」

「完全禁煙の喫茶店、案外少ないですものね」佳菜子が、ささやくような声で言った。

「それでも越智さんは、その喫茶店に立ち寄った」浩二郎は話の先を急いだ。

「温かいコーヒーが、飲みたかったんです」

その喫茶店の伝言板に「落とし物」として、「小瓶ペンダント」と書かれているのを見つけた。

『清凉寺の境内で拾いました。大切なものと思い、お届けしました』そんなメモが伝言板には貼られていたのだ。

越智はコーヒーの注文も忘れて、店主に訊いた。

「私はとり乱して、ひたすらそれを指さして、自分のものだと繰り返したんだと思います。店主になだめられて、お水をもらい、深呼吸したことを覚えています」越智はペンダントをいとおしそうに手にした。

元より、贔屓目《ひいきめ》に見ても物欲を刺激する品物ではない。偽の落とし主が現れるなどと喫茶店の主人も思わないだろう。

「店主は二つ返事で、返してくれたでしょう」

「はい」

やっと自分の手に取り戻し、涙が出るほど嬉しかった。その気持ちはそのまま、拾って届けてくれたひとへの感謝に変化していった。

「それで拾った方を捜し出して、お礼が言いたいんですね」

浩二郎は念を押した。探偵の目的は、常に明確にしておかないと報告書を書く段になって、軸がぶれかねないのだ。

越智の依頼は、ただひとを捜し出すだけに留まらず、当人に会って礼を述べるところまでもっていかないと、彼女の満足に繋がらない。

「私も喫茶店のご主人や、お店のご近所の方に尋ねたのですが……」

喫茶店の主人は、一見《いちげん》さんだと言った。ただ、布製の帽子《ぼうし》を深々と被《かぶ》って、蒸し暑い日だったのに軍手をはめていたので、印象には強く残っているということだった。

伝言板に貼付《てんぷ》するメモ用紙を書いてもらったのだが、ひどく時間がかかっていて、どこか具合でも悪いのかと心配した、と店主は彼女に語った。

「これが伝言板に貼ってあったメモです」越智は財布の中から、紙片《しへん》を取り出し、丁寧に広げた。大きさは文庫サイズほどだった。

「すごい！」佳菜子が声を漏《も》らした。

「うん、なんとも言えない文字だな」浩二郎も、思わず感嘆の声を出してしまった。

おそらく自分の万年筆を使って書かれたものだろう。極太《ごくぶと》文字で、崩しのない楷書《かいしょ》文字だった。達筆《たっぴつ》ではないが、運筆《うんぴつ》には独特の味がある。一文字一文字をみれば、バランスを欠き、均整はとれていない。けれど、文章になると、実に盤石《ばんじゃく》の安定感を与えられる、安心感のある不思議な文字だった。メモの余白はほとんどなく、紙面一杯に書かれていた。

「我流《がりゅう》だと思いますけど、美しい」佳菜子は、紙片の文字を見つめて言った。

「そうか、佳菜子ちゃんは書道をやっていたんだ。これは我流と見るか」

「書道には創作という分野もありますので、一概《いちがい》には言えませんが」

「文字を書くのに時間がかかったのはどう説明する？」

創作書道の文字を残してやろう、という稚気《ちき》が働いたのかもしれないと浩二郎は思ったのだ。

「時間がかかったのは、ペンの運びがすごく遅いことによるものではないでしょうか。文字のトメもハネも同じようなインクの量なんです」ペンを使った場合でも運筆の速度によってインクの濃淡《のうたん》ができると佳菜子は言った。それがもっとも顕著《けんちょ》な部分は、トメとハネなのだと説明した。

「そう言われて見れば、トメの部分にインクのだぶついた印象があるのは分かるが、ハネにもそれがあるね」

「これはすべてに力が入り過ぎているために起こる現象です。少し震えもあります。どちらかと言えば、書道を習い始めたひとに多いんですよ」

「なるほど。創作書道ではないってことだね」

「さすが探偵さんですね」浩二郎たちの会話を聞いていた越智が頭を振って感心した。

「このペンダントは大切なものですからお返ししますが、デジカメに収めさせてください。それとこのメモはコピーします。いいですね」

「ええ。なにとぞよろしくお願いします。私、どうしてもお礼を言わないと気が済まないんです」

「全力を尽くして、早期解決を目指しますよ。越智さん」

浩二郎は見積り書を渡し、越智を玄関口まで見送った。

「手掛かりは、文字」と、つぶやいた浩二郎は、こんな字を書くのはどんな男なのだろうと、新たな出会いに思いを馳《は》せていた。

7

――次の日。

本来ならメインになる調査員を決め、局面に応じて浩二郎が出張《でば》るのだが、今回は佳菜子と共に調査をすることになった。

まだ一人で町を歩き回るまでの自信がもてない、と佳菜子が言ったからだ。

当面、二人で行動することにした浩二郎は、さっそく伝言板を設置している喫茶店へと向かった。

できる限り依頼人の行動を再現したいと思い、京福電鉄を使って嵐山駅へと向かった。

市内には駐車場が少ないため、交通の便が悪いか、荷物が多いか、誰かを乗せるかなど、よほど必要でない限り車は使わない。駐車場所を確保するために、時間を浪費することを嫌っていたのだ。行き先が観光地であれば、なおさらだった。

嵐電は市内の車道を走り、昔の「市電」を彷彿《ほうふつ》とさせた。浩二郎が中学生頃までは、京都の幹線道路に路面電車の姿を見ることができた。嵐電の穏《おだ》やかな振動音は、市電とよく似ていると感じる。ちがうのは、車道から軌道《きどう》内へと移行した後の風景だった。住居や店、寺の裏庭を縫《ぬ》っていくようで、手を伸ばせば生け垣《がき》に触れそうなところを電車が走る。

程なく到着した嵐山駅は、観光客が大勢訪れる駅にしては小さく、そこがまた魅力で、若い女性に「可愛い」という歓声をあげさせていた。

あいにく朝から雨が降っていた。

浩二郎の少し後を歩く佳菜子は紺《こん》色のスーツを着ていて、はた目から見れば、時期はずれの就職活動中の学生に映るかもしれない。

越智の言っていた喫茶店はすぐ見つかった。駅からやや北へ歩いたところにあった。観光地の飲食店として、申し分のない立地だといえる。

午前十時に訪問したのは、モーニングセットへの対応が一段落し、ランチの仕込みには時間があると踏んだからだ。

店に入ってみれば、浩二郎の予想が外れていないことが分かる。

四つのテーブル席に、三名ほどの客がいたが、八席のカウンターは空いていた。二人はカウンターに座り、ホットコーヒーを注文する。

カウンター席の前にサイフォンが並んでいるのを見やり、コーヒーを淹れてもらいながら話すのが、店主ともっともよい距離を保てると判断した。

「マスター、友人に聞いたんだが、ペンダントを拾ってここに届けたひとがいるんだって?」浩二郎は、挽いたコーヒー豆をサイフォンのろうとに放り込む男性に話しかけた。

マスターと呼ばれたのを否定しないところを見ると、店主と思って間違いはない。

「ああ、まったく驚きましたよ」ほんの一瞬記憶を探る表情を見せたが、すぐに言った。

「四時過ぎにふらっときてね。この世の中まだまだ捨てたもんじゃないねって、常連さんとも話していたんです」

「さぞかし、高そうなものだったんだろうね」知らぬ顔で浩二郎は訊いた。客商売相手にはできるだけ探偵であることを明かさない。ことに依頼人と接触している場合は慎重になった。

「高いもんとは思えないけどね。ガラス瓶が付いてるだけで」

「でも落とし主が現れたんでしょう」

「まさか取りにくるとは思わないじゃない。うちの店の忘れ物じゃないから、本当ははじめから寺か交番に持って行ってほしかったんだけどね。だって鳥の羽根のようなのとゴミみたいなものしか入ってなかったんですから」

届けられて五日目、交番か拾われた清涼寺の寺務所《じむしょ》に届けようとしていた。その日に偶然、越智はこの喫茶店に立ち寄ることになる。

「でも、どうしてそれが大切なものって分かったんだろう」

「拾ったひとね。私だったら申し訳ないが、届ける気にはなりませんね」

「でも、そのひとはわざわざここへ届けたんですよね。いったいどんなひと？　マスターは顔を見たんでしょう」

「それがよく分からないんです。帽子を取らないいし、掛けていたメガネには少し色がついていたし」

男は店に入ってくるなり窓際へ座り、出窓に立ててある書籍を手にとって眺めていた。

「雰囲気作りに置いている『都名所圖會《みやこめいしょずえ》』っていう江戸期の観光案内のような、絵入りの古書《こしょ》なんです。でも私がお水を持って注文を取りにいくと、すぐそれから目を離し、ついでにホットミルクを頼むって感じでね。まあうちはコーヒーの味で勝負してますから、コーヒーではなくてすまないと思ったのかもしれませんが。その後すぐ、ペンダントの話をしてきたんです」

沸騰《ふっとう》した湯が音を立ててフラスコから管《くだ》を伝ってろうとに上り、褐色《かっしょく》の液体を作り出すと、芳しい香りが浩二郎の鼻孔《びこう》に届いた。店主は、タイミングを図ってアルコールランプを動かし、炎をフラスコから外す。ゆっくりとコーヒーは落ちていった。

「ものを大切にする世代の人だったのかな」浩二郎がマスターに聞こえるようにつぶや

く。

「くぐもった聞き取りにくい声でね。見た目は六十歳代でしたけど、言葉を交わすと七十歳ぐらいかなって」

姿勢はよいが、一歩一歩確かめるような歩き方だったというのが、店主が語った拾い主の身体的な特徴であった。

浩二郎が佳菜子に、何か聞きたいことはないか、と目配《めくば》せすると、「あの、その方、伝言板に貼るメモを書かれたんですね」と彼女は言った。書道的なアプローチをしようと試みているのが分かった。

「それが一文字書くのもゆっくりと、手元を隠すようにするんで、具合でも悪いのかと思ったぐらいで」

「一文字、一文字をゆっくりですか」

「ええ。そうだ。ペンは自分のを使ったんですよ」温めてあったカップをソーサーに乗せ、静かにコーヒーを注ぐと、店主はそれを二人の前に出した。事務所で飲むコーヒーよりは薄いが、旨《うま》いと浩二郎は思った。眠気を抑《おさ》えるだけがコーヒーの役割ではないことを、改めて気づかされた。

浩二郎はブラック派だったが、隣の佳菜子は砂糖と多めのミルクを注ぐカフェラテ派だ。

それぞれコーヒーの味を楽しむと、店を出た。

雨脚《あまあし》が強まった。一本道をしばらく行き、濡れて黒光りする線路を渡ると、やがて清涼寺の大きな山門が見えてくる。

雨に煙る古刹《こさつ》は風情があるのだが、傘をたたく雨垂れの音はロマンチックだと感じる限度を越えている。

「実相さん。やっぱり、万年筆にしては文字が太すぎる気がするんです」佳菜子はめずらしく大きな声で、浩二郎のずぶ濡れのジャケットに話しかけてきた。

「メモの文字か。でも筆ペンの類《たぐ》いでもないだろう」

「ちがいます。だから筆圧か、運筆かに特徴があるんだと」

「あれだけの文字、我流にしても大したものだ。僕は素人《しろうと》だけど、何か魅力を感じるな。練習の賜物《たまもの》なんだろう。人物像にも興味が湧いてきたね」

清涼寺は京都の西に位置する浄土宗《じょうどしゅう》の寺で、嵯峨の釈迦堂《しゃかどう》の名で地元の人々に親しまれていた。そびえ立つ仁王門《におうもん》をくぐると視界が広がり、遠くの本堂まで見渡せる境内は、ここまでの小径《こみち》とは趣《おもむき》を異《こと》にしていた。

そこにビニール傘の花が咲いている。修学旅行生の一群だった。

薄暗い雨空ではあったが、その姿は浩二郎にとって眩《まぶ》しかった。どうしても浩志をそこに重ねて見てしまう。

浩二郎は急ぎ足で生徒たちの横を通り抜け、正面の本堂ではなく左側の多宝塔《たほうとう》を目指した。越智から聞いていた源融の墓が、多宝塔の西の外れにあるからだ。

嵯峨天皇、皇后の陵墓《りょうぼ》の隣に立つ鳥居《とりい》の向こうに、融の印塔が雨に濡れていた。『源氏物語』に思い入れのない浩二郎には何の感慨《かんがい》もないが、越智には物語世界に入る格好の雰囲気なのだろう。

次に浩二郎たちは、二人分の拝観料を払って本堂へと入った。

釈迦如来立像《にょらいりつぞう》や十大弟子などを拝することが目的ではないが、正面の厨子《ずし》に安置されている立像は、三十七歳の釈迦の姿だと聞いてなぜか息をのんだ。苦行《くぎょう》の後なのだろう頬や手の指に、仏像によく見られるふくよかさはなかった。それでもなお表情に、民衆救済への意欲のような強さを感じたのだ。

浩二郎の三十七歳といえば息子も妻も元気で、そこに何の不安もなかった。人生は自分の力で何とでもなるという、慢心に満ちていたときかもしれない。

浩二郎はかむりを振り、本堂裏の渡り廊下を通って方丈《ほうじょう》へ向かう。方丈に造営されている庭は枯山水《かれさんすい》らしい。

若いとき、妻とのデートで龍安寺《りょうあんじ》の庭を見に行ったことがあるが、ただ退屈な時間だけが流れたことを思い出した。

あの頃は本当の悲しみなど、知らなかった。

「実相さん、どうかしたんですか。何だかさっきから変ですよ」

「あ、いや、この景色に見とれていたんだ。雨同様心にしみいるね」

雨に打たれて揺れる木々を指差して、浩二郎は夢想の世界に浸《ひた》っていた恥ずかしさを誤魔化《ごまか》すように続けた。「茶会などの催《もよお》しでもあれば、芳名録《ほうめいろく》が残ることもあるんだろうが、受付で名前を書く必要もないし」

「直指庵《じきしあん》にある『想い出草』のようなものがあるといいんですけど」佳菜子も濡れそぼつ木々に目をやりながら、思い出したように言った。

「想い出草？」浩二郎が訊き返した。

同じ嵯峨野にある直指庵の想い出草は、人生の悩みなどを書くことで、女性たちの駆け込み寺的な存在としてマスコミに取り上げられ、全国的に有名になったのだと佳菜子は説明した。

「それだ、佳菜ちゃん。可能性は大いにある。急ごう」

二人が回廊から方丈へ移ると、庭に向かって置かれた長い文机《ふづくえ》が目に入った。

机の上には何度も繰られて頁《ページ》がふくらんだノートがあった。

「あっ、実相さん！　これを」

浩二郎は佳菜子が開いて見せたノートを注視した。「それは……」

声が出なかった。そこにはまさしく温かな文字が綴《つづ》られていたからだ。

「極太の文字で小刻みに震えていて、丁寧で、実直な、何より温かい。こんな文字を書くひと、この世に二人といないはずです」

急いでノートを繰り、住所や名前がないか捜した。すると、その日と異なるページにも男の文字を見つけることができた。

「他のひとの書いた日付から考えると、二日連続してここにきていることになるね」

——一日目。

『旅の空で病に倒れ、いさる人間も根性《こんじょう》なし。命が嬉しい』

——二日目。

『おみやをいっぱい。これにも涙。さらに感謝、また感謝』

それらを佳菜子が手帳に書き込む。

「よし、新しい手がかりが出てきたな」浩二郎は、ここからが思い出探偵の腕のみせどころだと言わんばかりに、笑《え》みを浮かべて嬉しそうに言った。

8

浩二郎と佳菜子が清涼寺を後にしたのは、午後一時を回った頃だった。

「京都にいながら、清涼寺に庭園があることすら知りませんでした。それに、あんなに広いということも」

　周辺の古刹を調べるために、小径を歩く。

「これだけの寺を、すべて見学しようと思うと随分《ずいぶん》骨が折れるだろうな」

浩二郎は、佳菜子がメモした温かな文字を書く男の文章を、携帯電話に入力しながら言った。

　そしてどんなことでもいいから、気づいたことがあれば連絡を請《こ》うという文章と共に、スタッフ全員へメール配信をした。警察で縦割り組織をいやというほど経験した浩二郎は、スタッフみんなに自分の受け持つ事案に留まらず、情報交換を活発にするようにしていた。少しでも関わりを持てば、個人的な事案ではなく、探偵社全体の仕事ととらえることができると思うからだ。

　そのためにどんな些細《ささい》な情報も共有するように心がけ、一人ではなく浩二郎の妻を含めて、スタッフ五名の能力を結集し、チームでことに当たった。

「どうしてあの喫茶店に、ペンダントを預けたんだろう」携帯電話を折りたたみながら、浩二郎はつぶやいた。

「寺務所の場所が、分からなかったのでしょうか」

「あるいは閉門に間に合わなかったか。四時に閉まるんだ、清凉寺は」

「越智さんが肌寒いときに喫茶店の明かりが見えたっておっしゃってましたから、そのひとも体が冷えたのかもしれません」

「ついでのように、ホットミルクを注文したのだから、コーヒー好きという訳でもなさそうだ」

雨脚が弱まってくれたお陰で、次の調査地、落柿舎にはすぐ着いた。

落柿舎は、江戸時代の俳人、松尾芭蕉《ばしょう》の弟子である向井去来《むかいきょらい》の別荘である。去来はこの草庵《そうあん》で、身分の上下にかかわらず、俳句を学びたい人間を相手に俳句道場を開いていたそうだ。

その趣を残しているのが、観光客へ向けて「一句ひねって投句してください」とある竹製の投句箱だ。優秀作は、落柿舎で配られるパンフレットに掲載されるという。

浩二郎は事務局に連絡を取り、人捜しであることを告げて、ここ一週間以内で特徴のある文字の句が投函《とうかん》されていなかったか尋ねた。しかし大方が修学旅行生のものばかりで、該当《がいとう》する年配者の句はなかった。

結局、落柿舎、祇王寺《ぎおうじ》、瀧口寺《たきぐちでら》、天龍寺など足早に巡ったが収穫はなかった。仕方なく二人は帰路へついた。

道なりに南下すると、例の喫茶店の前に到達する。嵐山駅の左前方に病院の建物が見えた。

「四百メートルほどか」駅とN病院の見える場所で、浩二郎は立ち止まった。

「どういうことですか」佳菜子も歩みを止め、浩二郎の方へ傘を近づけて訊いた。

「旅先で病に倒れた、と書いてあっただろう?」

浩二郎の頭の中には、帽子とメガネ、軍手をつけた六、七十歳の男が歩く映像が形作られつつあった。

「ノートにはそうありました」

「つまり彼はどこか地方から京都にやってきて、病気になった。それを前提に考えを巡らせると、二日続けて清涼寺を散策したのが引っかかる。よほどこのお寺を好んでいたのか、それとも」

「それとも地理的に訪問しやすいか、ということですか」

「N病院に入院したとしたらどうだろう、と考えてみたんだ」浩二郎は、建物に描かれた病院のNマークを見つめた。

「あの病院からでしたら、清涼寺までだいたい往復で三キロ強。少し距離がありますが、散歩としてあり得ない距離ではありません」

「よし」と言うと、浩二郎は携帯電話で由美に連絡をとり、N病院に知り合いがいないかを尋ねた。

「中井志保《しほ》っていう専門看護師は、以前いた病院の同期です。うちの方から聞きましょか」由美は明るい声で言った。

「それじゃ、最近、年齢六十から七十歳代で、他府県の男性が、入院したかどうか。特徴はくぐもった声で、この季節に軍手をはめている。外出時は帽子にやや色つきのメガネ姿。そしてこの男性の書く文字に特徴がある。私のデスクに彼が書いたメモのコピーがあるから、それをみて中井さんに伝えて欲しい。いま病院の側だから、話を繋いでくれれば直接会ってもいい。個人情報になるから、難しいかもしれないがよろしくたのむ」

「了解しました。折り返し連絡します」

浩二郎が電話を切って十分ほどして、由美から連絡が入った。浩二郎の推理は当たっていたのだ。

「名前や住所は守秘義務があって聞き出せませんでした。けど浩二郎さんが言うてはった特徴に近い人物が、三週間前に救急で運ばれてきたようです。脳梗塞《のうこうそく》やったんですけど、対処が早かったんで大事には至らへんかった」

ただ、男性の脳梗塞は二度目だったので、すでに右半身にはやや麻痺《まひ》が残っていて、五日ほど入院期間を延ばしたのだということだった。

「で、その男性は？」

「一昨日、退院したんやそうです」

「一足違いか。それにしてもよくそこまで聞き出してくれたものだ。ありがとう」

「とんでもないです。ほなもうひとつ、これは参考になるかどうか」由美は一呼吸置いて、言葉を継いだ。「荷物のほとんどが本だったんだそうです」

「本好きか」

「和綴《わと》じっていうんですか、江戸時代の寺子屋で使うようなのって中井さん言うてはりました」

「和綴じの古書」

そう言うが早いか電話を切り、浩二郎は道をやや引き返して再び喫茶店の前にたたずんだ。

「実相さん、どうかしました?」また降り出した雨に眉《まゆ》を寄せ、佳菜子が追ってくる。

「そうか、彼が喫茶店に入ったのは、これだったんだよ」

浩二郎の指先は、さっき店内から見た出窓の書籍を指していた。昼間だったが雨空で、辺りは薄暗く店内の明かりが和綴じの古めかしい風合いを、浮かび上がらせていた。

男がここを通りかかったときも、すでに夕刻で出窓から明かりが漏れていたはずだ。いまよりもっとはっきりと書籍は見えたにちがいない。

「佳菜ちゃん。彼が残したノートの文面を見せてくれ」

『おみやをいっぱい。これにも涙。さらに感謝、また感謝』

浩二郎は『おみや』という言葉がひっかかったのだ。意味はお土産《みやげ》を指すことはすぐ分かるが、文章として妙な響きだ。

警察では迷宮《めいきゅう》入り事件をおみや入りと表現することもあるが、感謝することではないのでまったくちがう。しかし同じように男が日常的に使っている言葉だろう。もしかすると職業に関係する言葉なのかもしれない。

「書籍を扱う仕事、研究者の業界の言葉だろうか」

「業界用語を調べてみます」

「そうだな、それじゃ佳菜ちゃんは、これから図書館へ急行してくれ」

「分かりました」

「『いさる人間も根性なし』の方もたのむ。出身地が特定できるかもしれないから」

「はい」

「一人で大丈夫かい？」

「大丈夫です」明るい声で佳菜子は言った。

9

数日後の昼過ぎ、金沢駅に到着する特急サンダーバードから、浩二郎と佳菜子は降り立った。

京都の天気とは打って変わって晴天で、気温は高く、暑がりの浩二郎は駅の東口に出た頃すでに汗だくになっていた。スーツの上着を脱いだ背中に、ワイシャツが濡れて張り付いている。

佳菜子は図書館の業界用語辞典などによって、『おみや』がどうやら古書店業者の使う言葉であることを突き止めた。古書店業者が古書市《こしょいち》へ仕入れにいくとき、市を開催する地元の業者が地方からきた業者に花を持たせることをいう。簡単に言えば、同額で落札した場合は地方業者にその本を譲る慣習になっているのだ。それがお土産、おみやということになる。さらに『いさる人間』は、主に金沢方面で、大それたことをいう人間を指す言葉だと分かった。

そこで、六月に京都で行われた古書市があったかを調査した。すると嵯峨野の方で古書市が行われ、確かに金沢の業者が参加していたことも判明したのである。なおかつ、市の最中に倒れて救急車で運ばれた人間がいたのだ。

古書組合の世話役に問うと、金沢百万文庫の立石《たていし》潤造《じゅんぞう》という名前が返ってきたのだった。

二人を乗せたタクシーは犀《さい》川に沿って走り、緑の茂《しげ》る神社が見える辺りで停《と》まった。犀川神社だと運転手は言った。

金沢百万文庫はそこから見えている。あの温かな文字の主、誰が見てもゴミにしか思えない猫の爪と雀の羽根が入った小瓶のペンダントを届けた男、立石潤造と対面できることに、浩二郎は興奮を覚えていた。この興奮は、刑事時代に犯人の潜伏先《せんぷくさき》を突き止め、踏み込む寸前と似ているが、同種ではない。

浩二郎の場合、どんな事件も犯人への怒りが原動力となっていた。憤《いきどお》りに打ち震えながら、被害者の無念や悔しさを晴らす気持ち、すなわち一種の仇討《かたきう》ちに近い感覚で逮捕を急いでいた。

しかし思い出探偵はちがう。憤怒《ふんぬ》の感情は皆無《かいむ》で、人間的な興味の方が強かった。懐かしい友人に再会できるような喜びで、胸が高鳴る。それは何度体験しても嬉しいし、何度でも体験したいと思える仕事だったのだ。

一歩一歩、古書店に近づくと歩くのがまどろっこしく思う。横の佳菜子も、心なしか緊張した面持《おもも》ちをしていた。

古い看板のわりには、店舗《てんぽ》そのものは新しい印象だ。アルミサッシの引き戸は、軽く滑《すべ》るように開いた。

本が書架《しょか》にぎっしり積まれ、土蔵に入ったような独特のかび臭さが鼻に飛び込んできた。どこか懐かしさが漂う。

「立石さん。立石潤造さんはいらっしゃいませんか」左右の書架が迫る店の中ほどまできたとき、浩二郎は奥へ声をかけた。

「どなたですか。私が立石ですが」奥からくぐもった声がして、メガネを手にした白髪《しらが》の男性が出てきた。恰幅《かっぷく》がよいというほどではないが、小太りの体軀《たいく》でほんの少し右足を引きずっている。

「初めまして、京都からやってきました」浩二郎は名刺を差し出した。

「思い出探偵社？」そう言って立石はメガネをかけ、名刺と浩二郎、その隣の佳菜子の顔を見回した。その目に、警戒の色がさしている。

探偵という響きの持ついかがわしさから、大方《おおかた》のひとが見せる疑心《ぎしん》の表情だった。それを佳菜子に経験させておくのもいいだろう。

浩二郎は立石に対して、簡単ではあったが、取引会社の信用や浮気調査をする探偵とはまったく異なると説明した。

「京都には変わった仕事があるんですね」半信半疑の顔つきは変わらず、立石は浩二郎を見つめた。職業ではなく、自分の目で人物評定を下そうとする眼光《がんこう》は鋭かった。

「私が立石さんをお訪ねした理由から、説明しなければなりません」浩二郎は、伝言板に貼ってあったメモのコピーを立石に渡した。

「こ、これは」立石のメガネの奥の目が大きく見開かれた。

「それを書かれたのは立石さんに間違いないですね」

「私が書いたものですが、それが何か問題を」

「いいえ。立石さんの善意に私の依頼人は心打たれたんです」

浩二郎は文字を書いたのが立石であることが確定したため、依頼人の名前を明かし、これまでの経緯を話した。

「驚きました。これだけの手がかりで、あなた方は」

「いいえ。この文字は、誰でも書けるというものではありません。私も越智さんも、病院関係者に至るまで特別な魅力を感じたのです。そういう意味では、むしろ大きな手がかりでした」

「まったくの我流なんですがね」

「お人柄です」

「そう言っていただけると、努力をした甲斐があったというものです。奥で話しましょう」

立石に案内され、店の奥に入った。そこは事務所となっていて、段ボール箱が無数に積まれている。すべて書籍であることは段ボールの側面に書かれた全集とか古地図などの文字で分かった。

荷を解く若者がいて、浩二郎たちに会釈《えしゃく》した。

「孫です」

立石は自分の妻と息子夫婦で、店を切り盛りしていた。

さらに奥には自宅があって、そこに向かって立石が客だと告げた。その一言《ひとこと》で、長年連れ添った妻は、腰掛ける椅子《いす》とお茶を運んでくるのだった。

「私は三年前に脳梗塞で倒れましてね。命は助かったのですが、右半身に麻痺が残りました」

リハビリにリハビリを重ねた立石は、どうにか歩けるようになるまで回復した。

「ですが文字だけは上手《うま》くいきません」

江戸期の書物を読むために古文書を勉強するうち、無手勝流《むてかつりゅう》ながら書をたしなむようになっていた立石には辛いことだった。稀覯本《きこうぼん》の宣伝文や赤本の惹句《じゃっく》を紙に書いて貼り出すことで、新本を扱う店にはない雰囲気を醸《かも》し出していたのだ。赤本とは、江戸期の絵《え》草紙《ぞうし》など子供用の廉価本《れんかぼん》を指すことが多く、「桃太郎」など根強い人気の物語も含まれている。

「でも、ここまでの文字を書かれるようになられた」

「けれども以前書いていた文字とはまったくちがいます。指が伸びなくなってしまって、軸を改良した万年筆を指に挟《はさ》み込むしかありませんので、一文字を書くのに、人様の三倍、いや四倍の時間が必要なんです」

メモを書くのに手間取っていた、という喫茶店店主の言葉を浩二郎は思い出していた。

「でも立石さん。その時間がかかる分だけ、文字には立石さんの誠実さや優しさ、心根《こころね》がにじみ出るようになったのですよ。何ていうのかな、文字が書けるようになった喜びみたいなものが、反映しているのかもしれません」

「倒れる前までは頑固者《がんこもの》でね、ひとの言葉に耳を傾けることが少なかった。いまはひとの情けがしみるようになりました」立石は病気をして初めて、家族や友人のありがたさを痛感したのだとしみじみと言った。京都で倒れたときも、地元の同業者たちの情けに触れ、病院のベッドで涙したと振り返った。

「でも、大事に至らなくてよかったですね」佳菜子が言った。

脳梗塞は再発が命取りになりやすいと、由美から聞いたことがある。

「助かりました。ただ少し良くなると仕事の虫が騒ぎ出しまして。文化財の宝庫である清涼寺、源融の墓もあるというじゃありませんか。それらがすぐそこにあると思うと、居ても立ってもおれなくなってしまいました」

「どうして、あのペンダントが、大切なものだと思われたのですか」

「それは中身が、あまりに粗末《そまつ》なものだったからですよ」

「粗末だったから？」

「凡夫《ぼんぷ》の私には、そのように見えた。しかし裏を返せば、お金では計れない価値があるからペンダントトップにしてあるということです。お金で計れないとなると、そのひとの心で計られた価値がある。心より大事なものは、この世にはありませんから。場合によっては命よりも」

「心より大事なものはこの世にない。……命よりも」浩二郎は思わず復唱《ふくしょう》した。

死の淵《ふち》をさまよった立石だからこそ言える重い言葉だと、浩二郎は感じた。

金銭的に価値のあるものを大事に懐に抱《いだ》くのは当たり前で、誰が見ても粗末なものは、それが粗末であればあるほどその持ち主には精神的な価値を有している。確かにそう考えれば、あの猫の爪と羽根しか入れられていないペンダントには金銭的価値は皆無だが、別の価値があることは明白だ。立石が拾って、持ち主に返したいと思った気持ちが理解できた。

だがそれなら喫茶店ではなく、寺務所か交番に届ける方がいくらか持ち主に戻る確率は高いのではないだろうか。

「ペンダントをどうして、あの喫茶店に?」

「足が悪くて、寺務所の開いている時間内に届ける自信がなかった。閉門時間も迫っていたんです。それで病院に戻って、明くる日にでも交番に、と思いました」

ところが、喫茶店の前を通ったとき、その窓に『都名所圖會』を見つけたのだ。

「文化財を見学した後でした。『都名所圖會』にも嵯峨釈迦堂、つまりいまの清涼寺は描かれています。あるいは稀覯本かもしれないと飛び込んだんです」

結果的にはどこにでもある流布本《るふぼん》だった。そして伝言板を見つけたのだ。高価なものだと思えないペンダントを交番に預けたとしても、持ち主に返還されるとも思えない。

「それはそうです。保管はしますが、持ち主が届け出る以外に方法はありませんからね」

「落とし主は、それが大事なものなら、必ず清涼寺周辺を捜しにきます。明くる日に退院することになっていた私は、伝言板と喫茶店の主人に委《ゆだ》ねることにしました」

「喫茶店の主人は、五日経って誰も取りにこなければ、清涼寺か交番に持って行くつもりだったそうです」

「そうしてくれるだろうと、思っていました」

そう言って、立石は満足げに微笑んだ。

「なるほど、事情はすべて納得いたしました。それで越智さんは、立石さんに直接会ってお礼を述べたいということなんですが。それについてはいかがでしょうか」

「礼など、いりません」ときっぱり立石は言った。

それは浩二郎が、予想していた答えだった。立石にとっては特別な行為でないから、礼を言われる筋合《すじあ》いはないのだ。そして、他人に諭されて態度を変える可能性のないことも浩二郎にはよく分かっていた。

10

「校正はとっくに終ってますけど、プリントアウトしときまひょか」おっとりした由美の声がして、浩二郎は目を開けた。

「おっと、眠ってしまったのか」

「気持ちよさそうやったんで、起こさへんかったんです」

「いま何時？」そう言いつつ自分で腕時計を見ると、九時前だった。三時間弱もデスクに突っ伏《ぶ》して熟睡してしまったのか。どこでも食べて、眠れることは刑事としての欠くべからざる資質なのだが——。

「プリントアウトと製本を、大至急」

浩二郎にとって、もはやコーヒーは眠気覚ましにもならないことが分かった。

事務所を見回すと、すでに雄高も佳菜子も出勤していて、浩二郎の額《ひたい》に腕時計のベルトの跡がついていると、みんな大笑いをした。

妻の三千代はまだ下りてきていない。入眠剤《にゅうみんざい》が効いているのだろう。

浩二郎が洗面所で顔を洗っていると、越智が事務所にやってきた。

「あの、今日でしたね、報告書をいただけるの」

「はい、そうです。掛けてお待ちください」佳菜子がコーヒーを出し、世間話をして時間を稼《かせ》いでいるうちに製本を済ませた。

浩二郎は軽く頭を下げて、応接テーブルに着いた。「これが報告書です。目を通してください」そう言って越智に報告書を渡した。

「お会いできないのですね」報告書を読み終わった越智は顔を上げ、口を開いた。

「彼の性格を考えれば、そうなります。けれども毎年お盆の納涼《のうりよう》古書祭りというのが下《しも》鴨《がも》神社で行われています」

「それなら、存じています。糺《ただす》の森で行われるものですね」

「ええ。そこに出店する仲間へ、病気の回復を報告するために立石氏はやってきます」

「そこに行けばお会いできるのですか。でもお顔が分からないです」

カメラ撮影を拒《こば》んだため、立石の顔を確認する写真はない。

「心配いりません。そこに探求本コーナーというテントが設けてあります。古書組合のメンバーが交代で座って、お客さんが捜している本を見つける手伝いをしています。十四日の午前中に嵯峨野、清凉寺を描いた『都名所圖會』を捜していると言えば、立石氏を紹介してもらえるよう組合の方に話しておきました」

「喫茶店にあったという『都名所圖會』ですね」

「そうです。報告書、納得していただけたでしょうか」

「ありがとうございます。スジャータも喜びます」越智は胸のペンダントを示して微笑んだ。

「それじゃ来月の十四日、温かな文字を書く男に会ってきてください」

浩二郎は指に挟み込んで、一画一画に全神経を注ぎながら文字を書く立石の姿を想像した。そして、場合によっては命よりも、心が大事だという彼の言葉を嚙《か》みしめていた。

越智が帰って行った後、スタッフ全員でノンアルコールビールで乾杯した。浩二郎の事務所では、どんな小さな事案でも報告書を依頼人に提出すると、乾杯を行うのが恒例《こうれい》となっていた。

事務所にはアルコールは一滴《いってき》も持ち込まないようにしている。三千代をアルコール依存《いぞん》症《しょう》から離脱《りだつ》させるため、スタッフにも協力をしてもらっていた。

「三千代さん、具合でも悪いんやろか」由美が、時計を気にしながら言った。

十時半を回っていた。いくら何でもけじめがなさ過ぎる、と浩二郎は裏の勝手口付近にある二階への階段を駆け上がった。

階段を上りきった踊り場にドアがあり、それを開けると居間があって、さらに奥が和室になっている。

夫婦の寝室はその和室で、ふすま越しに声を掛けてみたが返事がない。入眠剤が朝まで効くはずはないのだ。

軽い胸騒ぎを覚え、ふすまを開いた。六畳間《じょうま》に布団が二組、敷きっぱなしになっていて、そこに三千代の姿はなかった。

三階の息子の荷物を置いた八畳間を見たが、三千代はいない。

考えられるのは、勝手口から外へ出て行ったということだ。昨夜は蒸し暑く、徹夜を決めた浩二郎に、暑気払《しょきばら》いでもすればいいのに、と声を掛けてくれたことを思い出した。暑気払いという言葉から、ビールを連想してしまった可能性は充分にある。しまった！　その気になれば、アルコール類は自動販売機でいくらでも手に入る。

急いで一階へ戻り、勝手口から外へ出た。

東側は御所で、酒屋も酒類の自動販売機もなく、西へ向かうと浩二郎のかつての職場、京都府警本部がある。三千代の心理を考えれば、府警を避けて南か北を選択するはずだ。南の丸太町《まるたまち》通り付近にあるコンビニエンスストアは酒類を置いていたが、そこから府警本部の建物が見える。残るは、学生がたむろして自由な雰囲気の今出川《いまでがわ》方面だ。室町《むろまち》通りを北へ向かい、今出川通りという市内を東西に貫く大通りへ向かった。

大通りに出るまでにいくつか自動販売機を見かけたが、清涼《せいりよう》飲料水のものばかりだった。

「あなた」もう一つ十字路を越えれば今出川通りというところで、背後から呼び止められた。振り向くと痩《や》せた妻の姿があった。

「三千代。どこへ行ってたんだ」

「みんなに食べてもらおうと思って」三千代は、老舗《しにせ》和菓子店の手提《てさ》げ紙袋を持ち上げて言った。

「羊羹《ようかん》?」

「夏季の生菓子《なまがし》よ。少し上等の茶葉《ちゃば》を買って、お店から出たらあなたが通るのが見えたの」

「……」

「乾杯でしょう。佳菜ちゃんの初仕事だから、和菓子を奮発しようと思ったんだけど、いろいろな生菓子があって迷っちゃった」

「そうか。いや、部屋を覗いたらいなかったから」

「やだ、あなた。もう飲まないわよ。お薬も飲んでるから、飲みたいという気にならないもの」

病院の処方する薬は、アルコールを口にすると、微量でも二日酔いと同じような頭痛や吐《は》き気を起こすものだ。

しばらくはその薬も飲まずに過ごしてきたが、新学期が始まる四月、真新しい制服の高校生たちが目につくようになると、亡くした浩志のことを思い出して取り乱し、三千代は缶ビールに手を出してしまった。

大量に飲んだわけではないが、一滴でも飲めば、依存症は再発する。それまで五年以上した辛抱《しんぼう》など、すべて水泡《すいほう》に帰《き》すのだ。

コンビニでビールの缶を片手に泣いている妻を、かつての同僚が見つけてくれた。連絡をもらい駆けつけた浩二郎は、一口飲んで残りのビールを路上に流している妻の姿を見て、彼女の苦しみの根深さを思い知った。三千代も飲みたかった訳ではなく、心の寂《さび》しさを埋める何かを捜していたのだ。

もう一度依存症の薬を処方してほしいと、医師に申し出たのは三千代だった。もっと自分が注意してやらねばならない、と浩二郎は気を引き締めていたのだが、金沢の出張などで油断があった。

「お前、ほんとうに飲んでないんだな？」

「もう疑う仕事じゃないんだから。信じなさいよ」三千代はことさら高く紙袋を掲《かか》げて微笑み、続けた。「いくら何でも、和菓子を肴《さかな》に飲めないわ」

浩二郎は胸をなで下ろし、紙袋を持ってやると「みんな喜ぶよ」と三千代に言ってきびすを返した。

スタッフ全員が甘党だった。由美と雄高は、チョコレートを食べながら日本酒を飲む両刀遣いだ。浩二郎はもっぱらスコッチ派だったが、三千代の病気を機に断酒をしている。

11

煎茶《せんちゃ》と生菓子は、予想通りみんなを喜ばせた。中でも吉野葛《よしのくず》をふんだんに使った葛まんじゅうは人気があった。清涼感とほのかな甘さ、高級宇治茶《うじ》の風味《ふうみ》によく合う。

寝不足の脳神経、その一本一本がほぐされていくようだ。そんな風にリラックスしている浩二郎が、ふと玄関を見ると人影が揺れていた。

「どうぞ」と声をかけ、浩二郎は受付まで出て行った。

ドアが開くと、七十歳代に見える小柄な女性が立っていた。

「ちょっとお尋ねしたいのですが、こちらは昔に出会ったひとでも、捜していただけるのでしょうか」恥ずかしそうに、女性が訊いてきた。

「まずはどうぞ、こちらへ」応接セットまで招き入れ、ちょうど一つ残った葛まんじゅうとお茶を出した。

運んできたのは、しなやかな肢体《したい》でゆっくり歩く由美だ。

由美の無言の視線を感じ、浩二郎は彼女を同席させた。このところ浩二郎は佳菜子とばかり話をしていると、雄高に不満を漏らしていたそうだ。男社会で働いてきた浩二郎は女性の扱いは不慣れだった。焼き餅を焼かないようにしないと、女性は怖いですよ、と雄高が諭《さと》してくれていたのだ。

依頼人の名前は島崎トモヨ、七十五歳で三重県鳥羽《とば》市からやってきたという。

「三重県から、わざわざ」

マスコミ報道の影響で遠方の依頼人はいたが、七十五歳という高齢の女性は初めてだった。

「随分前の新聞で、ここのことは知っていました。思うところがあって、切り抜きを置いていたんです」

「三年ほど前ですね、うちが新聞で紹介されたのは」

三重の県民版の小さな記事だった。よく残しておいてくれたものだ。

「実はこの春に主人に死なれまして、わたくしも早く夫のもとへ逝《ゆ》きたいと……」少し目尻が下がって柔和《にゆうわ》な顔つきのせいで、深刻さは感じられなかったが、声には力がなかった。

「奥さん、もう少し気を確かに持ってください」

「お若いひとから、そんな優しい言葉をかけていただくなんて」泣きそうな顔になって、トモヨは頭を下げた。

かなり涙腺《るいせん》が弱っているらしい。夫との別離が、相当な心の痛手となっているのだろう。

「島崎さん、お子さんは？」由美が尋ねた。

「男の子が一人。でも主人とそりが合わず……情けないことです」

トモヨは、鳥羽駅の近くで伊勢うどんの店を営む十歳年上のご主人と、昭和二十七年二十歳のときに結婚して、翌年男子を出産した。そして約二十年前に、三十五歳になる息子を勘当《かんどう》したのだという。

「お恥ずかしい話ですが、他人《ひと》様の奥様と駆け落ちのようなことをしでかしたんです」

曲がったことが嫌いなご主人は、逃げ隠れする息子の態度が気にくわないと、知らせてきた住所宛《あて》に、勘当する由《よし》を書いて郵送した。それっきり音信は途絶《とだ》えた。

「主人が亡くなったとき電報では知らせたんですよ。でも……何もいってきませんでした」

「捜したいのは、息子さんですか」

「いいえ。もう息子のことはあきらめております」トモヨは目をつむって、首を振った。

「それより、主人を看取《みと》ってから、わたくしも体調を崩しまして」

「いやいや顔色もいいし、お元気そうです」浩二郎は励ました。

「夫婦は似るといいますが、わたくしも主人同様心筋梗塞《しんきんこうそく》をやりまして。いつお迎えがきてもおかしくはありません。ただやり残したことがあるんです。死ぬ前にどうしてもあの方に、お礼を申し上げたいのです。そうしないと心残りで、機嫌良く三途《さんず》の川を渡れないような気がします」

前屈《まえかが》みなのは、無意識に心臓をかばっているせいなのかもしれない。

「その、あの方を捜したいんですね」いつものように、ボイスレコーダーのスイッチを入れた。

「そうです、あの方。でも随分昔のことなんですよ」

「昔の話、結構。それが思い出探偵の活躍できる舞台ですから、お気になさらずお話しください」

「いまから、六十二年前の話になります」

「六十二年前ということは、まさに戦後の動乱期ですね」

「わたくしは十四歳でした。大阪は大空襲の影響で、一面焼け野原です。焼け野原ならまだましで、朽ち果てた建物の残骸《ざんがい》がひとを寄せつけない状態だったんです」

トモヨの目は、浩二郎と由美を交互にとらえてはいるが、その瞳《ひとみ》に二人の姿はなく、六十二年前の大阪の風景が映っているようだった。

12

トモヨは、昭和七年に大阪府泉大津《いずみおおつ》市松ノ浜で金物《かなもの》職人の長女として生まれ、すでに始まっていた満州事変など約十三年間、戦争と共に子供時代を過ごした。戦争一色といっても言い過ぎではない。

国民学校初等科時代も、思い切り遊ぶという経験はない。いつも弟を負ぶって、原っぱで戦争ごっこに興《きょう》じる男の子たちを、羨《うらや》ましそうに見ていた。

学校では「正常歩《せいじょうほ》」などというものが指導に導入されて、歩き方までやかましく教練された。正常歩では、腕の振り方、ヒジの上げ方から、歩く心構えや気分まで決められていた。

つまりトモヨに、自由などはなかった。

そんな彼女の唯一《ゆいいつ》の楽しみは、子守の駄賃《だちん》三日分で飴玉《あめだま》を買って見る、紙芝居《かみしばい》だった。当時の紙芝居の鑑賞代は、子供たちが思い思いに買う駄菓子《だがし》だ。最低の金額で買えるのが飴玉で、水飴を挟んだせんべいやカルメ焼きなどは、金持ちの子供の口にしか入らなかった。飴玉組は後ろの立ち見で、カルメ焼き組はかぶりつき、最前列に座る。座ると言っても座席があるわけではなく、原っぱの地面に膝《ひざ》を抱えてしゃがむのだ。

いつ背中の弟が泣き出すか分からないので、最後列の方が都合がいい、と負け惜《お》しみを言いながら絵物語に夢中になった。

「とくに『少女椿《つばき》』が好きでした。でもお話全部を見ることはできませんでした」

同じ場所で、ほぼ同じ時間に紙芝居は行われたが、出し物は変化する。男の子たちが『怪談もの』と叫んだり、『軍事もの』『怪盗もの』と威勢良く、紙芝居屋に要望を出すと、せっかく『少女椿』の続きだと思っていても変更された。どうしてもストーリーを続きで見ることが難しくなる。ましてや、トモヨの駄賃では、三日おきにしか紙芝居を見ることはできない。しかし、ロマンに浸る喜びを、その頃知った。

いまがどんなに苦しくても、きっとどこかで誰かが自分を待っていてくれるはずだ、と夢を見ることで、現状を耐えることを覚えたのだという。学校から配給されたキャラメルを弟になめさせてやってまでも、心の滋養《じよう》のため自分はいつもの飴で我慢《がまん》し紙芝居を見たのだ。

「キャラメルほど、美味《おい》しいものは知らなかったんですよ。絶対に路上で口に入れてはいけないって先生が注意したほど、貴重なものでした。甘味に飢えていたんです」トモヨは、目の前に置かれた葛まんじゅうを見た。

由美がさりげなく勧めると、トモヨは美味しそうに口に運ぶ。

いずれにしても、男の後ろを三歩下がって歩くのが女として当たり前だと、親も学校の教師も教えた時代だ。大人の言う通りの女性になる以外に、生きる道はなかったことも確かだ。

昭和十六年、トモヨが九歳になった年の十二月八日、午前七時に大本営陸海軍部の発表を聞いた。

「西太平洋においてアメリカ、イギリス軍と戦闘状態に入れり、というものですね」

浩二郎も、すでに他界した父親から開戦時の話はよく聞いていた。父はトモヨより五歳年下にあたるため、四つの子供だったが、大人たちの異様な興奮は伝わったと言っていた。

その放送を九歳の少女だったトモヨは、実際に耳にしているのだ。日本が敗戦に至る第一歩を踏み出した瞬間を記憶するひとが、目の前でその日のことを語る姿に浩二郎は心を動かされた。

「終戦は実家で迎えました。前の年に国民学校の初等科を終え、いったんは女学校に進学したのですが、経済的な事情で女工見習いとして堺《さかい》の縫製《ほうせい》工場に勤めていました。そこも焼かれて、周辺に畑が残る泉大津でサツマイモを作り、それを梅田の闇市《やみいち》まで持っていって、米や塩に交換するのがわたくしの役目となっていました。父も兄も戦死して、母は畑と七つになったばかりの弟のお守《もり》をしないといけませんから」

トモヨはリヤカーを引き、半日掛かりで梅田まで行った。男の子に見えるよう国民服で、短い髪はさらに後ろで束ね、正ちゃん帽《しょう》の中にしまい込んだ。女性だと分かると乱暴されたり、挙げ句の果てに女衒《ぜげん》にさらわれるという噂《うわさ》があったからだ。

「それだけではなく、街にうろつく米兵《べいへい》も警戒していました。もし辱《はずかし》めを受けるようなことが起これば、飲むように言われた薬瓶を常に携行《けいこう》していたんです」

そうして持たされたのは青酸《せいさん》カリだった。

実際に浩二郎は、戦時中に女性が携行していた青酸カリを巡る事件を担当したこともある。孫がその薬を持ち出し、自殺をほのめかして家出をした。しかし保存状態が悪く、空気中の二酸化炭素と結びついて無毒化していたため、孫は助かったのだ。

無毒化した青酸カリの瓶を見ながら、戦争の影はこんなところにも残存しているのだ、と浩二郎は考えさせられたことを思い出した。

「十四の女の子には、過酷《かこく》な仕事ですね。いまの子にはできひんと思うわ」

由美の感想通りだ。時代だと言ってしまえばそれまでだが、浩二郎でも辛抱できないであろう辛苦《しんく》をなめて、なお生き抜いた方々には頭が下がる。

「八紘一宇《はっこういちう》、欲しがりません勝つまでは、なんて言葉で鼓舞してきたんです。欲しがりません勝つまでは、というのは、わたくしが十歳のときに、二つ上の十二歳の女の子が作った標語です。同世代の女子が、頑張っていると思うと、軍国少女でなくても熱いものが込み上げてきますよ」

それほど子供たちが歯を食いしばってきたのに、敗戦を迎え、天皇陛下《へいか》のために死んでお詫《わ》びをすると言って憚《はばか》らなかった大人たちの、実際に腹を召《め》したという話は、トモヨの周りでは聞かなかった。

13

昭和二十一年の春。

トモヨはリヤカーを引いて、安治《あじ》川の土手を歩いていた。兄の国民服に正ちゃん帽姿は、遠目なら小柄な少年に見えた。ズボンの裾《すそ》にはゲートルを巻き、軍靴《ぐんか》を履《は》いた。ただそれが足の大きさに合わず、靴擦《くつず》れを起こして踏《ふ》ん張《ば》ると痛い。

梅田へ向かう荷は、大きめのドンゴロス（麻袋）六袋のサツマイモと葉ネギなどで、帰りは少々の米と調味料だった。重量は行きも帰りも苦痛ではないが、片道七時間以上の距離は辛い。

朝四時に出かけ、昼前に闇市の立ち並ぶ梅田界隈に着き、休む間もなく帰路に着かねば、日暮れまでに泉大津へ帰れなかった。

その日も市場で品物を交換し、メリケン粉を薄く焼いてソースを塗っただけの一銭洋食を頬張るとすぐ家路を急いでいた。

空襲のせいで、日よけになる樹木がほとんどない河原は、太陽の日差しがまぶしく、春とは思えないほど暑かった。

土手の乾いた砂埃《すなぼこり》の向こうに、陽炎《かげろう》のようにカーキ色の塊《かたまり》が揺れている。それはどんどん大きくなり、やがて米兵を乗せたジープだと分かった。

進駐軍だ。

トモヨは怖くなって、身を隠すようにリヤカーを路肩《ろかた》の草むらへと、軌道を修正した。その拍子《ひょうし》に左足が草むらの上を滑った。踏ん張ると、靴擦れの痛みが激しくトモヨを襲う。

米兵は何かを叫んでいる。にやついて笑っているようにも見えた。

ジープとリヤカーがすれちがった瞬間から、トモヨの記憶はない。

水の匂《にお》いと草いきれの青臭さを吸い込み、目を開けると青い瞳がそこにあった。トモヨは顔をそらし、足をばたつかせた。しかし大きな体の米兵はびくともしない。自分は草むらに仰向《あおむ》けになり、岩のような米兵が馬乗りになっている状態であることは把握《はあく》できたが、同時に何もできないことも分かった。

服のボタンは外され胸が開かれていることを感じた瞬間、誰にも見られたくないという恥ずかしさよりも、米兵に陵辱《りょうじょく》される恐怖が勝《まさ》った。

「助けて！」長刀《なぎなた》の教練でも、大声を出すことが苦手なトモヨの絶叫だった。咳《せ》き込んで、川の水の匂いが口内《こうない》から鼻へと抜けた。

「鬼畜《きちく》め！」そんな日本語が聞こえたと思った。

「オウ！　マイゴッド」馬乗りになっていた米兵が、トモヨから飛び退《の》いた。

頭と肩を押さえていた。彼の手に握られていたのは、開襟《かいきん》シャツに半ズボンの少年のように見えた。彼の手に握られていたのは、長い棒のようなものだ。

あまりの恐怖と緊迫感で、気が遠のいたトモヨの目に、再び映し出されたのは心配そうに覗き込む日本男児の精悍《せいかん》な顔だった。小柄だったが最初の印象よりは幼くない。けれども闇市で見かけるような、大人の顔に張りつく疲弊《ひへい》の色はなかった。

「もう大丈夫です。奴らは逃げていきました」

「……」声が出なかった。辱めを受けたことを恥じ入る気持ちと、それを知る男性への羞恥心《しゅうちしん》に震えていたのだ。

慌てて胸のポケットにある、青酸カリの小瓶をまさぐると、トモヨの手に馴染《なじ》んだ麻の感覚を覚えた。胸に、サツマイモを入れていたドンゴロスが掛けてあったのだ。

その下の服はずぶ濡れになっていた。春の陽気のせいで寒さは感じなかったのに、唇が震えた。

「心配ない。まったく無傷です。あなたは立派だった。紅毛碧眼《こうもうへきがん》に対してきちんと抵抗をしきったのです」

「て、抵抗しきった？」ようやく声が出た。しかし口の中に苦《にが》みが残り、吐き気を抑えていたため、自分の声とは思えないほど年寄りじみていた。

「だから、妙な気は起こさないでください。ぼくが助太刀《すけだち》したことが、無駄《むだ》になってしまう」男性は目だけで笑った。

「さあゆっくり体を起こして、水を」

男性の手が背中に回った瞬間のトモヨの鼓動《こどう》は、彼に聞こえてしまうのではと思うほど激しく鳴った。

草むらに座り男性の水筒から水を飲むと、さっと安治川の水音が耳に入ってきて、周りの風景も見えてきた。

国民服のボタンが、二つとばされていたのを男性は見つけて、手渡してくれた。川に向きドンゴロスをかぶって、トモヨは素早く携帯している裁縫道具《さいほう》でそれらをつけた。

男性は急いで土手を駆け上り、傾斜《けいしゃ》の中腹《ちゅうふく》で停まっているリヤカーを、元通りに直してくれている。

トモヨは、父以外の男性の優しさを初めて知った。

父は金物、特に鋸《のこぎり》の歯を修復することを得意にしていた寡黙《かもく》な職人であった。子煩悩《こぼんのう》でもないし、子供を気に掛けているそぶりも見せない男だ。けれど、朝から晩まで働き、一杯の焼酎《しょうちゅう》を飲むときに歌う民謡、泉州音頭《せんしゅうおんど》の声、それには本当に包み込むような優しさがあった。息子には竹馬や竹トンボを作ることで愛情を表現していたが、トモヨにはおもちゃではなく歌で可愛がってくれていたのだと思う。

「どこまで行くのです？」男性が訊いた。

「泉大津の家へ帰ります」トモヨは立ち上がりながら、応《こた》えた。

足下に赤いものをトモヨは発見した。それは点々と草の生《は》えた斜面を登っていっている。

「米兵の血です。肩口を打つつもりが頭に当たってしまったようです」

「怪我を？」

「おそらく」もう一人の米兵が抱えてジープまで運んでいった、と男性は言った。

「それは大変！　わたくしのせいです」

日本人が進駐軍に怪我を負わせて、ＭＰ（憲兵）が黙っているはずはなかった。

「あなたは関係ない。ぼくの腕の未熟さゆえです。ＭＰがくる前に出発しないと泉大津に着くまでに日が暮れる。暗くなると危険です」

トモヨは男性に促《うなが》され、リヤカーまで戻った。

「何とお礼を言ったらいいのか」

そんなお芝居の台詞《せりふ》のような言葉しか、浮かんでこなかった。

「日本男児として当たり前のことをして、礼を述べられることの方が迷惑です」

白い歯を見せて、彼は拾った正ちゃん帽を差し出した。

そのとき見えた、右手の甲から手首にかけてのみみず腫《ば》れが痛々しかった。

「ぼくは河原に用事がありますので、さあ行ってください」

リヤカーをとんと突いてくれた勢いで、トモヨは前に進むことができた。

14

「今日、わたくしが生きておりますのも、この男性のお陰なのです」トモヨは、青酸カリの小瓶をテーブルに出した。

猫の爪と羽根が入っていたものとは、まったくちがう冷ややかな瓶に見えた。中身のちがいだけでこうも感じ方が異なるものなのか。人間の感覚は不可思議なものだ。しかしそれが人間なのかもしれない。

「島崎さん、手がかりになるようなものは何かないですか」

六十二年もの年月は、あらゆるものを風化《ふうか》させる。当然人間の記憶も薄れていき、当時を語れる人々も減っていく中で、手がかりにかかる比重は大きくなるのだ。

「しばらく歩くと、MPの乗ったオートバイとジープの音が後ろでしました。胸騒ぎを覚えて、リヤカーをその場に置き、米は草むらに隠し、一生懸命引き返したんです」

現場まで戻ったが誰もいなかった。米兵の血の跡だけが黒く変色して残っていた。

「そこで砂まみれの、これを拾ったんです」トモヨが手にしていたのは、お守り袋だった。

真っ赤な紐《ひも》の先に、群青《ぐんじよう》よりも深い碧《みどり》色のお守り袋が付けられていた。ほころびだらけで、中央に紋《もん》が刺繍《ししゆう》してあったのだろうが、判然としない。むろん砂埃など、いまは付着していない。にもかかわらず、戦後に漂った土臭さとも思える匂いがする。

「これが、島崎さんを助けた男性のものだと」

「言い切れませんが、首筋に赤い紐が覗いていたんです」戦後の巷《ちまた》に、色彩《しきさい》がなくなってしまったときに見た赤色だ。見間違えるはずはない、とトモヨは言った。

「右手の甲から手首にかけての傷跡と、このお守りが手がかりですね」

「そうです。これっきりです。自分の最期《さいご》を迎えるに当たって、命の恩人に一言お礼を言いたいんです。それをし遂げて……どうかお願いします」

トモヨの承諾を得て、浩二郎はお守り袋の中身を見た。神社の名前でも入っていれば、場所を割り出す手がかりになる。

しかし、中には紙が一枚入っていて、そこには縦に半分に割ったような文字が書かれているだけだった。文字の意味も分からなければ、もちろん神社名も特定できるものはなかった。

「詳しく調べてみましょう」

もう何度目になるだろうか、トモヨは浩二郎を見つめて、また深々と頭を下げた。

「それで報告書ですが、ぜひともわたくしの生きている間に、いただきたいのです」

ただし現在病院に入院しており、京都へ取りにくることはできない。病室に持ってきて欲しいと言った。

「そんなに具合が？」

「ここへくるのが最後の旅行だと、覚悟《かくご》して参ったほどなんです」

それほど重い病気には見えなかったが、医者は余命《よめい》を半年と宣告したのだそうだ。彼女は口に出さないが心筋梗塞以外の病も持っているのかもしれない。

「分かったことは逐一《ちくいち》報告しながら、調べを進めていきましょう。とにかく医者の余命宣告などに負けないように、島崎さん」

「引き受けてくださらないのではないかと、心配していたんです」

「必ず良いご報告ができるよう、全力を尽くしますから、心配しないでください」

報告書はその過程を、住まいのある鳥羽市ではなく、隣の伊勢市にあるH病院六階六〇七号室まで届けることを約束した。

契約書などの手続きを済ませるとトモヨは、安心したようにソファーにもたれかかった。その様子を見て由美は、トモヨの体を支えて、ゆっくりソファーに横たわらせると、血圧や体温、脈拍《みゃくはく》などをチェックした。

妻のこともあり、由美は血圧計などの機器を常備してくれている。

「どうなんだ？」

「血圧が下がってるんで、いま歩くのは無理やと思います。私の知ってるドクターに診《み》てもろて、場合によっては京都で入院しはった方がええんとちがいますか」

「いつもこんな感じですから、ちょっと横になっていれば直《じき》に歩けます」トモヨが辛そうな声で言った。

「島崎さん。私こう見えても元看護師です。そやから知り合いのお医者はんがいはりますので、診てもらわはる方が安心ちゃいます？」

「でも……」トモヨの息づかいは荒かった。

「由美君、お願いするよ」浩二郎は由美に言い、トモヨを見て続けた。「島崎さんは、少なくとも命の恩人に礼を言うまで、体を大切にしなければならないんです。まだ調査も開始していないんだから、ここで倒れてもらっては私が困るんですよ」

島崎トモヨは、人生のすべてを懸けて、この『思い出探偵社』の扉を叩きにきたのだ。お守りひとつで、彼女の恩人を見つけ出すことは、間違いなく困難な仕事だ。しかし応えてやりたいと、浩二郎はトモヨの顔を見た。

第二章

鶴を折る女

1

実相浩二郎《じっそうこうじろう》は、ぐったりした島崎トモヨを本郷雄高《ほんごうゆたか》のワンボックスカーに乗せ、事務所から一番近い飯津家《いいづか》医院に運んだ。一ノ瀬由美《いちのせゆみ》の知り合いである飯津家は、突然の連絡にもかかわらず病床《びょうしょう》を確保してくれた。

「こんな体で、よう三重から電車に揺られてきたもんやな」飯津家医師は、ベッドに横たわるトモヨの脈を診《み》ながら言った。

「いつも、こんなものなんですよ、先生」小声でトモヨは、普段通りだと主張した。

「島崎さん。心臓が悲鳴すら上げられない状態なんやで。もうちょっと、いたわってやろうや」そう言うと、飯津家はさっとカーテンを引いた。トモヨのブラウスの胸を開き聴《ちょう》診器《しんき》を当てているのだろう。高齢者ではあったが、女性患者への気配りを忘れない。

飯津家は還暦《かんれき》を過ぎたと聞いている。痩《や》せすぎのきらいはあるが、スマートな体型で白衣姿の下のジーンズがよく似合っていた。白衣をタキシードに替えれば、細面《ほそおもて》でオールバックの髪型はドラキュラ伯爵《はくしゃく》を連想させる。

「心臓が悪いのは、よく分かっています。でも慣れましたから、一日ほど休めば」

「あかんあかん。しばらく入院や」飯津家が、トモヨの言葉の終わらぬうちに言い放ったのが聞こえる。

「そ、それは、困ります」

「このまま外へ出したら、わしの医者としての責任になってしまうやないか。とにかく、取って食おうというんやないんやから、三、四日様子を見せてえな、島崎さん」

「そうですよ、島崎さん。お知らせする方がいらっしゃるなら、言っていただければこちらでやりますよ」浩二郎がカーテンの外から、飯津家とトモヨの会話に割って入った。

「そんな者、いやしません」トモヨの声はいっそうか細くなった。

おそらく、寄りつかない息子の顔を思い浮かべたのだ、と浩二郎は思ったが口には出さなかった。

「島崎さん、入院に必要なものは、全部うちに任せてな。だてに看護師やってたんとちゃうんやさかい」と、トモヨに付き添っている由美の声がした。

彼女に任せれば、徐々にトモヨの気持ちをほぐして治療する気にさせてくれるだろう。由美には、慈愛のようなものを時折感じることがある。彼女が夫と離婚した理由は聞いてはいないが、妻として母として申し分ない女性に、浩二郎には映る。

ひとまず由美にトモヨを任せることにして、浩二郎は病室を出た。

「息子が、診察室を使《つこ》とるんで」程なく病室から出てきた飯津家は、廊下で手帳を見ながら今後のスケジュールを思案していた浩二郎を、応接間へと招き入れた。

飯津家医院は診察室の奥に自宅があって、ドアを開くとすぐに応接間があった。ソファーに座ると、部屋の正面の柱に大きな木製の時計がかかっているのが見えた。二時前を指している。

「午前の診察が、まだ終わっていないんですね」

「息子も必死で勉強してますんや。病気やのうて、近所におられる病人さんのことをね」

飯津家は、医者である息子と二人で医院を運営していた。内科医として最新の医療知識を習得して戻っていた息子に、徐々にではあっても医院を任せていきたいのだが、古い患者さんはなじみ深い飯津家の診察を望むのだそうだ。

「なるほど、病気じゃなく病人のことですか」

「そうそう。患部ではなく、患者を診よってな」飯津家は相好《そうごう》を崩した。

「先生、島崎さんの容態《ようだい》は、どうなんです？」

「心エックス線をかけてみんと分からんけど、奇脈があってね。奇脈ちゅうんは、息を吸うときに脈拍《みゃくはく》が減弱するんや。胸の音を聞くと、心膜摩擦音《しんまくまさつおん》が顕著《けんちょ》やった。心膜炎を起こしているかもしれんな」

「心膜炎というのは、難しいものなんですか」

「ご本人が心筋梗塞《しんきんこうそく》だと言ったところをみると、心筋梗塞後症候群《しょうこうぐん》の一つやろな。以前、急性心筋梗塞を起こしたときの炎症《えんしょう》か、リウマチ性か、結核菌《けっかくきん》が原因なのかは分からん。けれど、あの不整脈《ふせいみゃく》と血圧低下は重篤《じゅうとく》と言ってもええやろな。とにかく精密検査してみんとね」

「入院はどれくらい？」

「そやな、最短でも二週間ちゅうとこや。まずは安静にしてもらわんと」

「二週間、ですか」

トモヨの依頼を二週間で決着することは、不可能に近い。六十二年という年月が浩二郎の前に大きく立ちはだかっている。

「かなり心筋が傷《いた》んでることは間違いあらへんから、ここでの治療も限界があるな」オールバックの髪を、さらに後方へ撫《な》でつけながら飯津家は言った。目を閉じた表情に、明るさはなかった。

「島崎さんが、うちの探偵社にお見えになったのは、どうしてもお礼がしたい人物を捜《さが》すためです。きちんとお礼が述べられなかったことだけが心残りだって」

「覚悟の上で、ちゅうことか。律儀なこっちゃ。最近のテレビや新聞ではお目にかからん奇特な方や。けど、心残りがあったから、頑張ってこられたということも考えられますで、実相さん」

飯津家の言うことはよく分かる。思い残すことがなくなることで、生き甲斐《がい》を失うこともあるからだ。

ことにトモヨのように、記憶の奥の、心の深い部分に宿る思いは、彼女自身の魂の拠《よ》り所となっていることが少なくない。病気への抵抗力を支える、杖になっている可能性もある。

浩二郎の胸の中で、解決を急がねばならない気持ちと、本当にトモヨの恩人を捜し出してもいいものかという迷いが交錯《こうさく》し始めた。

「先生。もし心残りが解消されれば、島崎さんはどうなります？」

「それは分からへん。医学を過大評価せんといてほしいな。ここだけの話、分からへんことの方が多いんや。ようドラマに出てくる余命《よめい》宣告かて、あんなもん統計学や。誤解を恐れんと言わしてもらうと、あれは一種の鋳型《いがた》や」

「鋳型？」

「三年と宣言したら、家族も頭の中でカウントダウンし始めるやろ。それはいくら本人に隠してたって、以心伝心《いしんでんしん》、確実に伝播《でんぱ》しよる。病人はベッドに寝てて、考えることといえば自分がどうなるかしかあらへんから、顔色とか空気とかで察知《さっち》するもんやで。アンテナが敏感になってしもてるからね」

「それが無意識に作用して、余命に合わせるとおっしゃるんですか」

「わしはそう思とるよ。医者も看護師も、家族も、病院にやってくる親しい友人も余命という物差しを頭に描いとるんやから。こんなこと言うてるから、医学会からアホ扱いされるんやろうな、わしは」そう言って笑ったが、飯津家の眼光《がんこう》は鋭かった。

「逆の祈り、みたいなものですか」

平癒《へいゆ》を願って患者の家族は何かに祈るのだが、余命の物差しを常に意識すれば、せめてそのあいだだけでも生きていてくれれば……という祈りになってしまう気が、浩二郎にはした。

「わしの言ったことで、あんたを迷わせてしもたら申し訳あらへんな。気にせんといてんか。何せわしは、医師として異端《いたん》や。つまり島崎さんにとって、心残りが生き甲斐やったか、単に気がかりで実はストレスやったのかは、分からんちゅうこっちゃ」

飯津家はそう言うが、口に出したところをみると、そこに何かしら意図があるはずだ。

飯津家の話は、とくに高齢者の場合には、念頭に置いておかなければならない事柄かもしれない。報告書を作成するときの、書き手の目線に影響が出てくるにちがいない。嘘を書いてはならないが、ものには見方が様々ある。知り得た情報でも、目線によっては、何かの物陰になって見えないことだってあるのだ。思い出を仕事にする以上、そんなジレンマは克服《こくふく》していかなければ前に進めなくなる。

「浩二郎さん」由美が応接間に顔を見せた。

「落ち着いた?」浩二郎は、トモヨの病室の方向を一瞥《いちべつ》して尋《たず》ねた。

「眠ってはるわ。それより、これを預かったんやけど。どうしようかと思て」

由美から、給料袋のような広い封筒を浩二郎は受け取った。

封筒には三重バンクのロゴマークが入っている。中身は預金通帳と判子《はんこ》だった。

「通帳は見てもいいの？」

「了解は得ました」

その言葉を聞き、おもむろに浩二郎は通帳を開いた。

「残高、八百三十万円か」

「全財産やて言うてはった」由美は声を潜《ひそ》めた。

「覚悟の現れちゅうことやないか。あの容態、全財産の通帳。実相さん、どうやら島崎さん本気やね」と言って飯津家は、髪をまた撫でつけた。

「担当させてください、浩二郎さん」由美の瞳《ひとみ》は、いつになく力強く主張していた。

「なかなか難しい事案だ」

「早速、お守りの分析にかかっていいですか」

「うん、どれだけの情報が拾えるか、だね。こっちは梅田周辺の闇市《やみいち》に詳しい人物を捜そう。そうだ、この事案名、由美君が決めてくれ」

「えっ、はい。分かりました」

浩二郎と由美は飯津家へ、トモヨに変化があったらいつでも連絡をして欲しい、と頼み事務所に戻った。

2

事務所では恰幅《かっぷく》の良い紳士が応接セットのソファーに座り、雄高が応対していた。

「代表の実相が、戻って参りました」雄高は機敏《きびん》な動きで立ち上がると、浩二郎を紳士に紹介した。

浩二郎は挨拶《あいさつ》をし、名刺《めいし》交換を済ませて雄高の横に座った。

紳士からの名刺には『田村工務店　田村尚《ひさし》』とあり、住所は東京都足立区《あだち》となっていた。

「これはこれは、遠くから」

「いや、随分近くなりましたよ。私は東北の出身ですから、ことに新幹線というものが距離を縮めてくれたと感じます」田村は微笑《ほほえ》み、そのまま続ける。「まずは電話をと思ったんですが、京都見物のついでに寄ってみようと。私はどうも走りながら考える質《たち》でしてね、思慮が足りないといつも女房から小言《こごと》をもらっているのです」

田村の筋肉質で太い首から肩の線は、浩二郎の元同僚にもいた柔道の猛者《もさ》を思い出させた。恰幅良く見えたのは胸板が厚いせいで、腹が出ているからではなかった。よく見ればむしろ、引き締まった体軀《たいく》だ。

「奥さん孝行ですか」

「ええ、古女房と二人で。いや六十までに二年を残して、隠居《いんきょ》したんですよ。息子に会社を譲って私に時間ができると、女房がどこかに連れて行けってうるさいもので」

建設の現場に留《とど》まろうと思えば可能だった。しかし三十歳の一人息子を一人前にするためには、完全に身を引く方が良いと判断した、と田村は自らの心境を語った。

「息子は大学で建築工学を学んだんですが、実践はまだまだです。私に付いてきてくれた現在の専務や古い大工さんとの技術の差は歴然でして。それを埋めない限り、代表は務まりません。専務たちに鍛《きた》え直してもらうためには私は邪魔でしょう?」

専務たちが気兼《きが》ねなく息子を鍛えるのに、親は邪魔者以外の何物でもない。

――息子。浩志《こうし》が生きていたら、自分もそんな風に厳しい父親になっていただろうか。浩二郎はそんなことをふと考えたが、彼の頭に生きている浩志の姿は、高校生のままだった。

「依頼にも関連するのですが、私自身、厳しい修行時代を耐えたからこそ、現在があると考えています」

心なしか田村が胸を張ったように見えた。

「鍛えの時代があった、ということですね」浩二郎はうなずきながら言った。

「その通りです。ただ、何ぶん古い話です。東京オリンピックの翌年、昭和四十年のことですが、調べてもらえますか」

「昭和四十年といえば西暦一九六五年ですから、四十三年前ですね。六十二年前のことを調べる依頼を受けたばかりです。それに比べれば田村さんの事案は二十年近く、新しいということになりますよ。心配ご無用です」

頭にトモヨのことがあって、浩二郎はつい軽口を叩《たた》いたが、思い出の探索の難しさは単に経過年数だけで計れないところにある。

「むろんお話によっては、ご期待に添えないこともありますが、全力を尽くします。まずは話をお聞かせください」浩二郎は真剣な表情で言った。

「私は、昭和二十五年二月、岩手県の石鳥谷《いしどりや》という町で三男四女の三男坊として生まれました。石鳥谷というところは昔から酒造りで有名でして、南部杜氏《なんぶとうじ》はご存じでしょう？」

「京都の伏見《ふしみ》の酒蔵で、南部地方からやってきた杜氏のことを聞いたことがあります」

「しかし大部分は農業を営んでました。私の家もさほど広くない田んぼを持っていたんですが、長男が継ぎますと次男、三男は出稼ぎといいますか、口減らしの対象となります」

「四十三年前でも口減らしが……」

確かに四十三年というのは長い年月である。しかし浩二郎はすでに誕生していて、三つになっていた。おぼろげな記憶の中に、ひもじさはない。

そんな時代に、子供の食い扶持《ぶち》を確保するのに苦労し、口減らしに泣いた家族が存在していた。田村が言うように、彼が口減らしのために上京した前年、東京ではオリンピックが開催されていることとのギャップを感じるのは、浩二郎だけではなかった。隣に座る雄高の驚きの息づかいが、伝わってきた。

「その後も十年近く、町村から集団で上京しています。三つ上の兄が、すでに集団就職の夜行列車に乗り込んでいましたから、中学を卒業すれば自分も当然同じように、あの汽車に乗って東京に出て行くものと思っていました」当時を思い出したのか、田村は奥歯を噛《か》みしめ、少年のような顔つきになっていた。

「集団就職が、昭和三十年頃から五十年頃まで実施されていたということは、知識として知っていますが、それが農家の口減らしの側面をもっていたんですね」

「就職斡旋《あっせん》などという、生《なま》やさしいものではありません。同級生なんかは仕事の内容なんてどうでもよく、寮があって飯が食えるところを切望していたほどです」

終戦から二十年が経った日本に、新幹線やオリンピックと高度経済成長を具現化するものが現れ出した時代だ。新しいものがどんどん出現する陰で、都会の労働資源は足りなくなっていた。企業が少しでも安い労働力を求めるのは、現代も変わってはいない。

いや都会と地方との格差という点においては、当時の方が大きく隔《へだ》たりがあったような気がする。

「就職先の条件など、本人が望めば叶《かな》ったのですか?」雄高が、口を開いた。

「まさか。どうせ半年か、よく持って一年ほどで逃げ出すような労働力ですから、多めに入れておきたい。ひと山いくらのリンゴみたいな買い方です。いちいちリンゴの希望を聞き入れませんよ」劣悪《れつあく》な環境の工場ほど、歩留《ぶど》まりが悪く、結果水増し採用をするのだと田村は言った。「皆さんお若いから、ご存じないかもしれませんが、昭和三十九年に井沢八郎という歌手が『ああ上野駅』という唄《うた》を出しました。その唄をラジオで聞いたとき、泣きました。だってまだ十五歳だったんです」

3

作詞＝関口義明
作曲＝荒井英一

ホームの時計を見つめていたら　母の笑顔になってきた
上野は俺らの心の駅だ　お店の仕事は辛《つら》いけど
胸にゃでっかい夢がある

田村の好きなのは、三番の歌詞だった。
上野駅の暗いホームの丸い時計が、母親の顔に見えるはずはないと思いながらも、唄えばどうしても母という言葉で懐《なつ》かしさが込み上げ、声を詰まらせた。それを掻《か》き消すように「胸にゃでっかい夢がある」と声を張り上げるのだ。

中学を卒業すると、寮完備で定時制高校に通わせるという触れ込みの材木加工会社に、田村は飛びついた。

上野駅に到着したのは、朝の八時を回っていた。長い時間堅い椅子《いす》で揺られていたため、おしりと腰が痛かった。その腰をようやく伸ばせたと思うとすぐ、斡旋者の指示する方向へと列を作る。ホームは同じ年代の少年少女でごった返し、押されるように改札を通り抜けた。

社名を書いた紙を持った会社の者か、役人かが構内に大勢待っている。すぐにRK材木工業という社名を田村は見つけた。そこが彼の就職先だ。

その看板の前には、五十名ほどの人間がすでに溜《た》まっていた。

田村はその人数の多さに、石鳥谷を出てから考えないようにしていた不安が、再び大きく頭をもたげてきた。

その不安とは、定時制高校進学は嘘ではないか、ということだった。なぜなら斡旋者の説明では、授業料は会社が負担すると言っていたからだ。

いくら何でも、こんなに多人数の授業料を払う会社があるとは思えない。

この予感が的中していることは、田村が寮に案内され、わずかな持ち物であるリュックを部屋に置いたときに思い知らされた。

四畳半の部屋に二人、布団を敷くと勉強をする空間はなく、戸の内側には「いかなる理由があれど、門限八時を厳守のこと。また消灯《しょうとう》は九時とする」などと張り紙がされていたのだ。

定時制高校は五時半に始まり、四十五分間授業で四時限目まであると、中学の先生から聞いていた。つまり休憩などを入れると、九時過ぎにしか学校を出ることはできない。

門限の『いかなる理由』の中に、定時制高校の授業は含まれていないなどと期待するほど、田村は世間知らずではなかった。先に就職していた兄から、都会の風当たりの強さは聞いていたのだ。

「私は勇気をもって直談判《じかだんぱん》しました。約束がちがうって。思ったことをすぐ口にするのは悪い癖です」田村は苦笑《にがわら》いを見せた。

「悪いこととは思いませんが、悪く作用したのですね」浩二郎は、しみじみと言った。

地方からやってきた若い人材は、別名を「金の卵」と呼ばれていた。コントロールしやすい労働力として重宝《ちょうほう》で、雇《やと》う側に都合がよかったからだろう。その意味からすると約束がちがうと言った田村少年は、間違いなく出る杭《くい》だったのだ。

「いま風に言えば、シカトでしょうね。仕事は新建材、ベニヤを作るのですが、重労働の上に接着剤の強烈な匂《にお》いがきつい。おまけにプレス機の危険がつきまとっていました」

薄い板を熱処理してなめし、接着剤を塗布《とふ》してプレス機にかけるのだが、濡れて重量が増した薄板を、二人ひと組で左右から持ち上げて重ねていかなければならない。息が合わなければ、四隅《よすみ》を合致《がっち》させることができないし、手元が狂えば、いずれかの指をプレス機に挟《はさ》みかねない危険があった。

「一年先輩と組まされたんですが、口を聞いてくれないから、息を合わせることもできません。何度も不良品を出して、挙げ句その責任はすべて私に押しつけられました」

田村の月給は六千円で、諸経費を引かれて手取りは三千円強だった。そこから実家の妹たちのために千五百円を仕送りし、彼の手元に残ったのは千五百円。

「ほぼ毎月、不良品の罰金として五百円がさっ引かれましたよ」

さらに田村を襲ったのが、ぜんそくであった。

「それは持病《じびょう》だったのですか」浩二郎が尋ねたのは、田村の体軀から、すぐに病弱な少年と結びつかなかったからだ。

「岩手の村々は緑が豊富で空気もうまい。それに比べて東京は、車も増え始めていて排気ガスが立ちこめていました。それにベニヤ工場は、細かなおが屑《くず》が散乱している。それが作業をする度に舞い上がり、汗でびっしょりの頭や顔に付着するんです。相当吸っていたんだと思いますね」

発作《ほっさ》がでないように、手ぬぐいをマスク代わりに巻いて仕事をせざるを得なかった。手ぬぐいはある程度防塵《ぼうじん》にはなったが、会話がしにくく、いっそう孤立していったと田村は言った。

「学校にも行かせてもらえず、心の支えになるはずの友もいない。そんな状態でもひと月半、黙って耐えていました。ある日の夕刻でした。三十九度以上の熱を出してもなお、工場で作業をし、ようやく一日も終わろうかというときに、ひとりでリフトへの運搬係をするよう先輩が命じてきたのです。プレスを終えた合板《ごうばん》はさらに重く、しなるので到底ひとりでは運べません」

それでも十数枚は運んだ。しかしバランスが取りにくいのと、熱で平衡《へいこう》感覚がおかしかったのとで、途中で合板を土床に落としてしまう。

「その姿を見て、みんなが笑ったんですよ」田村の目は充血し、唇を嚙んでいた。

「それはひどい」雄高が、自分のことのように怒りの声を発した。

雄高も九州にいた頃、いじめられっ子だったと浩二郎は聞いたことがある。いじめ体験者が、その後武道を志し、他の者よりも上達していく例をよく知っている。雄高の剣の道もそのひとつにちがいない。

「涙は出しませんでしたが、心では泣いていました。そのとき、限界だったのだと思います」

「それから、どうされたんですか」と、訊《き》いた浩二郎の拳《こぶし》にも力が入った。

4

田村は、先輩の胸《むな》ぐらをつかむと引きずり倒し、馬乗りになった。そして拳を振り上げた瞬間、その腕を背後から上司につかまれた。

腕っ節に自信のあった田村は、四十前の上司にも向かっていったが、元軍人だった彼に軽くあしらわれ、土床に投げ飛ばされてしまう。

尻餅《しりもち》をつき、そこかしこから湧き上がる笑い声に耐えきれず、田村は工場を飛び出した。

ランニングに作業ズボンという格好《かっこう》だった田村は、人目を避けながら南へ駆けた。走って疲れれば歩き、ネオン灯《とも》が点りだしたとき、見覚えのある風景に行き当たった。

上野駅周辺である。

夏でもないのに、シャツ一枚の少年がさまよっていると、補導されかねない。田村は身をかがめて歩きながら、隠れるところを捜した。

とにかくいまは、寮に戻りたくない。会社の人間と会いたくもなかった。少なくとも上司に歯向かったのだから、懲罰《ちょうばつ》の対象になるだろう。もうどうにでもなれ、という投げやりな気分になっていた。

背広姿の勤め人の目を避け、路地裏《ろじうら》へと入り込む。奥へ奥へと続く路地には、不思議な魅力があって、一歩踏み入れるごとに日常や常識、自分の立場をかなぐり捨てられる気分になっていく。

——退廃《たいはい》。

中学校の教師が、退廃する風紀を戒《いまし》めていた。もしかすれば、この感覚が退廃というものなのかもしれない。そこには背伸びをしたいと思う、少年の好奇心もあっただろう。鄙《ひな》びた田舎町にはない妖《あや》しさに引き寄せられるように、けっして美しいとは言えない木製の看板がかかる一軒の店の前で立ち止まった。

『ジャズ喫茶ジャーニーギター』

何かの無垢材《むくざい》に深緑のペンキを塗りたくり、白縁《しろぶち》でくくった深紅《しんく》の文字。そこへ向けて電球の光が当てられていなければ、暗闇に埋没《まいぼっ》していただろう。

白い木枠の格子《こうし》ドアのガラスの部分に、プラスチック板が張ってあって、そこにコーヒー六十円と書いてあった。

日給二百四十円の田村にとって六十円は痛い出費である。それでも中から漏れる音楽が彼の気持ちを高ぶらせた。

作業ズボンのポケットに手を入れると、故郷の母親への便りを出すために買おうとしていたハガキ代の五円しかなかった。

五円ではどうしようもない。

それでも中の様子が気になって仕方がなかった田村は、なかなか軒先《のきさき》から離れられなかった。

「あんた、ジャズに興味があるの？」

びっくりして振り返ると、うす桃色のワンピース姿の女性が少し離れたところに立っていた。口紅が濃い赤で、一見崩れた感じをもったが、歳はそれほど離れていないのだろう。顔立ちには子供っぽさが残っていた。

「ジャズ？ これがジャズちゅうのすか」田村は国訛《くになま》りで、つぶやいた。

「あんたも東北出身？」女性の目が大きく開いたと思うと駆け寄ってきた。

「あんたもっていうことは、お姉さんも」

「えっ……ち、ちがうよ、ちがう」慌《あわ》てて否定すると、田村の腕を引っ張って、喫茶店の扉を開いた。

「中はタバコの煙で曇《くも》っていました。私は首に巻いたまま忘れていた手ぬぐいで、口と鼻を押さえたほどです。間口《まぐち》はさほどではなかった店ですが、奥行きはかなりありました」

年上の女性の柔《やわ》らかな感触と初めて耳にするジャズ、コーヒーの香りとタバコの匂いが入り交じった独特の空気にあてられた、と田村は表現した。

「おまけに、五時からは喫茶タイムが終了していたと、いうんです」

「お酒を飲ませる店になるんですね」浩二郎は、ジャズといえばコーヒーよりもバーボンウイスキーが似合うと思った。

「五時までならコーヒー一杯六十円で、一時間以上粘《ねば》ることができますが、酒を出す店となると、コーヒーの十倍ほどにも跳《は》ね上がります。薄暗い店内の一番奥のテーブルに着いたはいいのですが、私はお金のことが気になり始めました」

田村は、お金を持っていない、と正直に女性へ言ったのだという。しかし女性は気にもとめず、勝手にコーヒーと赤玉ワインを注文したそうだ。

「強引ですね」

「そう、その強引さが、だんだん恐ろしくなってきたんです。見た目の幼さや、清潔感とまるでちがう行動をとる。まだ子供の私には、女性そのものが分かりませんでしたから。大金をふっかけられて、借金を作らされ、わずかな田畑も取られてしまうのではないかとまで考えました」

「その女性との、思い出なんですね」

「そうです。女房の前では恩人だと言ってますが、初恋だったのかもしれません。ただ一度しか会ったことのない女性への」

「その女性とは、それっきり会わなかったんですね」

「わずか半時間、テーブルで向き合っていただけです。しかし、私の人生を変えた出会いだといっても大げさではないんです」

「大げさだとは思いませんよ、田村さん」

生き方に影響を与える人と人の出会いは、まさに「縁」だと浩二郎は思っていた。そしてそれは、会っている時間の長さや、回数などではないことも感じている。互いが共鳴し合うのには、一刹那《いっせつな》で充分な出会いが人生にはあるのだ。

田村は浩二郎の言葉にうなずき、さっきさりげなく妻の三千代《みちよ》が出しておいた煎茶《せんちゃ》を旨《うま》そうにすすった。そしてまた話し出した。「タバコの煙にも、音楽にも少し慣れた頃、やっと彼女のことを正視できるようになりました。薄暗い店内なのですが、白い顔が浮き上がって、ドキッとするほどきれいに見えたんです」

田村はそれを、いまにして思えば故郷や職場の女性には感じることのなかった艶《えん》だったと、はにかみながら言った。

「年上の女性に対して、何を話していいのかが分からず、しばらくは他の多くの客同様、ジャズに耳を傾けるしかありませんでした」三曲ほどが流れた後のこと。彼女が透き通るような声で、田村に声をかけたそうだ。

「自分も四年前に仙台から就職列車で東京に出てきた、と打ち明けてくれました。彼女は本好きだそうで、勉強がしたくて、定時制高校に通わせてくれる料亭の仲居《なかい》の仕事に就《つ》いていました。その料亭では、とくに忙しい日を除いてきちんと学校に行かせてもらえたようです」

三年間まじめに学校へ通い、あと一年で卒業という年の春に、仙台の父親が脳溢血《のういっけつ》で倒れた。命は取り留めたが、寝たきりになってしまい、治療と介護にかかる費用、人手が必要になった。

学校をやめて昼夜働いたとしても、料亭の仲居では仕送りすることができる金額は五千円が限度で、もっと給金の良い職種に転職する以外になかった。

料亭に出入りする客の斡旋で、銀座の夜の店で働くことが決まったその日に、田村と出会ったということだった。

「江利チエミの唄で、ジャズが好きになったんだそうです。ワインも初めて口にすると言いました。彼女は十九歳で、その夜、子供である自分との決別を決心していたのかもしれません。本当は、相当不安だったんじゃないでしょうか」

寂《さび》しさや不安の感情を、好きなジャズで癒《いや》したかったのではないかと、田村は女性の気持ちを想像した。

「ジャズ喫茶の前でたたずむ白シャツ姿の私を見て、ふるさとの弟を思い出したと言っていました」彼女は、それ以上自分のことを言わなかった。

「名前も言わなかったのですか」

情報が少ない、と浩二郎は思った。

「自分に関することは、それきり口にしません」

「そうですか。田村さんが彼女に対して恩義に思うのは、どういったことなのでしょうか」すでにスイッチを入れているボイスレコーダーを田村に近づけて、浩二郎は訊いた。

「あんた、学校は？」女性は、一口しか飲んでいないワインで真っ赤になった顔を田村に向けた。色が白いため、赤みが目立つ。

「約束では、定時制に通わせてくれるはずだった……」

「騙《だま》されたのね。よく聞く話だわ」

「それに、もう会社には」

「あんた、喧嘩《けんか》して飛び出してきたんでしょう」

「なんして？」

「背中に土が付いているし、ランニングシャツでジャズ喫茶なんておかしいもの。戦後じゃあるまいし。ズボン、おが屑だらけだから大工さんの見習いかと思ったけど、それじゃ会社というのが変だわ。親方、棟梁《とうりょう》のところには戻れないって言うんでしょう」

「お姉さんって、頭いいんだね」田村は材木加工会社に四月から勤めていて、定時制高校進学が就職の条件であったことを、会社側に主張して、孤立していることを話した。

「あんた給金を貯めて、自分の力で高校へ行きなさいよ。学校に行くようになれば、門限のことも何とかなるわ。学校の先生も相談にのってくださるだろうし。だから、帰ってすぐに土下座《どげざ》するの」

「土下座。そんなのやんだ！」

「もしあんたが土下座して会社に戻って、高校へ通ったら、必ずやりたい仕事が見つかる。私が保証するわ。だから私を信じて」真剣な目だった。

田村が逆らうことができないほど、彼女の表情は険《けわ》しかった。

「わ、分がった。分がったよ、お姉さん」そう言って飲んだ初めてのコーヒーは、とても苦かった。

少し緊張がほぐれた頃、田村は小便に立った。そして戻ってくると女性の姿はなかった。テーブルの上に見たことのない折り鶴が残されていただけだった。

「これが、そのときの折り鶴です」田村が浩二郎たちの前に置いた鶴は、確かに変わった形をしていた。

くちばしや尾、羽根の部分は普通の折り鶴なのだが、背中が四角く開いていて、そこが小物《こもの》入れになっていたのだ。

「四十年以上経ったにしては、保存状態がいいですね」

「ええ、大切にしてきたつもりです。その小物入れの部分に、百円紙幣《しへい》が折りたたんで入れられていました」

彼女は自分のワイン代は精算していて、田村のコーヒー代も用意してくれていたのだ。

「私は彼女の言うとおり、会社に戻って土下座をし、解雇《かいこ》だけはしないでくれと頼み込みました。仕送りの残金をすべて月額千三百円の授業料へ回して、定時制高校に進み、卒業と同時に建設会社へ転職することができたんです。二十歳になってから、大工見習いもさせてもらい、建築士への道にすすみました」

息子に会社を譲り、一段落がついて自分の足跡を振り返ったとき、『ジャズ喫茶ジャーニーギター』での出来事が人生の分岐点《ぶんきてん》だったような気がしてきた。

「コーヒー代の六十円はおごってもらったとしても、四十円の借金をしていることになります。ぜひともお礼と共に、その四十円をお返ししたいんです」田村は深々と頭を下げた。

「分かりました。やりましょう」

「ありがとうございます。良かった」

安堵《あんど》のため息を田村がつくのを見て、彼のその女性に対する気持ちが本物であると浩二郎は感じた。

「探偵業法に則《のっと》り、契約書を交わします。そうだ、この折り鶴、開いてもいいですか」

「どうぞ。私も何か手がかりがないかと開いたことがあります。手書きの詩のようなものが書かれてました。それに紙が当時にしては粗末《そまつ》ではないんです」

ゆっくりと鶴を展開していき、十五センチほどの正方形の紙片に戻した浩二郎は、そこに書かれた文章に目を落とした。「なるほど、これは詩ですね」

5

「事案名は、『鶴を折る女』とする。しかし、昭和四十年なんてそんな昔には思えないんだがね」浩二郎は、夕刻の事案報告会議の席上、スタッフに向かって漏らした。

「浩二郎さんはもう生まれたはるからで、うちらはこの世に存在してへん時代のことやから、やっぱり古い話になりますわ」由美はスタッフを代弁するように言った。

「なるほど、そうかもしれない」浩二郎は苦笑した。

「ぼくは、ものすごくリアルに思えました」よく通る声の雄高は、生真面目《きまじめ》な表情で発言した。

「リアル?」浩二郎がアゴを撫でながら訊いた。

「ええ。職場のいじめもそうですし、学びたくない人間が大学まで行かせてもらって羽目《はめ》を外《はず》し、本当に勉強したい人間が、家族のために進学を断念する。そんな不条理、昔とかいまとか関係ない気がして」

「雄高らしい受け止め方だ」

すべてをまっすぐに受け止める雄高の性格を思うと、俳優の世界、芸能界のことに精通しているわけではない浩二郎でさえ、生きづらいのではないかという気がする。しかしながら、それを個性として開花させてやりたい。時代劇の好きな浩二郎は、その灯《ひ》を守ることのできる俳優になってほしいと願っていた。

「手がかりは、昭和四十年五月二十五日火曜日に、上野駅近くの『ジャズ喫茶ジャーニーギター』へ行った女性で、鶴が折れるということ」

「この鶴の折り方、誰か知ってますか」雄高は、先ほど浩二郎が開いた鶴を復元してみんなに示す。そして長い手でテーブルの真ん中に鶴を置いた。

由美が手に取って少し眺め、それを隣の橘《たちばな》佳菜子《かなこ》に回した。

「これ、折り紙教本みたいな本に載ってたかもしれないけど、むずかしそう」佳菜子から鶴を受け取った三千代が言った。

「何度も展開したり、復元したりしてますが、確かにややこしいです。単純な折り方なんですが、これほどきれいに折れません」雄高が三千代に応《こた》えた。

「田村さんがトイレに立ったわずかな時間で、折り上げたんだ。そうだな、店が混雑していたことを加味《かみ》しても、用を足してテーブルに戻るのに五分か六分程度だろう」

女性は、その時間内で、折り鶴を完成させ、百円札をそこに入れる。さらにレジで自分のワインの代金を払って店を出たのだ。

「それじゃ、三分ほどで折ったってことですか」雄高は、そんなの無理だと言わんばかりに太い眉《まゆ》をひそめた。

「かなり折り慣れていると、みていいね」

「手持ちぶさたにペン回しをしはるひといますでしょう。あんな感覚で折らはるのとちゃいますか。つまり、癖みたいな」できないペン回しをしかけて、由美はやめた。

「次はこの詩についてだ」浩二郎は鶴を展開し、開いた紙を再度みんなに回す。

□□の川の　清き流れに映る顔
若人《わこうど》の声は　晴れやかに
世界へ大望　咲かせんと
ああ星雲の光ここにあり

「この後にも詩はあるんやろうけど、切れてしもてるし、冒頭の□□が読めへん。ここの文字が分かったら、どこを詠《うた》ったもんか見当がつくんやろけど」

由美の言うとおり、詩を書いた人間が見ていた風景が分かると、調査のヒントぐらいにはなる。

「誰かの詩を写したんでしょうか」雄高が口を開いた。

「メモをとったという感じの書き方でもないな。写したとすれば、元の歌詞を横に置いて書いたんだろうね」

鉛筆文字は、女性らしく丁寧《ていねい》に書かれている。

「あの」相変わらず小さな、佳菜子の声だった。

「おう、文字と言えば佳菜ちゃん。何か気づいたことがあるのかい」

浩二郎は佳菜子に訊いた。

「堅いですね」

「堅い。面白い意見だね」

「詩としては、感情の起伏《きふく》がないような気がしてしょうがないです。メッセージは、分からないことはないんですが」

「ポエムとしては、いまいちとゆうことやね」由美が茶化《ちゃか》した。

「下手《へた》ではないんですが、伝わらないんです。それに」

「それに何だい、佳菜ちゃん」

「女性らしさが感じられません」

紙片の詩から、田村がその女性に感じた艶というものを、浩二郎も感じられないと思った。

「男性的だね」

「ですから、私は、校歌じゃないかと思うんです」佳菜子は輝く瞳で言った。

「ほんまや！　ああ星雲の光、やなんて、校歌にありそうなフレーズやわ。言われればもう校歌にしか見えてこうへん」由美はそう言ってうなずいた。

オーバーなリアクションだが、おそらくそれで佳菜子をほめているのだろう。由美なりに彼女のやり甲斐をつくり、居場所を確保してやっている。そうすることが、佳菜子のトラウマを緩和《かんわ》し、リハビリに繋《つな》がっていくはずだと考えているのにちがいない。

「校歌なら調べれば、学校が特定できますよね」雄高も興奮気味に言った。

「ちょっと待って」由美が標準語のイントネーションで、雄高に言った。「何で鉛筆で、校歌なんか書いたんやろう。文字は走り書きという感じでもないし、メモをとったんともちがう。そやけど、自分の学校の校歌をわざわざ書いておくというのも……」

「この紙、私が買ってきた和菓子屋さんの包装紙に、どこか手触りが似てるんだけど」おもむろに三千代が言い出した。

「どれどれ、……表がつるっとしてて、裏がざらついてるところ、似てるかもしれへんわ」

「そうでしょう。だからこれどこかの包装紙よ、きっと」

三千代は、嬉《うれ》しそうに微笑んだ。

以前に比べれば、格段に表情が豊かになってきている。上手くいけば、今年中に通院をしなくて済むようになるかもしれない。

「紙を詳しく分析してみるか。四十年経ているけど、鶴の状態のまま畳《たた》まれていたからね。何か分かるかもしれない」

浩二郎は、京都科学捜査研究所のOB、茶川大助《ちゃがわだいすけ》に依頼することにした。茶川は現在、大阪にある工業大学で講師をしている。授業では指紋《しもん》照合のセキュリティシステムなどを教えているが、まだまだ現場で培《つちか》った鑑識眼《かんしきがん》は衰えていないはずだ。

「雄高は、校歌の検証をしてくれ。いまはそれしか手がかりがないから」

「分かりました。東京の川の名前が冒頭に入ることを考えて捜します」

「□□の川だから、京都なら加茂《かも》の川という具合になる」

「ただ、この女性が通っていたのは、定時制やわね。昭和四十年の東京都内にあって、その女性が通える範囲の定時制高校いうのは、案外少ないかもしれへん」

「由美君、いいところに気づいた。五時過ぎに上野周辺にくることができる地域の料亭、そこで住み込みの仲居をしていたんだ。そこから通える範囲の夜間定時制高校だと考えれば、東京都全域よりは絞《しぼ》り込める。むしろ、上野駅を中心に調査の枠を広げていく方が効率的かもしれない」

6

明くる日、出勤するとすぐ、雄高は東京都の教育委員会に、昭和四十年にあった夜間定時制高校の件を電話で問い合わせた。かなり時間を費やしていたようだが、百二十一校の一覧を入手した。その後、半分近くに減少しているが、昼間定時制を導入して学校自体はそのまま残っているところもあった。

上野駅を起点に、住所の近い順に電話をかけ、歌詞を読み上げてその学校の校歌であるかを問うていく。ちがう場合も、心当たりがないかを尋ねてわずかな手がかりでもつかもうと懸命になっていた。

途中から、佳菜子と三千代が手伝ったが、昼を回っても該当《がいとう》する学校に行き当たらなかった。

みんなの奮闘を気にしながら、浩二郎は茶川に連絡を取り、紙の分析を依頼する由《よし》を伝えた。依頼人の詳しいことは守秘義務があって話せないが、昭和四十年のどこかの包装紙ではなかろうか、ぐらいの情報は伝えておかなければならない。

紙の古いことを理由に、はじめは難色を示していたが、夕方、高槻《たかつき》にある茶川の行きつけの居酒屋で会う約束を取りつけた。

浩二郎は、集団就職で都会に出てきた少女の気持ちを想像していた。親を助けるために出稼《でかせ》ぎに行き、さらに父の病気のために、夜間定時制高校の卒業を断念せざるを得なくなった少女の三年間――。

江利《えり》チエミの唄を励みに、頑張ってきたという。

確か江利チエミも小学生の頃から、家族のために米軍キャンプで唄ってきたはずだ。その姿に自分を重ね合わせて、『テネシーワルツ』を聴いていたのかもしれない。

しかしジャズは、クラシックとは受け止め方がちがった。クラシックは上流で、ジャズは大衆文化、いや場末《ばすえ》の歌と線引きされていた。ことに若い女性が、ジャズ喫茶に出入りすることには抵抗感があったはずだ。田舎から出てきて三年で、彼女は社会から貼《は》りつけられるレッテルへの、抵抗力を身につけたのだ。

それでも水商売への転身には、大きな不安があった。

飲めないワインに、折り鶴、手書きの校歌、そして中退。

浩二郎は、女性の覚悟を感じた。それは夜の街の女として生きていく覚悟なのか、それとも宿命から逃れる覚悟なのか。

家族のためか、自分のためか。

前者なら、水商売への道を歩み出し、後者ならすべてを捨てて、どこかの街へ——。

そんな風に考えるのは、あまりに飛躍《ひやく》し過ぎているのだろうか。田村少年に学ぶことの重要性を諭《さと》した後、何も告げず消えてしまったことが不自然な気もする。

分からない。

浩二郎は濃いブラックコーヒーを頼もうと、由美のデスクを見やったが彼女の姿はなかった。

「由美君は、西陣《にしじん》のK縫製《ほうせい》だったな。あちらからも朗報は飛び込んでこないね」

K縫製は、神社のお守りの図案から縫製までを行っている会社だ。そのシェアは九〇％近いらしい。島崎トモヨから預かった、少年のお守りを鑑定してもらうため、由美は朝から直行していたのだ。

壁の時計は、一時前を指していた。

「みんな、昼にするか」浩二郎は昼休みをとるよう、みんなに促《うなが》した。

思い出探偵社のスタッフは、仕事に熱中すると休憩も取らずに、根《こん》を詰めて作業に没頭《ぼっとう》することが、往々にしてあった。


午後四時、夜間定時制高校への調査は終了した。だが、折り鶴に記された歌詞を校歌にしている学校は、見つからなかった。

由美の方も空振《からぶ》りだった。古いサンプルにも当たってくれたが、生地《きじ》と縫《ぬ》い方からK縫製の扱ったものではないことが判明した。つまり、ごく限られた地域の、手作りのお守りではないかという。むろん、中に入っていた紙の文字についても見たことがないものだということだった。

高槻駅から複合商業施設を通り過ぎると、人通りがやや少なくなる。細い路地を歩く浩二郎の足は重かった。時間が経っているゆえ、そう簡単に手がかりに行き着くとは思っていないが、糸口さえつかめない状況は辛い。

いまは茶川の鑑識眼が頼りだ。

茶川の行きつけの店には、二度ほど訪れたことがある。おでんしかない居酒屋で、タコが絶品だった。

旨いタコを食べればいいアイデアでも浮かぶか、と気を取り直して縄のれんをくぐり、引き戸を開いた。

「おお、浩二郎」すでに大ジョッキのほとんどを空にしている茶川が、手を挙げた。

カウンター席の奥に座敷があって、ちゃぶ台の前に茶川はあぐらをかいている。

茶川は自慢のスキンヘッドまで赤く染《そ》め、上機嫌のようだ。彼の年齢は六十二歳だが、いつ見ても元気だ。

「ご無沙汰《ぶさた》してます。三カ月ぶりですか」浩二郎は靴《くつ》を脱ぎ、座敷のちゃぶ台に着いた。

「科捜研《かそうけん》のOB会以来や、顔を見るのは」

「OB会では、お世話になりました」

隔年《かくねん》ごとに開かれる京都科捜研のOB会に、OBとして初めて出席する茶川が、思い出探偵の宣伝を兼ね、浩二郎を招待してくれたのだ。

「礼は何べんも聞いた。気にせんでええで」茶川は大ジョッキを二つ注文した。そしてジヨッキを合わせて乾杯をする。

「電話でもお話ししましたが、四十年以上前の包装紙から何かとっかかりをつかめないかと」

「まあ、タコ食え。話はそれからや」茶川は料理をすすめた。

「いただきます」浩二郎は足を崩して、皿にある串に刺されたタコを口に運んだ。

「四十年以上というのがきついんや」

「とにかく見てもらえますか。保存状態は良好です」鞄からビニール袋に入れた折り鶴を出し、茶川に渡した。

「なるほど変わった折り鶴やな。ほんまに背中が小物入れになってるんや。長方形の紙を、正方形に切って折ったにしては丁寧な仕事やで、これ」

ビニール袋を蛍光灯《けいこうとう》にかざしながら、中の鶴を観察している姿は、事件現場から鑑識官が採取した証拠を鑑定する、現役科捜研所員のようだ。

「それを二、三分で完成させた可能性がありますか」

「折り直しなく、きっちり折ってずれがない。日常的にこの鶴を折ってないと、ちょっと無理やな」

「茶川さん。それ、殺しの現場に残された証拠物件じゃないので、ビニール袋から出していただいても」

「そやな、そやそや。浩二郎が、まだデカさんに見えてるんやな」茶川は頭を丸く撫でて、大声で笑った。

その笑顔が、ぴたりと止んだのは鶴を広げたときだ。常に携帯しているルーペを茶川は取り出した。

「浩二郎。切り取った紙の繊維《せんい》でよう見えへんかったんやけど、ここに大きなヒントがあるで。これは図案の一部や」と、興奮を抑え、むしろ声の音量を下げて茶川は言った。

7

「図案、ですか」浩二郎は身を乗り出して訊いた。

「わしの頭と一緒で、薄なってるけどな」酔いが回ると、舌が滑《なめ》らかになる茶川は、軽口を言った。

茶川の場合、薄いではなくツルツルだ、という言葉を浩二郎は呑《の》み込み、苦笑した。

「切り取られた紙の方に、図案のメインになる絵があるんやな。そこから下にフニャフニャっと何かが伸びてきているのが描かれとる。これ、ツタかなんかとちゃうか？　見てみい」

ルーペと鶴を展開した紙片を受け取り、浩二郎は茶川の指摘した部分を注視した。

色褪《いろあ》せてはいるが、確かに植物のツルのようなものが見て取れ、そこにツタの葉らしきものもあった。「消えかかっている上に折り目がついているんで、見逃《みのが》していましたね。メモに気を取られたせいもありますが」

照れ隠しに、浩二郎はジョッキに手を伸ばしかけたが、途中で止めた。

もう何年も、付き合いの一口すら口にせず、アルコールの匂いをさせて帰宅することはなかったのだ。

「そうか、奥さん、まだようなってへんのか。乾杯のときも泡に口つけただけやったもんな。すまんかった、わしがもろとこ」そう言って、茶川はジョッキを自分の前に引き寄せた。

「すみません。初めから断ればよかったんですが……」

「気にすんな。お前の奥さん孝行は、科捜研でも有名やった。特に女性陣には評判良かったで。けど奥さん、だいぶんようなったんやろ」

「ええ。私が考えている以上に」

飲みたいと思う気持ちを抑えられないのは、むしろ浩二郎の方かもしれない。その欲求が投影《とうえい》して、三千代を疑うことがある気もする。

「ぼんの事件は、あのままか？」

浩志のことを、茶川は「ぼん」と親しみを込めて言う。そのイントネーションが牧歌的で、何とも言えず浩二郎は好きだ。茶川は祇園《ぎおん》の花街《はなまち》で生まれ育った。家は古くから舞妓《まいこ》や芸妓《げいぎ》相手の小間物《こまもの》屋を営み、姉夫婦が継いだのだった。

そんな家から警察関係、それも科捜研などという色気のない仕事に就いた茶川は、変わり種だと、親戚が集まると言われ続けたそうだ。だからといって嫌われることはなく、むしろ興味本位で質問攻めにあうのだと笑っていた。茶川家の家風には、古都のしなやかさが流れているのかもしれない。

「いま私自身が、息子のことで動けない状態ですから」

「商売繁盛《はんじょう》やいうこっちゃ。焦《あせ》らんでもええ。証拠物件がでてきたら、いつでも全力で調べたるさかいに」

「ありがとうございます。必ず息子の無念は晴らしたいと思います」

「ぼんが自殺やなかったら、ホシは別におって、のうのうと暮らしとるいうことやからな」茶川は、浩二郎の分のジョッキを一気に空けた。

茶川は図案を詳しく調べて、二、三日中にその結果を知らせると約束してくれた。

まだ飲み足りないという茶川を置いて、浩二郎は店を出た。湿度の高い熱気が頬にべとつく。九時を回っていたが、いっこうに涼《すず》しくなっていなかった。

ぼん、か。

忘れているわけではないが、浩志の捜査をする気になっていない自分がいることを、茶川の言葉で改めて認識させられた。

浩二郎が浩志の件で動けば、三千代の精神に動揺を与える。そのことが怖かったのだ。自殺でも他殺でも、浩志がこの世にいないことに変わりはない。生身の浩志は存在しないが、心の中に居場所を与えられ始め、ようやく安定してきた気持ちを揺るがせてしまいかねない。


丈夫《じょうぶ》の心を持ちたい。

困難なら、小さきより大きく。

艱難《かんなん》なら、浅きより深く。


浩志がパソコンに残した、大人びた文章だ。

これを自分の弱さを吐露《とろ》したもの、と担当係官は解釈した。当時浩志の通う高校で、ある生徒への暴行事件が起こっていた。その生徒と親交のあった浩志は、それを事前に食い止められなかったことで悩んでいると、担任に打ち明けている。

正義感が、強すぎたんですよ。

滋賀県警の刑事が、三千代に言った言葉だ。

しかし、暴行を受けた少年は学校を辞めたが、生きている。もし、暴行が原因で命を落としていたというのであれば、責任を感じるかもしれないが、浩志が命を賭《と》して償《つぐな》うこともあるまい。

ただ自ら一人で琵琶湖の畔《ほとり》へ出かけたことは事実だ。強制的に水へ入れられた形跡はなく、急激に深みのあるような場所でもないところで、浩志は溺《おぼ》れた。

息子の泳ぎがどの程度なのか、浩二郎は知らなかった。しかし、普通の高校生並み、つまり五十メートルプールを問題なく泳ぎ切ることのできる能力はあったはずだ。水泳大会での雄姿《ゆうし》を、三千代から聞いたことがある。

まず発見された浩志の格好に、疑問を持った。上半身は服を脱ぎ、下はズボンのままだったのだ。死を覚悟した人間が、上半身裸《はだか》になるだろうかと浩二郎は主張した。だが警察は、真冬の湖に入ろうとすること自体、自殺行為であるという見解を示した。

自殺するような息子ではない、と言い張った。

けれども外傷もなく、第三者の目撃証言もない。いったい何の目的があって、寒空の湖《こ》畔《はん》に一人でいたのかという詰問《きつもん》に、返す言葉がなかった。

そのときの悔《くや》しさが蘇《よみがえ》って、胃の腑《ふ》がきりっと痛い。

とにかくいまは、田村の依頼にめどをつけなければならない。ある程度目星がつけば、後は雄高に任そう。島崎トモヨの事案が待っているのだ。

急ぎ足で高槻駅の階段を駆け上がり、ホームに立つと汗が噴き出した。浩二郎は自販機を見つけると、お茶を買ってそれを飲み干した。

8

二日後の昼過ぎ、折り鶴の女性がメモしていた校歌の歌詞と思《おぼ》しき文章に、元定時制高校の教師だという人物から反応があった。

電話口に出た職員以外が知っていることもあると思い、雄高が、片っ端から歌詞をファクスしていたのだった。教員には異動がつきものであることを考えれば、上野駅周辺に限定する必要性もなかった。

あいにく雄高は事務所におらず、電話を取った浩二郎の耳に届いたのは、穏《おだ》やかな婦人の声だった。

「懐かしい歌です」

挨拶を交わすと、彼女は元教員だった麻野利江《あさのとしえ》と名乗り、しみじみとファクスで届いた歌詞の感想を述べた。

「やはり、校歌だったんですね」浩二郎の声は弾《はず》んだ。

「もう廃校になった、押上《おしあげ》定時制高校の校歌です」

「押上定時制高校というのは、上野駅には近いのですか」東京の地理に不案内であると断って、浩二郎は尋ねた。

「歌詞の冒頭の、抜けていた川の名前でもあるんですが、隅田川《すみだ》に架《か》かる言問《こととい》橋を渡って浅草に出て、まっすぐ抜ければ上野に出ます」徒歩でも行けない距離ではないと、麻野は言った。

『隅田の川の』だったのか。浩二郎は、歌詞の冒頭を心の中でおぎなった。

「麻野さんは、押上定時制高校に勤めていらしたのですね？」

「ええ。初めて担任を持った年から、三年間だけですが。その二年目、昭和四十年に、それまでなかった校歌を作ろうということになったんです」

「昭和四十年に、校歌を作ることになった？」

田村が女性と出会った年と符合する。

「全日制高校には当たり前のようにあるんですが、定時制ではどこもが校歌を持っているという訳ではありませんでした。それで作ろうということになったんです。学年を問わず全校生徒に募集しました」

国語が担当だった麻野に、歌詞を書いて欲しいとの要望が出たが、彼女は生徒たちから募集することを提案した。

「なかなか自分に自信が持てない生徒が多かったものですから、詩作を通じて希望や誇りを持ってくれたらいいな、と考えました」

四月に募集し五月の末を締め切りとして、三十二編の詩が集まった。生徒数七十名だったことを考えれば、生徒たちの関心の高さがうかがえると、麻野は振り返った。

「みんな仕事に追われ、授業に出るのも、やっとの思いという環境の中です。よく頑張ったと思いました」

麻野は、いまも三十二編の詩を保管していると言った。校歌を生み出すという学校の歴史に参加できる喜びと、生徒の情熱が詰まったそれを、捨てることなどできなかったのだ。

「それで、ある女生徒の詩を採用しました」

「それが、ファクスで確認していただいた詩だったのですね」

「ええ。ただ残念なことに、その子は五月に学校を辞《や》めていたので、すぐには校歌に採用されたことを告げられませんでした」

「五月に学校を辞めた、女生徒」少し興奮を覚えた。「その女生徒の名前は、分かりますか」

「分かります。石橋笙子《しょうこ》といいます」

「当時、どこに勤めていたかは、どうでしょう」

「確か、隅田川縁の段ボール工場でした」

「段ボール工場、ですか。飲食関係、料亭なんかではありませんか」

「いいえ、笙子ちゃんはゴム鞠《まり》のようにふくよかで、自分を紹介する際、段ボールを作ってますが、私の体を見てゴムボールだと思わないで、と笑わせていました。南国育ちの陽気な女性です」

「南国」

「小倉《こくら》の出身です。いま、北九州市に住んでます」

年賀状のやり取りは、その後も続いているのだそうだ。

「学校を辞めた理由は、何だったんです。差し支えなければお聞かせください」

折り鶴の女性とは、どんどんかけ離れていく。そう思いながら、まだ接点を捜していた。

「母親の病気でした。母子家庭だったのですが、リウマチで畑仕事ができなくなって、妹の面倒もみないといけないって言ってたと思います」

しかしよく覚えておいでだ、と感心した浩二郎に、詩の裏に生徒たちの特徴などをメモしているからだと麻野は種明かしをして、電話口で上品に笑った。

「他に、五月で辞めた生徒さんはいませんか」

「そうですね、実は二十数名が五月で辞めています。その多くは詩の提出もしていません……」

「詩を提出していないということは、メモ書きも残っていないのですね」

「おぼろげな記憶はありますが、何せ四十三年も経っていますから、メモを見ずに把握《はあく》している生徒は、笙子ちゃんのように音信のある子になります。卒業まで在籍していると、卒業アルバムや文集もあるのですが」

浩二郎は、守秘義務を犯さない程度に、依頼人が女性を捜していることを伝え、麻野から石橋笙子に連絡をとってもらい、思い出探偵社から電話をしてもよいかの打診をしてほしいと頼んだ。

折り鶴の女性が田村に語った話が、すべて事実でない場合もあるため直接確認したかった。

「分かりました。笙子ちゃんに訊いて、またご連絡をさせていただきます」浩二郎は丁《てい》重《ちょう》に礼を述べ、受話器を置いた。

一時間ほどして、雄高が撮影を終えて出社してきた。竿《さお》で船が漕《こ》げる雄高は、伏見港跡での渡し船のシーンによく使われた。むろん名もなき船頭《せんどう》で、台詞もない。しかし声がかれば、彼は文句一つ言わずに竿を握るのだった。

「少し手がかりに、近づいた気がしますね」麻野の電話のことを話すと、雄高はそう感想を漏らした。

「少なくとも四十三年前の、校歌の詩を作った女の子にまで行き着いたんだからね。その歌詞がメモされていた、鶴を折った紙との接点はあるはずだ。前に進んでいるよ」

そう言ったとき電話が鳴った。茶川からだった。

「おもろいことが、分かったで」

「何ですか」はやる気持ちを抑えて、浩二郎は訊いた。

「図案をもっと鮮明に浮かび上がらそうと、スキャンやらコピー機やらに通したら、熱に反応しよったんや」

茶川の話はいつも唐突で、捜査会議の席上でも、はじめはよく意味が分からなかったことを思い出した。

「どういうことですか？」

「そやさかい、調べたら、塩化コバルトとアラビア糊《のり》の成分が検出された」

「分かるように、説明してください」

「あぶり出しや」

「あぶり出しって、ミカンの汁とかで書く、あのあぶり出しですか？」

「小学校レベルやったら、ミカンで充分やけど、これは何かの趣向《しゆこう》やね。四十三年経ってるから劣化《れつか》が激しいけど、何とか書いてあった文字は判読したがな。ほめてや」

「タコでも、タマゴでもおごりますよ」

「ビヤガーデンの、ビール飲み放題に連れてってんか」

「はい、はい。で、その判読した文字というのは？」

「これからファクスする。届いたら折り返し電話ちょうだい。大学の直通番号にな」

電話を切って、ファクス機の前に移動して待った。

程なくファクスが届く。

浩二郎は茶川に折り返し電話をし、「山より出づる北時雨《きたしぐれ》、山より出づる北時雨。行方や定めなかるらん」と読み上げてから続けた。「これは何ですか。短歌でもないし」

「わしも分からんかった。ほんで、大きい姉ちゃんに訊いたんや」

姉ちゃんに大きいを付けるのは長姉《ちょうし》のことで、祇園の店を継いだ姉の方だ。彼女は茶川より四つ年上だから六十六歳、長唄《ながうた》の師匠もしていて俳句や和歌、能《のう》・狂言《きょうげん》などの素養《そよう》もあると聞いている。茶川はもう一人の一つ違いの、小さい姉ちゃんとの三人姉弟だ。

「それで、何か分かったんですか」

「さすが、大きい姉ちゃんや。そない思わんか浩二郎」昔から姉に頭が上がらない茶川は、自慢げに言った。

「もちろんそう思いますが、まだ答えを聞いていないので」

「悪い悪い。これは謡曲《ようきょく》、つまり能楽《のうがく》の冒頭部分やそうや」

「能楽ですか」

「浩二郎も京都にいるんやさかい、たまには高尚《こうしょう》な古典芸能に触れとかんとあかんで」

「本当ですね」

「役に立つこともあるんや。わしは能楽堂には行ったことがある。けど残念ながら、能を見た経験はあらへんから、偉そうには言えへんな」

能楽堂の舞台で起こった現役能楽師の偽装自殺を、科捜研の分析官として茶川が辣腕《らつわん》を振るい看破《かんぱ》したことは、酒の席でよく聞かされた話だ。

「で、この文章は？」

「謡曲の『定家《ていか》』ちゅうのの出だしやと姉ちゃんは言うとった」

「『定家』はひとの名前、鎌倉時代の歌人、藤原定家のことですか」

「おう、よう分かったな。この能は旅の坊さんが、京都の千本《せんぼん》で時雨にあいよるところから物語が始まるっちゅうんや」茶川は姉から聞いた『定家』のあらすじを語り出した。

雨宿りをしていると里の女が現れ、ここは藤原定家ゆかりの亭《あずまや》だと言って、定家と恋愛関係にあった式子内親王《しきしないしんのう》の墓に僧たちを案内した。そこで女は、定家と内親王との恋愛話をするのだ。内親王の死後定家の執念《しゆうねん》が、いまも内親王を想《おも》い、葛《かずら》となって墓にまとわりついているのだ、と言って消える。

「その女は、実はわれこそが内親王だ、と告白し救いを求め、墓の中に入っていくちゅうんや、凄《すさ》まじいやろ。その後は能楽の定番で僧が祈ってると、墓から内親王の幽霊が出てきよる。ほんでなんやかやと思い出を語って、また元の場所へ帰っていくんや。まあざっとこんな話やけれど、今回の鶴の紙に大いに関係してるのは、この定家に出てくる葛や。

ツタみたいな図案の意味がこれで解けた。あれは定家葛、実際ある植物やで」

「本当ですか」

「嘘と坊主の髪はゆうたことない。そもそも髪なんかゆうたことないけどな。あの紙の右上にも絵があったんや」

「右上に、ですか?」右側は切り取られた方ではない。絵などあれば、気づくはずだ。

「まあ、気づかんでも落ち込むな。君らの目が、節穴《ふしあな》やったちゅうわけとはちがうさかいに」

辛辣《しんらつ》な冗談にも慣れっこになっていて、そんなことよりも描かれていた絵が気になった。

「月や。お月さんが割と大きく描かれていた。大きすぎて、かえって認識できひんかったんや。薄汚れているようにしか、わしにも見えへんかった。エックス線を当てて初めて、円形のエッジが分かった」

「葛と月の図案に、謡曲『定家』のあぶり出し。凝《こ》ってますが、一体何に使った紙なんですかね」

「そこまでは分からへん。けど、熱を利用してあぶり出す趣向なんやから、わしが思うに、温かい料理の上に載せて運んだんちゃうかな。上等のフランス料理食べに行ったら、ドーム型の蓋《ふた》で料理を覆ってあるやないか」

「ああ、クロッシュ」

「何や浩二郎、お前さてはグルメやな。ほんなら分かるやろ。この紙を被せたら料理のチリよけになるし、あぶり出しの文字はほんのり浮き上がって、やがて知らんうちに消えていきよる。店のおもてなしや。ほんでもって、葛と月のデザインが施されてる」茶川は言葉を切って息を継ぐと、さらに話した。「謡曲『定家』では、葛が重要な道具になってる。謡の中に『昔は松風《しょうふう》蘿月《らげつ》に言葉を交し、翠帳紅閨《すいちょうこうけい》に枕を並べ』ちゅう文句が出てくる」

「よく分かりませんが」

「蘿月は、蔦葛を通してみる月ちゅう、詩歌語なんやそうや」

「葛に月の図案と符合しましたね」

「ここまで拘《こだわ》るんやから、わしは屋号に関係するんやないかと思う」

「つまり、松風《まつかぜ》とか蘿月、ですか」

「こっから先は探偵さんにお任せや。ビール飲み放題、頼むで」

浩二郎の任せてください、という言葉を聞かずに茶川は電話を切っていた。還暦を過ぎても落ち着きのない茶川の顔を思い出して、浩二郎は思わず微笑んだ。

9

雄高は、上野駅に降り立った。そして最初に向かったのが、浩二郎から聞いていた駅前に建つ『あゝ上野駅』の歌碑だ。

歌碑の背後にあるモニュメントが、雄高の目を引いた。そこには、到着したばかりの蒸気機関車から降り立つ集団就職の一団が彫られている。先導者が幟《のぼり》とも旗ともつかぬものを翻《ひるがえ》し、その後ろを少年少女たちがついていくのだ。その面持《おもも》ちには不安感は見えない。それよりも期待感が勝《まさ》っているように思えた。歌碑の下には、モニュメントの元になった実際の写真もあった。それを見ると、より鮮明に彼らの胸の高鳴りが見て取れた。

様々な理由で故郷を出た十五歳前後の彼らは、現在の少年たちより大人びて映る。それは一家の経済を支えようとする、矜持《きょうじ》からくるものだろうか。いや、そういう風に思い込まねば、故郷への思いを断ち切れなかったのかもしれない。

雄高が二十二歳で九州から時代劇俳優をめざし、京都駅に降り立ったときの心境ともちがう。

共通点があるとすれば「夢」があったということだろうか。ただし、雄高の場合は自分勝手な夢であって、家庭や兄弟のために稼がねばならない制約はなかったし、そのプレッシャーも感じてはいなかった。

比ぶべくもなく、彼らの現実は厳しかった。この写真に写っている幾人が夢を追うことを許され、実現にこぎ着けることができたであろうか。

の言葉によって道を踏みはずさなかったが、集団就職者みんなに、あのような女性それを考えれば、田村がたとえ四十三年の月日が経とうと、女性に礼を言いたい気持ちは雄高にもよく理解できる。

未《いま》だにエキストラに甘んじている雄高を、もう終わった役者だと、これ見よがしに言うスタッフの声を夜中に思い出し、歯ぎしりすることもある。剣道の腕には覚えがあり、喧嘩にも自信があるが、ぐっと堪《こら》え、笑って仕事を請《こ》う自分が情けなく思えてくる黄昏《たそがれ》もあった。

けれど浩二郎の下で働くようになって、人生の先達《せんだつ》にも苦悩があって、みんな涙を呑んできたことを知り、忍耐というものの大切さを教えられた。

三十を越えたからできる役も必ずある。年輪を重ねているからできる役作りもあるはずだ。自分らしさは、そんな役を演じていくことだと思えるようになった。だから端役《はやく》結構、船頭や土左衛門《どざえもん》役も喜んで受けていたのである。

雄高は携帯を取り出した。歌碑に着いたら浩二郎に電話をするように言われていた。

「いま、歌碑の前です」雄高はモニュメントの感想を浩二郎に話した。

「そうか、インターネットだけでは、表情まではよく分からなかったよ。とにかくジャーニーギターを見つけることだが、古い酒屋、たばこ屋、楽器店にも当たるといい。取り引きがあった店があるかもしれないからね」

「分かりました」

「それから、店の名に松風、蘿月のつく料亭も捜してみてくれ。上野周辺で見つからなかったら、昭和四十年代、五十年代の電話帳で調べるんだ。地元の図書館になければ国会図書館に行けばあると思う。私はこれから、小倉へ向かう」

「石橋笙子さんに会うんですね」

「うん、快い返事をいただいた。彼女から手がかりを聞き出せたら、すぐに連絡するよ」

「よろしくお願いします」電話を切ると雄高は、まず田村から聞いたジャーニーギターのあった場所に行ってみることにした。

ただし、本人も何度となく訪れようと試みたらしいが、随分風景が変わってしまい、見つけられなかったのだった。そんな店を雄高に見つけ出せる訳はないのだが、距離感や街の雰囲気《ふんいき》をつかんでおきたかった。

上野駅を上野公園とは反対側に出て、隣接する百貨店の側面を歩く。昼間は賑《にぎ》わいの少ない幾筋《いくすじ》かの路地に、飲み屋の看板が見えた。

一つ一つ路地に入って、開いている店に聞き込みをしたが、ほとんどの店が代替りをしていて、昭和から続いているところすらなかった。浩二郎の言っていた古い店はないかと、いくつ目かの通りに入ってしばらく行くと、一軒の酒屋があった。

「ちょっと、お尋ねしたいことがあるのですが」店先から声をかけると、五十歳ぐらいの女性が出てきた。その女性に名刺を差し出しながら訊いた。「昔、この辺りにあったジャズ喫茶を捜しているんです」

「あんた探偵さんか。かっこいいと思ったわ」女性が名刺を見ながら言った。

「いや探偵は探偵でも、事件なんかを追うのではなく、思い出を尋ね歩くのが仕事なんです」

雄高の説明を聞いている風には見えなかった。彼女はハードボイルドの主人公を見ているような眼差《まなざ》しだ。

「ジャズ喫茶は、十年ほど前まで何軒かあったけどね」

「こちらは、古くからお店を?」

「この辺りじゃ一番の古手になっちゃったわね」

「捜しているのは、ジャーニーギターというお店なんですが」

「さて、あったような、なかったような」女性はあやふやなことを言った。

「古い店をご存じの方、例えばお父様か、お母様はおられませんか」

酒屋なら、ジャズ喫茶でも料亭でも、酒を出す店の記憶が必ずあるはずなのだ。そう思うと雄高は、簡単には引き下がれなかった。

「うちの父なら、たぶん知ってるんだけどね」

「いつ頃お戻りになるんですか」

「入院してるの、ぎっくり腰で。そりゃあもう七十六なんだから弱ってるってのに、ケース運ぼうとするからさ。大変だったんだから」

「不躾《ぶしつけ》で申し訳ないのですが、昭和四十年頃の話を聞かせてほしい人間がいるので、話をしてやってもいいか、ダメかだけでも聞いていただけませんでしょうか」雄高は長身を折り曲げて、頼んだ。

「探偵稼業も大変ね。聞いてあげるけど、連絡はどこへ」

雄高は名刺の裏に、携帯電話の番号を書いて二枚目の名刺を渡した。「こちらまで連絡ください。明日の夕方まで、東京にいます。病院にでもお伺いしますから」

「あんたイケメンだから、俳優さんの方が向いてるんじゃない」と言って女性は笑った。

雄高は礼を言って、酒屋を出た。そしてその足で国立国会図書館へ向かった。

10

浩二郎が、小倉駅から鹿児島本線に乗り換え、九州工大前駅に着いたときは三時半を回っていた。

駅前の喫茶店『P&L』で四時に落ち合う約束だ。浩二郎は、京都のガイドブックを持って席に着くと伝えてある。

四時少し前に、中年女性が店内を見回しながら入ってきた。しかし麻野が言っていたようなゴムボールのような体型とは、似ても似つかぬスリムな女性だ。

彼女ではなかったのか、とコーヒーカップに目を落とし、見慣れたガイドブックを開いたとき、すぐ横にひとの気配を感じた。

「実相さん、ですね」

やはり石橋笙子だ。

「石橋さんですか」浩二郎が尋ねた。

「いまは、山内と言います」

「なるほど、石橋は旧姓だったんですね」

しかし麻野は、最近まで年賀状のやり取りをしていると、言っていたはずだ。

「実はバツイチで再婚したのですが、先生には細かな経緯は知らせていないのですよ。だから一度実家に戻ったままになってます。これは関係ないことですが、当時先生は古園《ふるぞの》とおっしゃいました。新任なのに『古先生』というあだ名だったんです。そっちの方が私たちは馴染《なじ》みがあります」

「なるほど新任なのに、古先生ですか」

「失礼ですよね」笙子はくすりと笑った。

「麻野、いや古先生の話では、校歌をつくるために歌詞を募集したということでした。そして山内さんの詩が採用されたんでしたね」浩二郎は、笙子に定時制へ通っていた頃を思い出してもらおうと質問した。

「九州に戻ってきて、翌年先生からお聞きしてびっくりしました」

「お母さんのご病気で、と聞いています」

「母子家庭ですから、すべて母に頼ってしまっていて。でもリウマチとつき合いながらも元気で、今年で八十歳になるんです」

「それは何よりです。あの、これを見てください」浩二郎は、例の女性が残した詩のコピーを、笙子に見せた。

「これが電話でおっしゃっていた、鶴の？」

「ここに書かれた文字は、あなたの手によるものではないのですか」

「私の字では、ありません」文字から目を離すと、笙子は伏し目がちに否定した。

　笙子の目線の動きに、何かを隠している、と浩二郎は直感した。

「では、この文字に見覚えは、ありませんか」

「……ないです」

「山内さん。これは犯罪捜査ではありません。お話ししているように、一人の定時制高校を卒業した男性が、この文字を書いたかもしれない女性に心から礼を言いたい、と捜している。世の中が高度経済成長だと浮かれている時代に、けっして恵まれた環境ではないところで、歯を食いしばっていたひとの願いなんです。山内さん、いや石橋笙子さんなら分かるはずだ」

「分かります、痛いほど」

「なら、話してくださいませんか」詰問口調にならないように注意しながら、浩二郎は努めてやさしく言った。

うつむきながら、笙子は口を開いた。「……たぶん、これは」

「この文字は?」浩二郎が言葉を促す。

「この詩の、本当の作者が書いたものだと思います」そう言うと笙子は、コップの水を勢いよく飲んだ。

「本当の、作者……」浩二郎が小さくつぶやいた。

石橋笙子は、段ボール会社の寮で同部屋だった先輩の友人、その女性から教科書を譲り受けることになっていた。その女性は、なけなしの給金をすべて書籍に費やすほど、勉強熱心だったのだという。

笙子は母の病気で、急遽帰郷《きゅうきょ》することになろうとは夢にも思わず、学校を辞めたその女性から、五月の半ばに本とノートを貰《もら》った。

「そのノートに詩があったんです。私は悪気なんかなく、宿題を提出するような気楽な気持ちでそれを……」

「その詩が採用された」

「まさかそんなことが起こるなんて、思ってもみませんでした。私自身、母のことで頭が一杯で、忘れてしまっていたほどです」

先輩の友人である女性は、ほっそりとした綺麗《きれい》な女性で、銀座の夜の店にスカウトされたと笙子は聞かされたという。

間違いなく、折り鶴の女性だ。点と点が線で結ばれる瞬間の昂揚《こうよう》が、浩二郎にはあった。

「その女性の名前は?」冷静な口調で訊いた。

「覚えていないんです。詩を勝手に自分の名前で提出して、それが校歌になったことを後ろ暗く思っていたもので」

「忘れたいという気持ちが、働いたんですね」五十歳を過ぎた笙子は、十五歳の少女のようにこくりとうなずいた。

「なら、寮の先輩の名前と住所は分かりますか」

「家に帰れば分かりますが」

「お手数ですが、先輩に連絡を取ってもらって、友人の名前とか住所などが分かるかどうか聞いていただけませんか」

「やってみます」笙子は快諾《かいだく》してくれた。

浩二郎は携帯番号を笙子に伝えて、精算をすると店を出た。

外に出て改めて、店の看板『P＆L』を見て、それが〝Point and Line〟の略だったことを知って微笑んだ。

点と線。小倉城には、松本清張《せいちょう》記念館もある。


午後六時、浩二郎は小倉駅で名物の「とりめし」と茶を買い、ホームに並んでいた。もうすぐ東京行きの新幹線が到着するというとき、浩二郎の携帯電話が鳴った。

「実相さん。山内です」笙子の声は明るかった。

「分かったのですね」

「はい。田部井弘恵《たべいひろえ》さんでした。田んぼに部活の部、井戸の井、弓にカタカナのムのひろに恵み、で弘恵さんです」

銀座の店にスカウトされた後の消息《しょうそく》は、先輩も知らなかった。また弘恵が勤めていた料亭の名前は、すぐには思い出せなかったが、しばらくして「鶴屋」ではなかったかと連絡をしてくれたのだそうだ。それで時間がかかったと、浩二郎に詫《わ》びた。

「いや。依頼人に代わってお礼を言います。ありがとうございました」浩二郎が、カモノハシのような先端をした列車に頭を下げているように見えたのか、隣に並んでいた子供がくすっと笑った。

浩二郎は列車に乗り、弁当を座席に置くとデッキに出た。女性の名前が田部井弘恵であることと、彼女の勤め先の料亭が「鶴屋」という屋号であることが判明したと、雄高に連絡をするためだ。

11

「助かりました。図書館で調べたのですが、松風も蘿月も当時の電話帳に見つからなかったもので。鶴屋ですか、折り鶴から察知すべきでした。折り鶴の小物入れというのも、店に関係しているのかもしれませんね」雄高は、宿泊する上野のビジネスホテルで、浩二郎からの電話を受けた。

「そうだな、あの鶴を二分少々で折り上げられたのは、余程練習を重ねたからだろう。膳ごとに添えるようなものだったのかもしれないね」

「素早く折る癖がついているんでしょう」

「田部井弘恵という名前と、鶴屋を手がかりに、よろしく頼む」

「そうだ、実相さん。ひょっとしたら面白い人物から話が聞けるかもしれません」雄高は、酒屋の主人が一昔前の上野駅界隈に詳しそうであることを話した。

「ぎっくり腰で入院中で、娘さんから事情を伝えて貰っていて、その返事待ちなんですが」

「昔の酒屋とたばこ屋は、近所の情報通だからね。病人ならその気持ちになって対応することだ。今後依頼人の年齢を考えると、思い出調査に病院はつきものになってくるだろう。勉強してくるといい」

「頑張ります」考えてみれば、雄高自身軽い風邪《かぜ》や怪我《けが》で病院にかかった程度で、入院の経験はなかった。

病人の気持ちか。

それがどういったものなのか想像できなかった。しかし、この先、思い出探偵を続けるにしても、また俳優で食べていくにしても、相手の身になることがマイナスに働くとは思えない。

酒屋の主人から良い返事をもらえればいいが。

雄高は、携帯電話の着信音に起こされた。時計は八時を指している。いつもは六時に起きるのだが、昨夜馴《な》れない場所で日課のランニングをしたせいで疲れたのか、寝過ごしてしまった。

「あら探偵さん、おはよう」

慌てて電話に出ると、酒屋の女性の元気な声がした。

「お、おはようございます」

「何よ寝起きの声出して。父ちゃんが話してもいいって」

「ありがとうございます。で、病院は」

「御徒町《おかちまち》のS病院、そこの三階三一二号室、砂原謙《すなはらけん》ってのが父の名前よ。上原謙の謙だってのが自慢なの。探偵さん、若いから知らないよね。もちろん私もフルムーン旅行のCMでしか見たことないけどさ。午後は電気をかけるとか何とか言ってたけど、午前中は暇だって。会ったら店は相変わらず火の車で病院代も出せないからさ、早く戻ってこいって伝えといて、頼んだわよ。イケメン探偵さん」

　俳優を目指す男として、上原謙を知らないはずはなく、よく知っていると言葉を挟もうとしたが、気づくと電話は切れていた。

　たまに台本のト書きに「機関銃のように話す」と書かれているが、このことかと雄高は思った。


　なかなかどうして、砂原謙はハンサムなお爺《じい》さんだった。少なくなった真っ白な髪をきちんと七三に分け、鼻梁《びりょう》の高い色白の顔はどことなく上原謙に似ていた。

　小柄だが、腕の筋肉の盛り上がりは七十六歳には見えない。

「おう、待ってたぜ。本物の探偵さんなんかに出会うのって、滅多《めった》にあることじゃねえからな」

「探偵と言っても」

「分かってるって、他言はしねえ。潜入《せんにゅう》捜査に差し支えるやな」砂原は、四人部屋から出て、談話室へ行こうと言い出した。

　言われるまま日当たりの良い二十畳《じょう》ほどの部屋へついていき、そこの窓際の二人席に着いた。尻を突き出すような格好だったが、腰の痛みはそれほどでもないようだ。

「腰の状態、だいぶん良さそうですね」雄高は訊いた。

「そうだな、ようやくここまで歩けるようになった。はじめは、寝返りも打てやしなかったんだぜ。で、昭和四十年代の話を訊きたいってんだろ？」顔を寄せ、声を潜《ひそ》めて砂原は言った。

「ジャーニーギターというジャズ喫茶、ご存じですか」

「知ってるも何も、安ワインをたくさん買ってくれた上客さ。昭和三十年代の半ばぐらいから始めて、四十二年頃には閉めた店だ」

　田村の思い出に、間違いはなかった。

「そこは、いま？」

「駅の近くの、雑居《ざっきょ》ビルに変わってしまってる。建物だけでも残ってりゃ、風情《ふぜい》があったのによ。マンションだのビルディングだのになっちまうと、とたんに風景に味がなくなりやがる」

「そのジャーニーギターで、たった一度だけ会った女性を捜してるひとがいるんです」

「一度っきりかい？」

「それも二、三十分、同じテーブルに着いただけです」

「粋《いき》だね、どうも。こちとら当節の携帯の長話はうんざりだが、『君の名は』みてえなのは、いいね。『君の名は』たって、お兄さんにゃ分からねえだろうけどさ」

「菊田一夫《かずお》先生作のNHKラジオで放送された連続放送劇ですよね。氏家真知子《うじいえまちこ》と後宮春樹《あとみやはるき》のすれちがいドラマで、放送当時銭湯《せんとう》からお客さんが消えたという逸話《いつわ》が残るほどの人気でした……」

「兄さん、さすが探偵さんだね」

「依頼人の場合、悲恋《ひれん》ではありませんが、大事な思い出であり、大切な女性なんです」

「いい話じゃねえか」

「あの界隈の料亭で、鶴屋というお店があったのですが、ご存じですか」

「鶴屋ってのは何軒かあったぜ」

「何軒も、ですか」

「そうさな、俺が知っているだけでも三軒はあった。そのうちいまも続いているのは一軒だけだ」

確率は三分の一、徐々にターゲットに迫っている。

「おう、ちょっと待ってくんな。確か鶴屋の下にいろいろついていたんだ。ただの鶴屋だけじゃあなかった」

「京都に鶴屋吉信《よしのぶ》という和菓子の老舗《しにせ》がありますが」

「そうそう、そんな感じだ。鶴屋何とか」

「ひょっとして鶴屋松風、鶴屋蘿月？」

「おう、それだ。蘿月、鶴屋蘿月だ。漢字が難しいんで覚えにくいが、間違いねえ、それだよ探偵さん」

「鶴屋蘿月」

雄高は、感慨《かんがい》深く繰り返した。

「いまはないけどな」

「あった場所、分かりますか」

「あったりめぇよ」

その場所を訊いて、メモをとった。

「そうだ。娘さんが火の車だから、早く戻ってこいって。入院代出せないと伝えてほしいって言ってました」

「相変わらず口の減らねえ女だ。そんなことまで探偵さんに言いつけやがったのかい。てえへんな個人情報の流出だ。万事《ばんじ》内密にな」砂原は楽しそうに笑った。

歯に衣着《きぬき》せぬ物言いを応酬《おうしゅう》する父娘を、微笑ましいと雄高は感じた。

12

鶴屋轟月はスーパーマーケットになっていた。しかし法務局台東出張所で法人登記の閲覧をすると、株式会社鶴屋轟月で法人登録されていて、その代表者の姓が、スーパーマーケットの代表取締役と同じ深水《ふかみ》だと分かった。

雄高は深水に話を訊くため、直接「ショッピーふかみ」を訪ねることにした。レジにいる女性に、代表の深水に会いたいと申し出ると、裏口に回ってくれと言われた。

裏口はバックヤードへの通路があって、そこを抜けると事務所らしき部屋が見えた。ドアはなく、エアコンの冷気が漏れないようにしてあるのか、透明シートで区切られ、中にはデスクが五脚《きゃく》ほど並んでいた。

「失礼します」雄高は挨拶をしながら、透明シートをくぐって中に入った。

「どこの方？　新規取引の予定はないんだけど」入り口近くの若い男性が、顔だけを向けて言った。

雄高は名刺を渡しながら、営業マンではなく、京都から代表者の深水を訪ねてきたことを丁重《ていちょう》に告げた。その際、あるひとを捜していて、深水に会って話を訊かなければならないことがあると伝えた。

若い男性は仕入れ部門の担当者で、奥にいる専務に話を繋いでくれた。

専務もそれほど年齢は高くなく、雄高の目には浩二郎と同じ四十代半ばぐらいに映った。

「京都から、わざわざね」

探偵という文字を見た専務は、目に胡散臭《うさんくさ》さを滲《にじ》ませて言った。

「深水代表に、会わせていただけませんでしょうか」いま一度、身を折り曲げて懇願《こんがん》した。

「社長は忙しいから突然来られても困るんだけどね。いま銀行のひとと店内にいるんで、聞いてみましょうか」

「ありがとうございます。お願いします」さらにお辞儀をした。

間もなく専務は、五分ぐらいなら時間がとれる、という深水の返事を持って戻ってきた。

四十分ほどして、社長の深水が事務所に現れた。雄高の姿を見つけると、一番奥にある応接用の椅子にくるように言った。

挨拶の後、雄高は思い出探偵の仕事内容を説明し、大まかな依頼内容を深水に話した。

深水は黒縁《くろぶち》メガネをかけ、八十がらみの好々爺《こうこうや》に見えた。

「昭和四十年頃は、私が親父から鶴屋を継承した少し後ですな。ある意味、無我夢中《むがむちゅう》だった時期だね」

「この折り鶴は、お店で使用していたのですか」

「上等の金平糖《こんぺいとう》を口直しに出しておったんだ、これに入れてな」

仲居として勤める女性が最初に覚えるのは、小物入れ型の鶴の折り方であった。多いときは八十席以上の宴《えん》が催《もよお》され、ほんの一、二分で綺麗に折り上げなければならなかった。

「入手した鶴は、葛と月の印刷された紙で折られていました。そこに謡曲『定家』があぶり出しで浮かび上がったのですが」

「よくあれが『定家』だと分かりましたな。鶴屋という屋号は日本全国に割とあるものでね、商標を登録するときに先代が『定家』に出てくる藲月という言葉をつけ足した。先代は謡《うたい》が趣味で、愛の執心《しゅうしん》ちゅうのか、そこから逃れられない人間の愚かさみたいなものが、人間くさくて、可愛《かわい》いなどと言って『定家』を好んでおったようです」

浩二郎から訊いた話では、僧の供養によってもなお、定家と式子内親王の恋心は消滅しなかったという。人間くさくて可愛いとは、そこを指しているのだろう。

「けれど、それは鶴を折るためのものではない。煮物の皿に被《かぶ》せるものだ」

一品だけ通常の品書きには書かれていないメニューを、サプライズ品として出す趣向があって、その目隠しに使ったという。

「湯気の熱で文字が現れる面白み、先代はそんな遊び心を持ったひとだった。まあ私の代で、店を畳んでしまって……」

「田部井弘恵という、仲居をやっていた女性は覚えていらっしゃいますか」

集団就職で仙台からやってきた女性で、銀座の店に移った人間だと雄高は言った。

「田部井弘恵、知ってます」

「本当ですか」躊躇《ちゅうちょ》なく言った深水の言葉に、雄高の方が驚いた。

社長が一従業員のことなど覚えているはずもないだろうと思って発した、質問だったのだ。

「うちに勤めていたときは、知らなかったんだが、銀座の店に移って、そう二年ほど経った頃だったか、連絡があってね。銀座『朝霧』という店に飲みにきてくれって」

「銀座の『朝霧』……」

「人気があったんだろうね、女性たちの束《たば》ね的なポジションにいるようだった。私はそのとき初めて田部井くん、源氏名《げんじな》のめぐみくんに会ったんだよ。その後もよく仲間たちを誘って『朝霧』を使ったな」

「彼女はいまどこに？」

「病院だ」

年齢的に病院へ入っている関係者が多い、という浩二郎の言葉を雄高は思い出した。

「どこがお悪いのですか」

「肝臓《かんぞう》らしい。自分の店を持つまで頑張った。私がこのスーパーを始めて十周年になるかならないかのとき、二十年前になるかな、有楽町に『恵《めぐみ》』ってバーをね」

元々アルコールに強くないのに無理をしてきたんだろうと、ため息混じりに深水は言った。

「五、六年前に店を他人に譲って辞めてしまった。去年、上野のK病院に入院したんだって連絡をもらって、一度だけ見舞いに行った。けど早々に追い返されてね。訳がわからんよ。なら連絡などくれなくとも、よかったんだがね」

「追い返された?」

「けんもほろろだったな。私も驚いたね、いままでにない態度だったから」

長年客商売に身を置いた弘恵が、見舞いにきた客に対してとる態度とは思えない。

一体何があったのだろうか。

「病に伏せった顔を、見せたくなかったんでしょうか」

「いや、すっぴんだったが土台がいいんだろう、まだまだ綺麗だったと思うよ。ま、女性の気持ちは、私には分かりかねるがね」

13

「もう一泊させてください」午後五時にホテルへ戻り、浩二郎に調査の報告をして雄高は言った。

「当然だよ。何としても弘恵さんに会ってほしい。いや会えるまで粘ってもいい。雄高、よく調べてくれたな。いよいよ最後の詰めだ」慎重《しんちょう》な言い方をしていたが、浩二郎の声の調子は軽やかだった。

「ただ気になるのが、深水さんへの態度です。入院している病院を知らせておきながら、追い返すなんて」

「何か訳があるのだろうが、客あしらいとしては上手《うま》くない。雄高も無理はせず、一度目でダメなら、何度でも行くさ。その辺りは気にしないでいい。撮影のスケジュールは明後日《あさって》まで入ってないんだろう」

「大丈夫です」この局面で、浩二郎の気遣《きづか》いは嬉しい。高まる緊張が和《やわ》らぐのを感じた。

朝六時に目を覚ました雄高は、ジョギングに出たついでに酒屋へ顔を出した。

「あら探偵さん、うちのぎっくり腰親父に伝えてくれた?」

「そのままお伝えしました」

「あっそう。ありがとう。で、役に立った？」

「ええ。捜しているひと、見つかりました。砂原さんのお陰です。お礼が言いたくて」

「それは律儀に。俳優の件、考えてね。私、ファン第一号になってあげるから」

「そのときは、よろしくお願いします」

自分が銀幕に姿を現したときの、彼女の顔が見たい。いつかきっと驚かせてやりたいと思うと、闘志が湧いてくる。

その勢いで、雄高は田部井の入院している病院へ出かけようと、シャワーを浴びてスーツに着替えた。

最近の病院は、入院患者についての外部からの問い合わせには応じない。個人情報保護の観点もあるが、借金取りや、ドメスティック・バイオレンスの加害者から逃げているケースがあるからだ。

雄高は直接、深水から聞き出した病室を訪ねることにした。

ネームプレートに田部井弘恵とある病室は、個室だった。他の病室はドアが開放されていて、薄ピンクのカーテンが揺れているが、弘恵の部屋はしっかりとドアが閉まっている。

深水への態度同様、訪問者を拒絶しているように見えた。

雄高は意を決して、ドアをノックした。

「どなた？」かすれた声が聞こえた。

雄高は自分を何者だと言えばいいのか迷った。

「誰？　誰ですか」弘恵の声に、脅《おび》えが混じったように聞こえた。

「失礼します」雄高はドアを開いた。

顔を見せて、怪しい者ではないことを訴える以外ない。

14

扉の向こうには、薄ピンク色のカーテンが引かれていて、それに遮《さえぎ》られ弘恵の姿を見ることはできなかった。

雄高はカーテンの端をたぐり、横へ引いた。

「待って。待ってよ」弘恵が言った。

その声に手を止めた。「あの、突然伺《うかが》って申し訳ありません」

雄高の格好は、暖簾《のれん》をくぐろうとして固まり、布にじゃれついたまま動かない猫のようだった。間抜けだと思ったが、着替えの最中であったら大変だと、そのままで声をかける。「ぼくは、京都からきました。四十三年前に田部井さん、あなたに上野の喫茶店で会った男性、いや当時は材木加工会社で働く少年だったひとから依頼を受けて、やってきた者です」

精一杯、誠意を込めて雄高は言ったつもりだ。

「どなたか知りませんが、私にそんな心当たりはありません。お引き取りくださいな」

「田部井弘恵さん、なんですよね」

「いいえ、何かの間違いです。私は、私は比奈野《ひなの》というのよ」

「ヒナノ？」雄高は顔を病室から外へ出し、ネームプレートを確認した。

間違いなく田部井弘恵となっていた。

「前に、ここにいた方の名前のままなんじゃない」

「失礼、しました」雄高は慌てて謝り、すぐに廊下へ出た。

弘恵は部屋を変わったのだろうか、それとも退院したのか。

雄高は別の階も見て回ってみた。

廊下の壁には、手すりが設置されている。それを頼りに、ゆっくり歩くパジャマ姿の初老の女性がいた。顔色はどす黒く、生気がない。肝臓を壊している弘恵だろうかとも思ったが、夜の銀座で生きてきたという感じはなかった。先入観は禁物だったが、長年染みついたムードは自然に醸《かも》し出されるものだろう。

やはり確認した方がいいと、三階に戻りスタッフステーションの、小さな受付窓から声をかけようとした。

「田部井さん、プレート外してくれって。出すんなら比奈野ゆりの方がいいんだそうよ」

中から若い看護師の声が聞こえてきた。

田部井と聞いて、雄高は耳を澄《す》ませながら受付から離れ、いま話していた看護師が出てくるのをそしらぬ顔で待つことにした。

看護師は笑いながら、詰め所の広く開かれた出入り口から出てきた。

雄高は、彼女の後をつけた。

看護師は、雄高が訪ねた部屋の前で立ち止まり、田部井弘恵のネームプレートを抜き取った。

これはどういうことだ。出すのだったら比奈野ゆりの方がいい、と田部井が言ったと看護師は語っていた。田部井弘恵の源氏名はめぐみだと聞いていたが、比奈野ゆりという名もあるのだろうか。しかし、入院して、本名より源氏名を病室に掲《かか》げてほしいという人間がいるだろうか。

俳優でも、病気になったら芸名を極力使いたがらない。人目をひくとか、病気だと知られたくないこともあるが、何よりも装飾を脱ぎ捨てたいのだ、という。病気と闘うのに、名前が重荷になる。そんな話をいくつも雄高は聞いたことがあった。

まして、弘恵はすでに店を他の人間に譲ったはずだ。源氏名などを使うだろうか。

「おたく誰？　お袋の客？」小太りで無精髭《ぶしょうひげ》の男が、病室の前の雄高に訊いてきた。乱れた長髪を後ろに垂らし、どことなく崩れた感じのするスーツを着た四十代の男は、雄高の服装を値踏《ねぶ》みするような目つきを向ける。

「いえ。ちがいます」

お袋と言ったのが気になったが、病院で揉《も》め事は起こしたくなかった。

「借金取りか？」

「いいえ」

「ならどうして、この部屋を見張っていたんだ」男は指輪をした手で、雄高のネクタイをつかんだ。

「見張っていた訳じゃない」雄高は男の手を払いのけて、きびすを返した。

「お前、何者なんだ」そう言うと男の手は、雄高の肩をつかんだ。

「英昭《ひであき》！　病院ではおとなしくして」病室のドアが開き、女性が姿を見せた。

ひどく痩せてはいたが、切れ長の目が印象的な美形だ。年齢を感じさせない艶《つや》っぽさは、田村の思い出話に登場する弘恵だと、雄高は確信した。

「こいつが、お袋の部屋の前に」

「ああ、そのお兄さん、さっきもうろついていた健康食品のセールスマンさ。こんな病のおばあちゃんを捕まえて、何がビクター・ヤングよ。買わないって言ってるだろう。あきらめて帰りなさい」弘恵はそれだけ言うと、病室に引っ込んだ。

「ぼくが、セールスなんて……」否定しようと思ったが、雄高はここで深追いをすることは得策ではないと、言葉を呑み込んだ。

「入院患者に健康食品を売るなんて、いかれてるぜ」

絶句した雄高に、英昭と呼ばれた男はハエでも払うような仕草をして、弘恵の病室へと消えた。


「息子がいたのか」

病院での出来事を雄高が報告したときの、浩二郎の一声だった。

年齢からすれば、子供をもうけていても不思議ではなかった。が、雄高もそうだが、田村の話を聞いてできた、鶴を折る少女のイメージが強すぎたようだ。

「ええ。それも印象の良くない息子です」風体《ふうてい》だけではなく、品のない指輪が雄高の頭に浮かんだ。

「雄高を見て借金取りか、と聞いたところを見ると、その男もきれいな身とは思えないね。あるいは弘恵さん自身も、借財があるのかもしれない」

「弘恵さんは、田村少年のことを覚えていないのでしょうか」

「四十三年も昔のことだからね。田村さんは恩人だと感じているが、弘恵さんからすれば、多くの人間と出会っているうちの一人だものね」こと思い出捜しに関して言えば、時間以上に当事者間の温度差が壁になることが多いのだ、と浩二郎は言った。

「実相さん。ぼくは、とっさについた彼女の嘘に、何かを感じるんです」

「うん。健康食品のセールスマンだろう？」

「もし探偵だって言っていたら、一揉《ひとも》めあったでしょうし、知らないって突っぱねてしまうこともできたはずです」

「余白を残してくれた、と思いたいんだな」

「そうです。もし田村さんのことを本当に覚えていないのなら、そんな余白はいらないじゃないですか」

「分かった。雄高の気持ちを優先させよう。ただたとえまったく記憶に留めていなかったとしても、弘恵さんを責めたりはするなよ」

「分かっています。今晩、弘恵さんが譲ったという店『恵』へ行ってみます。よろしいでしょうか」懐具合が心配になった雄高は、浩二郎に言った。

スタッフが出張する折には、思い出探偵社のキャッシュカードを預かっていくシステムになっていたが、大きな出費のときは浩二郎の決済を必要とした。

「雄高の気持ちを優先すると、言ったじゃないか」という言葉とともに、浩二郎の優しい笑顔が脳裏に浮かんだ。

15

京都の花街、祇園の御茶屋に雄高は何度か行ったことがある。茶川に連れられ、老舗と呼ばれる座敷に上がった。花街を熟知した茶川がいたし、太秦《うずまさ》で俳優修業をしていると言えば、その場の空気は和《なご》んだものだ。そのときとは別の緊張感が、夜の有楽町には漂っていた。

特に『恵』の店構えには高級感があり、分厚いドアは、会員以外の入店を頑《かたく》なに拒《こば》んでいるからなおさらだ。

浩二郎のアドバイスもあって、事前に『恵』の常連でもあった深水から紹介してもらっていたため、門前払いの心配はない。

雄高はもう一度、ドアの前でネクタイを整えて店に入った。

思ったより店内は明るく、さほど派手ではない女性が二人、雄高を出迎えた。

深水の名を出すと、店の一番奥のボックス席に請《しょう》じられた。

三十には届かない和服の女性が前に、二十代半ばぐらいのドレスの女性が雄高の隣に座る。

二人は丁寧な挨拶と共におしぼりを差し出し、飲み物のオーダーをとった。

和服の女性は小夜《さよ》と名乗ると、名刺を差し出しながら言った。「お客さん、めぐみママのお知り合いなんですってね。ママにはお世話になってます」

「なあんだ、めぐみママか」とため息まじりで残念そうな声を、亜弥《あや》という若い方の女性が出した。「お客さんは若いけど、どういうお知り合いなの？」

「これ、亜弥ちゃん。詮索《せんさく》しないの」小夜は、亜弥を軽くたしなめた。

「ママは美人だし。何か妬《や》けちゃうんだもん」亜弥はふくれた顔を作った。

それがお定まりのお客へのサービスポーズであることは分かったが、雄高には愛らしく映る。

「お店での名前っていうのは、下の名前だけなんですか」雄高は小夜に訊いた。

「ええ」と小夜が答える。

「そうですか」亜弥が水割りとチーズ、ナッツ類をテーブルに置くのを見ながら、雄高はうなずいた。

「だいたい聞いたことないですよ、源氏名に名字なんて」小夜が微笑む。

「いや、めぐみママが、確か比奈野ゆりって言ったことがあるんですよ」

「あら、お客さん、ご存じないの？」亜弥がいたずらっぽく口を挟み、グラスを雄高に持たせた。

「どういうことですか」

雄高は、二人とグラスを合わせて水割りを口に含んだ。久しぶりのアルコールだったせいで、口内に刺すような刺激が走った。

「めぐみママは、私にとっては大家さんなんだけど、本当は詩人なの」

「亜弥ちゃん。間違いじゃないけど、ちょっとちがうわよ」小夜がやんわりと訂正する。

「大家で、詩人？」雄高が小夜に尋ねた。

「大家というのは、私たちの住むマンションを用意してくれているからなんです。福利厚生というのかな。そして詩人ではなく、作詞家だったんです。プロのね」小夜は、自慢するような目つきで言った。

「プロの……」

校歌を作った弘恵は、その後も詩作を続けていたのだ。雄高の気持ちの中で、詩というものが介在《かいざい》することによって、弘恵と鶴を折る女の輪郭《りんかく》がぴたりと重なり合った。「プロということは、本ものの歌手が唄っているんですね」

「もちろんです」

「聴きたいなあ」

「そうね。いくつかあるんだけど……」小夜の表情が、やや曇ったように見えた。

「どうかしたんですか」

「実はね、プロはプロなんですが、あまり売れなかったの。だから廃盤が多いのよ」

「じゃあ、聴けないんですか」

「そうね、『鳴子《なるこ》のひと』『湯けむり』とか『窓明かり』、そのうち一枚ぐらいなら、どこかに残っているかもしれないんだけれどね」

「お客さんから、直接めぐみママに言った方がいいんじゃない」亜弥の声だった。「きっとCD持ってるわ」

「そう、その方がいいかも」亜弥の言葉を助け船のように、小夜は大きくうなずいた。

題名を聞いても、雄高の知っているものはない。

好んで演歌を聞かない雄高だったが、嫌いなわけではなかった。大部屋俳優が集《つど》って宴会が始まれば、決まってカラオケ設備のある店へと繰り出し、そこで歌われるのは大体が演歌になる。不遇《ふぐう》や逆境に耐えることをテーマにした歌詞に、自分の人生を重ねて熱唱する人間が多い。ヒットしている曲も耳慣れない歌も関係なく、三、四時間、たっぷり聞かされた。

曲名だけは、その辺の演歌ファンに匹敵《ひってき》するほど知っているつもりだ。

「めぐみママに尋ねてみます」水割りを飲み干し、雄高は言った。

大して飲んでいなかったのだが、翌朝は頭が重かった。浩二郎の妻を思いやる気持ちにほだされ、長くお酒を口にしていなかったせいで、アルコールに弱くなっているようだ。

二日酔いのときほど、雄高は体を動かして汗を流すことにしている。

午前八時前で、ジョギングには遅い時間だが、彼はホテルから出て不忍池《しのばすのいけ》へ向かった。準備運動をして池の畔を走っていくと、見たことのあるお爺さんがベンチに座っていた。砂原謙だった。

「砂原さん、退院されたんですか?」

「おう、探偵さん。まだ帝都にいたのかい」娘がうるさいので、病院に一時外泊の許可を得て、出てきたのだと眉をハの字にして笑った。

「いや、あいつの文句ももっともな話だ。金銭的なことだけじゃねえんだよ、探偵さん。何だかんだって言っても、俺が大黒柱だから、店にいないとかっこつかねぇんだ」

彼女は、おそらく父のやり甲斐を上手く作ってやっているのだ。隠居するには早すぎるとハッパをかけている姿が浮かぶ。

「優しいじゃないですか」

「俺も娘に遠慮するようになっちまっちゃ、おしまいだ」

「いや、優しいのは娘さんの方だと言ったんですよ」

「へん。馬鹿野郎、何が優しいもんかね、あのおっちょこちょい」まんざらでもない顔つきで、砂原は悪態《あくたい》をついた。

「少し歩きましょうか。リハビリが目的で、ここまでこられたんでしょう?」

「まあな。だが上手くないな、腰が曲がっちまうんだ」

「ゆっくり行きましょう」

「そうだな」

砂原が立ち上がるのを待って、雄高は寄り添った。

「そんなに引っつくなって、そこまで老いぼれてねえし、探偵さんのコレでもねぇんだからな」小指を立てて、砂原ははにかんだ。

「砂原さんにはかなわないな」雄高も照れくさそうに言った。

「で、粋なロマンスはどうなったい」砂原は、無邪気な子供のような目を向けてきた。

雄高は女性を見つけたが、現在病気療養中だったたと言った。

「すげぇな、探偵さん。この東京砂漠で、なくした指輪みてぇのが、見つかるなんてな」

「ぼくはまだまだ未熟なんで、ダメです」雄高は、個人に結びつかない程度に経緯を語り、弘恵の態度への疑問を口にした。「覚えていないとしても、ぼくを健康食品のセールスマンにしなくてもいいと思うんですよ。『こんな病のおばあちゃん捕まえて、何がビクター・ヤングよ』って、言ってもいないことまで言われる始末です」

「探偵さんは、上野の喫茶店で会った男性からの依頼ってだけ、言ったのかい？」

「ええ」

「喫茶店の名前、言ってねえんだな」

「言った方が良かったでしょうか」

「言ったか、言わなかったかが問題なんだよ」苛《いら》ついた顔つきを向け、砂原は立ち止まった。

「ジャズ喫茶ということも言ってなかったと思います。それがどうかしたんですか」雄高も立ち止まった。

「探偵さんよ、その女のひと、きちんと覚えているぜ」

「そうであってくれたら、いいんですが」

「馬鹿野郎、希望的観測でもの言ってるんじゃねえ。こちとら理詰《りづ》めで言ってんだ」

「理詰め？」

「ああ、理詰めだ。これだから若い者には、まだまだ任せきれねぇんだ」砂原は池に向かって、腕組みをした。

「砂原さん、どういうことか教えてください」剣道の試合前にするような礼をした。

「聞きたいかい？」

「もちろんです」

「そんなに言うなら、仕方ねぇな」

砂原の得意げな顔が、無邪気《むじゃき》で憎めなかった。

「お願いします」

「確か一九五四年、昭和二十九年だったと思う。ちょうど前の年にＮＨＫの本放送が始まったんだが、そんなもんまだまだ、受像機なんてどこを捜してもありゃしねぇ。二十代だった俺なんざ、娯楽と言えばなんてったって映画さ。『鞍馬天狗《くらまてんぐ》』や『ゴジラ』、何でも観たな」砂原は、懐かしげな目を池の水面に投げて言った。一呼吸置いて、さらに続ける。

「アメリカ映画ではホラーもあったが、俺が気に入っていたのは西部劇だ」

「終戦して十年も経っていないんですよね」

「いや、現実のドンパチはいやだったが、スクリーンのは安心して観てられる。心地《ここち》よささえ感じるから人間てのは、何なんだろうな。生まれついて残酷《ざんこく》にできてやがんのか。秋頃公開されたアメリカ映画に『大砂塵《だいさじん》』ってのがあったと思いねぇ」

「はあ、『大砂塵』ですね」

「簡単に言えば、酒場を経営する女と、元ヤクザ者のギター弾《ひ》きの恋物語ってとこだ」

「ギター弾き？」

「ギターを背中に背負って登場するんだ。この男の名がジョニー・ギター」

「ジョニー・ギター！」雄高は、高い声を出した。

「昔は外国語なんて知らないからよ。発音なんざいいかげんなもんさ、皆ジャーニーギターで通ってた。映画はそこそこ面白かったってとこだが、何てったって音楽がいいんだ。歌の方が映画より流行《はや》ってたなぁ。その映画音楽担当が、ビクター・ヤングだってての」砂原は唇《くちびる》を尖《とが》らせ、雄高の顔を睨《にら》んだ。

「ビクター・ヤングとジャーニーギターは繋がっていたんですね」

「探偵さんが、上野の喫茶店と言っただけなのに、その女のひとの頭にはジャズ喫茶のジャーニーギターしかなかったんじゃねぇか？　ジャーニーギターの音楽を探偵さん聴いてみなよ。哀愁《あいしゅう》たっぷりで一度でしびれてしまうぜ。それが耳に残ってて、音楽を手がけたのがビクター・ヤングだって知っていりゃ、無意識にその名前を口走ったっておかしかねぇだろよ。どうせ、とっさに口走った架空の健康食品の名前なんだからさ。いや、覚えてるって、言いたかったんじゃねぇか」

「理詰めですね、砂原さん！　彼女はジャズ喫茶で出会った男性を覚えているんですね」

「どうだ、大したもんだろうよ」砂原は、腰に手を当て胸を張って応えた。

16

「ほんま、大したもんやな、謙さん」

雄高の報告を浩二郎から聞いた由美が、面識のない砂原のことを親しげに呼び、感心した声をあげた。

「そういうひとに出会えるのもね、雄高の人柄だよ」浩二郎は嬉しそうだった。

由美は浩二郎の笑顔を見ると、気持ちが穏やかになれる気がした。

「まっすぐ過ぎると思うんやけど。そこがええんやろか」

「由美君だって、まっすぐじゃないか」

「うちなんて……」

「それはそうと、トモヨさんの事案名は決まったかい」

「さんざん考えたんです。こんなんどうですやろか思て」由美はスケジュール用のホワイトボードの傍《かたわ》らに立ち『少女椿《つばき》のゆめ』と書いた。「どないやろう。浩二郎さん、あかんかなぁ」浩二郎の顔をうかがう。

「いや。いいんじゃないかな。佳菜ちゃん、どう思う」浩二郎が佳菜子を見た。

「素敵な事案名だと思います」

「うん。決まりだ。それでいこう」浩二郎の声が事務所内に響いた。

「よかった。紙芝居の『少女椿』も、最後は会いたい父親に会いましたやろ。そやからトモヨさんの夢もお守りの男性に会うことやからと。うちの願いも込めさせてもらいました」浩二郎の笑顔を見て、由美は安堵した。

　これまで事案名というものが、これほど大事なものであろうとは、由美も実感していなかった。ただ名前がなければ、報告書を提出したり、ファイリングするのに不便なのだろうという認識しか持っていなかったのだ。

　しかし、今回のトモヨの様子を見て、自然と願いを込めた名前づけをしたくなった。トモヨの心臓は、すでに長年刻み続けた拍動《はくどう》、そのリズムを失いかけていた。つまり心臓の筋肉が血液を体中へ送り出す力を出せないまでに弱っているのだ。それは生きる力が弱くなっていると、言い換えてもよかった。

いまトモヨを支えているのは、わずかに残った気力だけなのだ。そして、その気力の大部分は、自分を助けてくれた男性への思慕《しぼ》の念であるように思うのだった。

病院のベッドで気分が良いと、昔話をしてくれるトモヨ。彼女はもはや、現代よりも過去に生きているようだ。鮮明に蘇る戦中、戦後の暮らしの中の少女は生き生きとしていた。むろん軍部の管理体制への不満、戦災の爪痕《つめあと》、貧困と不幸な時代ではあったが、何物にも代え難《がた》い若さと健康がトモヨにはあった。

瑞々《みずみず》しい感覚を持っていたときに、颯爽《さっそう》と現れた男性は一層輝いて見え、深く記憶に留め置かれている気がする。

お礼を言い忘れている。それが辛い。トモヨが何度も繰り返す言葉だ。

ゆめと名付けたが願いに近いはずだ。そう思うと事案名を見るたび、口に出すたびごとに、彼女の切なる願いが届くようにしたいと、由美にしては妙に肩に力が入った。

「西陣のK縫製は全国のお守りを作っているからな。そこに手がかりがないのなら、地元の業者か、或《ある》いは手作りということになるね」浩二郎が言った。

「そうなったら、すごい数になってしまうんです。そやから、茶川さんに微《かす》かに見えてる表面の模様と中の紙片を調べてもろうてるんですけど」

「茶川さん、いやな顔でもしたかい」

「それはないんですけど、飲みに行こうって。そればっかし」

「茶川さんは気に入ったひとしか誘わないから、由美君気に入られたんだよ」

「由真《ゆま》も一緒でもええ言わはるんが、ちょっと。うちの教育方針として、お酒の席には連れて行かへんことにしてるから」

由真の父親、別れた夫は、平気で娘を居酒屋に連れていった。看護師の不規則な生活だったことで、娘の教育が行き届かなかった点を、いまも後悔している。

酒の席が悪いというのではない。大人が羽目を外している姿を見せるのにも抵抗があるが、普段はいない場所に子供がいると、なぜか大人は必要以上に気を遣う。ちやほやされることが、娘には良くないと考えていたのだった。

そんな気持ちは病院勤めの頃、中学校から体験学習の指導を依頼された経験で色濃くなった。中学生ができる簡単な仕事を見繕《みつくろ》い、介護補助の中のさらに補佐をさせる。片麻《かたま》痺《ひ》の患者を車椅子に乗せる補助、そして中庭での日光浴。それだけの仕事だが、事前の準備は意外に手間がかかる。余分に仕事が増えることが負担だったし、患者さんに使える時間を削ることになるのが不満にもなった。

しかし、介助される患者さんの協力と、現場の人間の仕込みがあってはじめて体験学習が成立していることなど、子供たちは知らない。滞《とどこお》りなく数日が経つと、こんなものか、と思い込んで帰っていく。感想文の「こんなに大変な仕事を毎日されているのかと、改めて看護師さんはすごいと思った」という決まり文句を見るにつけ、空《むな》しくなった。大人の世界を垣間見る《かいまみ》ことは大事だろうが、それだけで簡単に分かったような気になることは、子供のためにはならない。

不幸にして、父親と別れて暮らすことになった由真に、母親として大人の厳しさと、威厳は教えたいと思っている。いずれ思春期になれば、大人への反抗を強くするに決まっているからこそ、小学生の間ぐらい男どものだらしのない姿は見せたくなかった。

「由真ちゃん、夏休みにどこか連れて行ってほしいと、せがまないか」

「海に行きたい言うてうるさい、うるさい。大原は山も川もあるけど、海はあらへんな、なんて、いっぱしの京女的ないやみの連発ですねん」

「『少女椿のゆめ』が決着したら、まとまった休暇をとれるようにするよ」

「ええこと聞いた。ところで、浩二郎さん。うち、この著者に会おうと思てますんやけど」由美はバッグから取り出した数冊の本の中から、一冊のソフトカバー本を差し出した。さほど厚くない本には『闇市〜酸《す》いか甘いか』と題名が刷《す》られていた。

由美はインターネットを使い、国会図書館で、闇市に関する資料を捜した。見ることのできるGHQ文書にあたったりもしたのだが、多くは東京を中心としたもので、大阪の資料は少なかった。

古書店組合が運営するサイトなども駆使《くし》し、大阪における闇市の資料を捜し続けた。そうしてようやく手に入れた数冊を読み漁《あさ》ったのだった。
「六心門彰《ろくしんもんあきら》。郷土史研究家は、貴重な存在だね」書籍を手にとって、プロフィールの書かれた頁《ページ》を読みながら、浩二郎は言った。
「八十四歳で、地元のコミュニティ紙に、コラムを発表してはるゆうんですからすごいでしょう。それよりも、ちょっとだけなんやけど、こんなことが載ってますんやわ」由美は反対側から、浩二郎の見ていた本の頁を繰《く》った。

　闇市というから、無法地帯のように思われているかもしれないが、それなりに抑制《よくせい》の効いた商取引ができた市場だった。傷痍《しょうい》軍人、浮浪児《ふろうじ》、ちんぴらなどを上手く取り込み、織田信長時代の「楽市楽座《らくいちらくざ》」にも似た自由さと統制力が存在していたのである。それはまるで、日本人が敗戦のショックを肩を寄せ合うことで癒し合おうとしているスクラムにも似ていた。

　当時、新聞記者をしていた私は、進駐軍の通訳をしている男から、梅田の市場の近くで日本人の青年による進駐軍米兵撲殺《ぼくさつ》事件があり、取り調べに立ち会ったという話を聞いた。

　記事にできなかったが、私はその青年、いや少年だっただろうか、彼の黙《もく》して語らない毅然《きぜん》とした態度を立派だと思ったし、心中では拍手を送っていたものだ。なぜなら、調べていくうちに、どうやら日本人を助けるための犯行だったらしいと分かってきたからだ。

日本人の気持ちが、戦争で荒《すさ》み、戦災でささくれだったと我々ブン屋は書いたが、少年にはひとを救う義、滅私《めっし》の精神が生きていた。そのことに未来を感じたのだ。

そう、未来だ。夜明けがくる。夜明け前が一番暗いというではないか。闇市の闇にはそんな希望があった気がしてならない。

「うん。トモヨさんの話に似てるね」感心しながら、浩二郎が感想を漏らした。

「浩二郎さんも、そう思わはるやろ。久しぶりに鳥肌が立ちましたえ」

その文章を読んだときの興奮を、由美は思い出していた。

「で、六心門さんに、アポは取ったのかい」

「版元の十善《じゅうぜん》出版に連絡したら、コミュニティ紙を発行してる『おおきに大阪事務所』を紹介してくれはりました。今日、三時にそこで会えることになってるんです」

「上手くいけば、通訳をやっていた六心門さんの知人にも、会えるかもしれないからね」

「そうしたら、捕まって取り調べられた少年の素性《すじょう》も分かりますもん。案外早《はよ》う由真を海に連れて行ってやれそうですわ」そう言いながら、由美の頭にあったのはトモヨの容態であった。良い知らせを報告してあげたい気持ち半分、願いがかなってこの世にやり残したことがなくなり、生きる支えを失うことへの懸念半分が、胸中でもやっている。

「『おおきに大阪事務所』はどこにあるの？　三千代を定例の断酒会から連れて帰ってから、合流できるだろうか」

「事務所は京橋です。でも無理せんといてください。うちはお爺ちゃんに好かれる質《たち》やから」

「それは心配していないが、六心門さん自身に、興味があるんだ」きらきら光る目で、浩二郎が言った。

由美が浩二郎と初めて会ったとき、このひとの下で働きたい、と仕事の内容をよく知らないうちに思ったのも、その瞳の輝きがあったからだ。

医師たちのエリート意識と、覇権《はけん》争いの中で繰り広げられるパワーハラスメント、そこに登場する人物たちの、濁《にご》りきった目とはまったくちがっていたのである。

「おかしいかい？」

「いいえ。浩二郎さんらしいなぁと思て」そう言って由美はすぐ続ける。「ほな、京橋駅前デパートの入り口で待ってますわ。事務所までは歩いて五分ほどや言うたはったから、三時十分前に」

デートの約束を告げる恋人のような華やいだ声に、由美自身も驚き、照れ隠しに席を立った。「コーヒー、淹《い》れまひょか」

17

雄高には、尾行の経験がない。浩二郎から、尾行のいろはも習ったことがない。その辺りがいわゆる普通の探偵とは異なる点だろう。これまで観た映画などに登場する刑事か、探偵の見よう見まねで、男の後をつけるしかなかった。

雄高が尾行している男は、病院から出てきた弘恵の息子、英昭だった。

ビクター・ヤングという言葉が、ジャズ喫茶『ジャーニーギター』に結びつくことを確認しようと、もう一度弘恵の病院を尋ねて、英昭の姿を見つけた。玄関で、英昭がチンピラ風の男と別れたところを見ると、弘恵の病室の見張り番をさせるのにちがいない。

迂闊《うかつ》に弘恵に近づくのは、昨日と同じ轍《てつ》を踏むことになる。

それなら、英昭の素性を知りたいと雄高は思った。風体からは、まともな仕事に就いている感じはない。ひょっとすると、暴力団の構成メンバーかもしれなかった。もしそうなら、面倒を起こさないように慎重な行動が必要になる。

病院の前に白いセダンの国産高級車が停《と》まって、英昭が乗り込んだ。車が発進すると、その後をタクシーで追う。

蔵前《くらまえ》橋通りに出たセダンは、しばらく道なりに東へ走り、隅田川を渡って明治通りとの交差点で南へ折れた。亀戸《かめいど》駅近くを通り過ぎ、大島、南砂方面を示す道路標識を越えた場所にあるマンションで車は止まり、英昭だけが降りた。地理に不案内な雄高は、とにかく道路標識をメモした。

雄高はタクシーの支払いを済ませて、英昭の入っていったマンションへ近づいた。マンションは古そうで、一階には不動産屋と旅行代理店、それにやたらメニューの多い中華料理店が入っていた。

英昭は不動産屋のガラス窓の向こうにいて、店の人間と談笑したかと思うと、さらに奥へと姿を消した。かなり親しい間柄であることは遠くからでもよく分かる。

ガラス戸には『有限会社CL開発』とブルーの文字で書かれていた。

中に入るわけにはいかない。雄高は面が割れているのだ。しかし、英昭とこの会社との関係が知りたかった。

次の一手を考えるため、情報収集しようと中華料理店に入ることにした。

すでに二時を回り、客はいなかった。カウンターに座るとお腹《なか》は空いていないが、店主の機嫌をとるため、一番高い中華セットと生ビールを注文した。

「この辺りに部屋を探してるんですが、この上のマンションなんてどうですかね」調理場の店主に声をかけた。

「ダメ、ダメ。高いよ、お客さん」

「でもこのお店の立地、いいじゃないですか」

「うちだって、もっと安く借りられるところがあったら、すぐにでも移りたいさ」

「そうなんですか。隣って不動産屋さんでしたね」

「……この辺りは、どこも高いと思うよ」そう言ってから店主は、懸命に中華鍋を振り出し、黙ってしまった。

物件を捜していると言えば、隣に相談すれば、と言うはずだと思って話しかけた。しかし、話を逸《そ》らしたところをみると、店主の有限会社CL開発への印象は良くないと、判断していいだろう。

「ご主人。隣の不動産屋が管理しているマンションは、近くにありますか」店主が、できあがった料理をカウンターに出すタイミングを見計らって、雄高は訊いた。

「何言ってんの、このマンションがそうだよ。このテナントも」

「そうなんですか、じゃあ後で行ってみますね」

「………」

セットには肉団子《にくだんご》と炒飯《チャーハン》に、北京《ペキン》ダック、フカヒレスープ、ザーサイがついていて、それぞれにボリュームがあった。雄高は胃が苦しかったのだが、すべてを平《たい》らげ、ビールジョッキを空けて店を出た。

その夜、雄高は近くの飲食店などで、英昭の評判を聞いて回った結果を、浩二郎に報告した。

「ＣＬ開発の代表者は鈴木英昭でした。でも彼についてはみんな口を噤《つぐ》んでしまって、あまり上手くいかないんです」

「おびえているということか」

「そうですね。ほめることはないんですが、けなしもしない。こちらが水を向けると、やはり黙ってしまうんです」ホテルの部屋に備え付けてある小さなテーブルに、頭を抱《かか》えるようにヒジをついた。

「明日一番に、亀戸方面の勢力地図について訊いてみるよ。警視庁の元マル暴、現在の組織犯罪対策部に知り合いがいるんだ。会社名と名前が分かっているから、構成員かどうかはっきりするだろう。それと、社団法人日本作詞家協会に問い合わせてみた。比奈野ゆりという作詞家が存在したよ。十二年前に日本作詞家大賞新人賞を『窓明かり』って題名の歌で受賞している」

「作詞家として、デビューしたんですね」

「歌手の下村《しもむら》里美が歌って、ＣＤにもなっている」

「下村里美。ぼくは知らないですね」

「プロの演歌歌手だが、全国放送ではなかなか取り上げられていない。由美君の話では、地方のイベントではよく聞く名前なんだそうだ。何でも温泉なんかの余興《よきょう》でステージを務め、自らCDを売って歩くらしい。病院の慰問《いもん》に一度呼んだことがあるって言っていた」

新人作詞家のデビューには、メジャーな歌手は起用されないのだろう。それでもその中から、作詞家として名を成す者が生まれていく。

厳しいのは、役者の世界だけではないのだ。

「詩を捨てなかったんですね、弘恵さん」

「すごいと思うよ、夢をあきらめないひとは」

「本当ですね」雄高は心の底から、弘恵は強いひとだと感じた。

「田村さんの話を聞いたときから、一途《いちず》なひとだという印象を持っていたんだ。従業員のマンションを用意しているなんて、配慮が行き届いているしね」

「だから、息子とのギャップを感じるんですよ」

「そこなんだ。何か事情があるにしても、弘恵さんほど思いやりのあるひととの子供とは……」

「ぼくも、解《げ》せません」

「ただ、その違和感にこそ、弘恵さんが深水さんや雄高を拒絶する理由があるのかもしれない」

「それは、弘恵さんが気を遣っているという意味でしょうか」雄高は、浩二郎の答えを探りながら言った。

「うん。病気になり、入院したことを知らせた深水さんを追い返した。このことと、雄高が遭遇《そうぐう》した息子の英昭とは無関係でないような気がするんだ。弘恵さんが入院したときは、不肖《ふしょう》の息子が病院にはいなかった。知らせてなかったと思うんだ。つまり知られたくない、知らせたくない相手だったんじゃないだろうか」

「それが何かのきっかけで、英昭の知るところとなったんですね」

「他の入院患者に迷惑をかけたくないだけでなく、弘恵さんを見舞う人間に、被害が及ぶ可能性を心配しているんだろう。言い換えれば、英昭はそれほどのワルだということになる」

「それなら、弘恵さんがジャーニーギターを覚えていながら、知らんぷりをしたこともうなずけますね」

「雄高とも、英昭を会わせたくなかったんだ。もし我々の考え通りなら、どこまでも気配りのひとだな、田部井弘恵さんは。後はどうやって本人から話を聞き出せるか……」

雄高はその後、浩二郎からあるアドバイスを受けた。

「やってみます！」

「頑張ってくれ。由美君も鉱脈を掘り当てたよ」

「トモヨさんの事案ですか」

浩二郎から、トモヨの事案名が『少女椿のゆめ』に決まったことを聞き、由美の京都弁とライダー姿の両方を思い出した。そのアンバランスさは、ロマンティックな事案名にも色濃く出ていて、笑みがこぼれた。

由美が入手した闇市に関する本に、トモヨの体験に似た記述があったことも、浩二郎から説明された。

「著者の六心門彰という元新聞記者は、それは面白い人物だった。残念ながら、取り調べに立ち会った当時の通訳、リチャード杉山という方は他界されていたんだけれど、娘さんが神戸にいてね。この週末に会いに行くことになった」

「トモヨさんを助けたひとに繋がる糸口が、見つかりましたね」

時間を埋めるのはひと、心を埋めるのもひとしかいないのだ。思い出探偵とは、どこまでも人間を掘り下げる探偵なのだと、雄高は改めて感じていた。

18

次の日。鈴木英昭がある指定暴力団の準構成員で、それを盾《たて》に土地の買収や物件管理などを生業《なりわい》にしていることが、浩二郎の報告で分かった。

その日の夕方、雄高は、出勤してきた小夜を店の前でつかまえた。「小夜さん。お願いいたがあります」

雄高は、自分の職業と店に顔を出した本当の理由を明かした。弘恵に、ただ礼を言いたいという依頼人の気持ちを訴え、協力を頼んだ。

「私に何をしろと、おっしゃるのかしら」小夜が、英昭の存在を怖がっていることは、すぐに分かった。

「ご迷惑はおかけしません。めぐみママのお見舞いに行っていただき、散歩へ連れ出して欲しいのです」

「連れ出せば、いいんですか？」

「ええ。後はぼくが責任を持ちます」

「分かりました」

「ありがとうございます」雄高は、小夜が行動できる日時を訊いて別れた。

小夜が指定した日は、それから二日後、雄高には撮影があった。しかし雄高は、その役を後輩に譲り、東京に留まったのである。エキストラの一人を演じることも大事だが、今日の思い出探偵という役は自分にしかできない、と思い切った。

あらかじめ浩二郎の知り合いの刑事から、有限会社ＣＬ開発を訪問する旨《むね》を英昭に告げてもらい、その時間に弘恵を連れ出す手筈《てはず》だ。彼らを、会社に釘付けにしておくためだ。

「わざわざ我々のために一肌脱いだ訳ではない。準構成員の動きに目を光らせることも、組織犯罪対策部のデカの仕事の一つだ」と、浩二郎は笑っていた。

――決行時刻は午後二時。

病院に英昭やその仲間の姿はない。それを確かめ、雄高は小夜に目配せをした。

小夜はグレーのパンツスーツで、夜はアップにしている髪が、背中で揺れていた。彼女が玄関に入って二十分ほどすると、紺《こん》色のワンピースを身にまとった弘恵を伴い、姿を見せた。散歩に出る誘いは成功したようだ。

飯津家医師のネットワークを通じて、弘恵の病状は把握していた。重い肝硬変だったが、外出の難しい状態ではない。最近は気力を失い、食欲も減退していたため、むしろ気分転換が図れる外出なら、主治医も大いに賛成するはずだった。

病院のある通りから、一筋東に入ったところに純喫茶があった。そこまでは別行動で移動して、喫茶店のテーブルに着いたのは、二時半を少しだけ回った頃だ。

「あなた……これはどういうこと」雄高の顔を見て弘恵は、かすれた声で言った。

「息子さんの手前、こんなことしちゃって。ごめんママ」雄高が声を発する前に、小夜は弘恵に手を合わせて謝った。

「ぼくは思い出探偵社の探偵です」雄高は名刺を渡した。

「探偵さんでも何でもいいわ。上野で会ったひとがどうのという話なら、この前も言った通りよ。そんな昔のこと覚えていないんだから」

「あのとき上野の喫茶店と言っただけで、店名は言いませんでした。でもあなたはビクター・ヤングという名前を口に出した」

「何のことかしら」コーヒーが運ばれてくると、弘恵の痩せた指先が、シュガーポットにのびてスプーンをつまんだ。

「ビクター・ヤングですよ。邦題《ほうだい》は『大砂塵』、原題では『ジョニー・ギター』。確かにあなたと少年が会った場所は、ジャズ喫茶ジャーニーギターでした。ビクター・ヤングは『ジョニー・ギター』の作曲家です。あなたは無意識に、そのジャズ喫茶を思い出していた。もちろん、その少年のことも」

すでに砂糖を入れ終えた小さなスプーンが、カップの上でさまよっていた。

「ジャズ喫茶ジャーニーギター。そんなお店があったわね。探偵さんが無意識というなら、そうね、無意識にビクター・ヤングの名前を言ってしまったのかも。無意識なんだから、覚えがないわ」スプーンは、無事シュガーポットに戻った。

「依頼人の少年は、あなたの言葉で定時制高校を無事卒業し、その後、大工見習いから工務店を興《おこ》されました。そして社長業を息子さんに譲って、隠居された。ただ、四十三年前に出会ったあなたへ礼を述べていないことが、どうしても心にわだかまっている。きちんと礼を言いたい、あなたにこんな人生を送れたことを報告したい。そんな思いを抱《いだ》いて、東京からわざわざ京都にある思い出探偵社にやってこられたんです。会って頂けませんか」

「覚えていないものは、どうしようもないじゃないの」頭を振りながら、弘恵は声をしぼり出した。

「これを見てください」雄高は、背中が小物入れになった折り鶴をテーブルに置いた。

「……」

「あっ。ママが教えてくれた鶴！」弘恵の隣に座っていた小夜が声をあげた。

「小夜ちゃん」弘恵は、たしなめる口調だったが、声はか弱かった。

「四十三年間、依頼人はこれを大事に持っていました。あなたと会った場所以外の手がかりは、この鶴だけだったんです」

雄高は、折り鶴に隠された蔦葛と月の図案、謡曲『定家』の一節を書いたあぶり出しから料亭、鶴屋蘿月の名前を特定。そこの代表者に聞き、銀座の店へスカウトされた弘恵に行き着いたことを語った。

「……深水社長」弘恵は、ぽつりと深水の名を口に出した。

「深水さんは、病院でのあなたの態度に、首を傾《かし》げていましたよ」

「息子の英昭は、私を恨《うら》んでいるの」

「恨む？」

「わずか五つの英昭を置いて、家を出たの」

英昭の父親は解体業で財を築き、一時期は有楽町にクラブを所有していて、そのとき弘恵と同棲《どうせい》をしていたらしい。女性関係が派手だったことで揉め、わずか六年で破局したと言った。

「それからは、お店の女の子たちが、私の子供なの」

小夜は、住まいを用意するためにマンションを建ててくれ、不規則な夜の商売では健康を害するとして、バランスのとれた食事のデリバリーサービス業者と契約し、従業員の体を気遣うママなんて他にいない、と言った。

「恨んでいることと、深水さんが感じたあなたの態度と、どう結びつくんですか」

「あの子、私が死ぬのを待っている」

英昭が弘恵の病室に日参しているのは、遺言状を書かせるためだった。罪滅ぼしに、弘恵が所有するマンションを、すべて息子の英昭に譲るとの文言を求めていたのだ。

「死ぬって、そんな」

「肝臓が、もうダメみたいなの」弘恵は、お腹の右側に手を置いた。

「万一肝臓の八〇パーセントが壊れても、生きているひとはいます。あなたの肝臓はそんなに悪くはない」

どんな病状でも決してあきらめない飯津家医師なら、何か治療法を見つけ出してくれるはずだ。

「そ、そうなの？　……でも、あの子は何をするか分からない。上部組織に借金があるらしいの」

「切羽《せっぱ》詰まっているんですね」

「どこかに男がいると思っていて、私に近づく男性をマークしている。そうなると、そっちへも被害が及ぶ。あの連中には、つきまとう理由なんて、何でもいいんだから」

「それでとりつく島もないぐらいに、拒絶されたんですね」

「女の子達の住まいを失いたくないし、誰にも迷惑はかけたくない」

弘恵が田村に会えば、奴らは田村工務店に目を向けるにちがいない。また、会わせることで、田村の平穏《へいおん》を乱すことがあってはならないのだ。

雄高は弘恵の選択が、正しいと思い始めていたが、とにかく、田村から聞いた思い出をすべて話すことにした。

弘恵は雄高の話を、黙って聞いていた。

「覚えていらっしゃるのでしょう、あの少年を」雄高は静かに訊いた。

「料理を覆うあぶり出しの紙は、一度出すと二度は使えない。後は捨てるだけだった。けど、上等の紙だったので、私はそれを取っておいた。集めて糸で綴《つづ》ってノートの代わりにしたの」

「鶴の裏にあった詩は、押上定時制高校の校歌に採用されたものだった。ぼくたちには、それも大きなヒントだったんです」

「そうなの？　書いてたんだ、私。探偵さんが言うところの無意識だったのね。詩をメモしていたことも忘れていた。ノート代わりの一枚を、正方形に破いて鶴を折ったのね」弘恵は懐かしそうに鶴を手にして、顔を近づけて見つめた。そしてしみじみ言った。「手に紙があれば、手慰《てなぐさ》みでこの鶴を折ってしまうの。お店で一番速かったのよ」

店で出す金平糖を入れた折り鶴は、ほとんどの客が土産に持って帰ったという。それは普通の千代紙だった。もしそれで鶴が折られていたら、弘恵を特定するまでさらに手こずっただろう。

「そう、あのときの少年がねぇ。私なんかの言うことを聞いてくれたんだ。忘れないわ、忘れるものですか。引っ込み思案で、人見知りする私が、度胸《どきょう》試しに、思い切って入ったジャズ喫茶ですもの。大人の、夜の街でなんて、絶対やっていけるはずがないと思ってた。あの少年にハッパをかけていたけど、実は自分に言い聞かせてた」弘恵は、ハンカチを頬に当てた。「そのひとに伝えて、ずっと忘れなかった。それは『窓明かり』を聴いてくれれば分かると。そしてそれを聴くたび、あの頃の自分を思い出してきたと」弘恵はシングルCDをバッグから出した。

「下村里美のCDですか」

「小夜ちゃんが聴きたいひとがいると言ってたから持ってきたの。私が病室で聴いているものなんだけど」

雄高は、それを両手で受け取った。

19

本郷雄高が京都駅に着いたのは、夜の八時過ぎだった。すぐに思い出探偵社の事務所に戻ると、浩二郎がデスクで待っていた。

「お疲れさん。由美君ほど上手くはないが、コーヒーが入っているよ」

「ドアを開けた瞬間から香りがして、ああ、京都に帰ってきたなって」雄高は応接セットのソファーに荷物を置くと、自分のマグカップを持って、コーヒーサーバーのあるところへ行こうとした。

するといち早く立った浩二郎が、サーバーをコーヒーメーカーから取り上げた。「注《つ》がせてもらうよ」

「すみません」

「こっちこそ、撮影があったのにすまなかったね」浩二郎が、雄高の撮影スケジュールのことを覚えていてくれたことが嬉しく、たまっていた疲れがいっぺんに吹き飛んだ。

電話では、戻る時間以外、何も報告しなかった。それで結果が気になって、残っていてくれたのだろうが、浩二郎に報告を催促《さいそく》する気配はない。

浩二郎の、熟成する時間が必要だという持論《じろん》を思い出した。できるだけ当事者の身になって考えるには、大豆《だいず》が味噌《みそ》になるときのように発酵《はっこう》時間がいる。単純な事柄とちがって、複雑な人間心理は、一度咀嚼《そしゃく》しないと嘘が混じる。何となくその意味が分かる気がしてきた。

何から話せば、田部井弘恵の心情を違《たが》えず、浩二郎に伝えられるだろうか。

雄高はコーヒーを味わいながら、東京であったことに思いを巡らせていた。鞄《かばん》からノートを取り出そうとして、CDのケースが目に入った。

まずはこれを聴いてもらおう。

雄高は立ち上がり、壁際のラックへと近づいた。そして、CDをその上にあるラジカセにセットした。

「音楽かい？」浩二郎がカップを片手に言った。

「演歌です」

「ああ、弘恵さんの作詞したもの？」

「ええ。彼女が作詞家大賞新人賞を受賞した作品です。歌詞カードがついていないんですよ」

おそらく弘恵がとにかく聴けということで、歌詞カードを抜き取ったのだろう。まずは聴く以外に方法はない。

弘恵は、その詞の中に田村との思い出を込めたのだ。それがどんな思いなのかによって、当然報告書は変わってくる。

「彼女が、雄高に託したんだね」

「はい」

「聴いてみようじゃないか」浩二郎の言葉に促されるように、雄高はＣＤを再生した。

その曲は演歌というよりも、ジプシーが奏《かな》でるような、哀愁のギターソロで始まった。

白く凍った窓に映る
かばんひとつの身支度《みじたく》済ませ
ふるさと離れた日は遠く
下りの列車　目で送る
信じて
裏切られ
また信じるものをさがしてる
ジャーニーギター
弾いておくれよ

故郷の歌を

赤く灯《とも》った窓に映る
慣れない仕事で疲れた肩
汚れたシャツと汗のにおい
あんたも同じ　ひとりぼち
信じて
裏切られ
また信じるものをさがしてる
ジャーニーギター
弾いておくれよ
希望の歌を

蒼《あお》く明けてく窓に映る
誰も今日とて知らんぷり
器用自慢の指先の
染めた爪さえ割れている

信じて
裏切られ
また信じるものをさがしてる
ジャーニーギター
弾いておくれよ
夜明けの歌を

黙ったまま二人は、何度も、何度も繰り返してその曲を聴いた。下村里美の声には、伸びがあって、有名な歌手にも引けを取らぬほど情感があった。歌詞を丁寧に歌っているところに、雄高は好感を持った。

台詞は歌え、歌は語れということを、俳優の先輩から教えられたことがある。作曲家の大御所が歌手に伝えた歌の心なのだそうだが、演技にも参考になる言葉として、先輩は教えてくれた。

里美は、声楽家《せいがくか》のような美声《びせい》で朗々と歌うのではなく、確かに語っている。そう雄高には聞こえた。

メロディも短調でもの悲しく、曲調は嫌いではなかった。いやヒットする要素を備えた楽曲だと思った。にもかかわらずこの歌手も、『窓明かり』という曲も知らない。そのことに芸能界の厳しさをひしひしと感じていた。

実力の世界では、ないのか。

雄高の認識が、間違っているのだろうか。良い曲がヒットするとは限らないことも、良い歌手が売れるということもない。そんなことは分かっていた。しかし歌詞が評価され、これだけの曲で、これほどの歌い手が歌っても、世間で流行しなかったことに首を傾げる。

雄高は、芸能界のつかみどころのなさに身震《みぶる》いする思いだったが、雑念を頭から追い出し、弘恵の顔や話すときの仕草《しぐさ》を思い出しながら、彼女が歌詞に何を込めたのかを懸命に捜した。

目の前の浩二郎も、たぶん雄高の報告のみを手がかりに、弘恵の心をたぐり寄せようとしているのだろう。椅子に深く座って、目を閉じたまま動かなかった。

午前〇時になろうかという時刻になっていた。浩二郎は用意していたカップラーメンを取り出して、雄高に勧めた。

雄高は電気ポットに水を注ぐと電源を入れ、立ったままで沸騰《ふっとう》するのを待つ。

「実相さん、どう思います」浩二郎に訊いた。

「『白く凍った窓に映る　かばんひとつの身支度済ませ』というのは、集団就職に出てきた当時を振り返っている。それはすぐに分かるね。問題は二番の歌詞だ」

「『赤く灯った窓に映る　慣れない仕事で疲れた肩　汚れたシャツと汗のにおい　あんたも同じ　ひとりぼち』ですね」雄高は諳《そら》んじた。

「彼女も、ジャズ喫茶の常連ではなかった。江利チエミは好きだったが、当時のジャズ喫茶の敷居《しきい》は高かったのだろう」

田舎から就職するために上京していた身で、酒を出す店は入りにくい。ましてや女性なら逡巡《しゅんじゅん》してもおかしくはなかった。

浩二郎は、『ジャーニーギター』の前を行ったり来たりしながら、灯り出す窓明かりを弘恵は見ていたのではないかと言った。

「それは、弘恵さんが銀座の店へ行くことに決まった日のこと、なんですね」

「ああ。田村さんはワインを一口飲んだ弘恵さんの顔が赤らんだのを見ている。ショッピーふかみの深水さんも言っていたろう、お酒が強い方じゃないって。そのときが、初めてのアルコールだったのかもしれんな。無理に大人びたところを見せたんだ」

「練習みたいなものだった、ということですね」そう言いながら雄高は、沸いた湯を、カップラーメンに注いだ。湯気が立ちこめ、すぐ消えた。

「『慣れない仕事で疲れた肩』というのは、田村少年と自分のことを指している」浩二郎が言う。

「『汚れたシャツと汗のにおい』の後に『あんたも同じ　ひとりぼち』と言っていますか

らね」

雄高は、箸《はし》とカップラーメンを浩二郎に渡した。

「ひとりぼち、か」浩二郎は蓋を手で押さえて、つぶやいた。

「さぞかし、都会の夜の街へ出て行くのが、心細かったんでしょうね」

雄高は、弘恵の凜《りん》とした風貌《ふうぼう》の影に住んでいる、十九歳の少女を想った。酒に焼けてかすれた声ではなく、少量のワインで頬を赤らめるおぼこい弘恵を想像した。

「田村さんがここへきて思い出を語ったとき、開口一番に『ああ上野駅』の歌詞を口にしたのを覚えているかい？」浩二郎がラーメンを一口すすって、雄高に訊いてきた。

「覚えています。上野駅で歌碑を見たとき、全部の歌詞を知りました」

「実は、あの曲には、途中に台詞が入るんだ」

「台詞、ですか」歌碑には、歌詞しか刻まれていなかった。

「何度か耳にしただけだから、完全には覚えていないけれど、こんな内容だった。自分が東京に出てきてしまって、野良《のら》仕事がきつくなっただろう。休みがとれて帰ったら、母ちゃんの肩をいやだというぐらいに叩いてやるって、おおよそそんな内容だ。この台詞を聞いたときにね、理屈抜きに、参ったよ。だってそうだろう、彼らは家族のために上京して、働くことを余儀《よぎ》なくされたんだ。農家の次男か三男、または長女として仕方ない選択さ。中には昔でいう口減らしだと認識して、就職列車に乗った子供もいる。なのに自分が抜けたことによる負担を心配する。それどころか自分がいなくなって大変な分、肩を叩いてあげたいって言うんだ。昭和三十年代とは、そんな時代だったんだと思うと、胸が詰まるよ」浩二郎は早口でそう言って、照れ隠しのようにラーメンを頬張った。そして雄高の目を見つめ、「『ああ上野駅』の歌詞に出てくる主人公は、感謝の気持ちを持っているんだ」と言った。

「いまじゃ考えられないですね」

平成という時代は、感謝の気持ちよりも、不平不満で充満しているような気がする。むろんそれは雄高とて例外ではなかった。

「四十数年というのは、やはり長い時間なのかね。田村さんたちが苦しんでいたときの翌年だったが、私は新しくテレビで始まった地球を救ってくれるヒーローに夢中になっていたよ」浩二郎が懐かしそうに言った。

銀河の果てからやってきた宇宙人、ウルトラマンがテレビに登場したのが昭和四十一年である。雄高も何度か、デパートの屋上や駐車場で演じたことのあるヒーローだ。ウルトラマンのかぶりものをする際、その鮮烈《せんれつ》なテレビ初登場のことを、おたく系のヒーローショーの企画者からレクチャーされていた。

雄高の脳裏《のうり》に、そのときの、かぶりものの中から見た景色が蘇ってきた。ラテックス独特の匂いの中で感じた、得体の知れない孤独感を思い出したのだ。ショーでアクションをしている間は、演技に集中していたから、それほど苦痛ではない。しかし着替えてから十五分ほどの待ち時間は、暗さと閉塞感《へいそくかん》で押し潰されそうになった。ヒーローショーのアルバイトを紹介してくれた先輩俳優が、閉所恐怖症を患《わずら》ったと言っていたのが、決してホラでも冗談でもないということを痛感したのだ。その道、その道で傍目《はため》からでは分からない苦労があると知った。

だからといって、週一本のペースで撮影されたウルトラヒーローを演じた俳優の苦痛など、子供達は知る由《よし》もない。ただ、小さな穴から垣間見ることのできた俳優の苦労を、忘れないでおこうと雄高は決心したのだった。

雄高が知るウルトラヒーローたちは、それから相当代替わりした。浩二郎たちの世代は、初代のそれをリアルタイムで見ていた。雄高がこの世に誕生する前の話だ。改めて雄高は、世代のちがいに思いを巡らせた。

「そんな時代に生きた人間が、すべて同じ気質だったってことはないだろう。けれども定時制高校に通っていた、田村さんと弘恵さんの二人に関しては、古き日本のひとの優しさを持っていたと言ってもいいんじゃないかい。それは弘恵さんの心中をはかるのに、必要な視点だ」浩二郎の言葉が事務所に響く。

「そして二人とも、挫折《ざせつ》を味わった？」

「そうだね、弘恵さんは学校を辞めたくなかっただろうし、当然夜の街にも出たくなかった」

「でも断るなんて到底できないこと、だった」雄高が確かめるように言う。

「故郷の家族のために、辛抱《しんぼう》したんだね」

仕事を投げ出すことはできたかもしれない。けれど、それはそのまま故郷の家族に影響を及ぼす。それを慮《おもんぱか》って弘恵は、田村に土下座をしてでも工場に戻れと言ったのである。

「『あんたも同じ　ひとりぼち』に込められているのは、都会の経営者や同僚にも、また故郷の家族にも持っていきようのない孤独感？」思い出したように雄高は、のびたラーメンを口に運んだ。

「その孤独感がずっと、彼女につきまとっていく。三番の歌詞は、弘恵さんが水商売の世界に入ってからのことを歌っている。『蒼く明けてく窓に映る　誰も今日とて知らんぷり』ってね」

「寂しさを払拭《ふっしょく》できないで、生きてきたんですね」

「どんな事情があったのか、また仙台の家がどうなったのかは分からないが、結局、故郷に帰らなかったんだ。しかし雄高、大事なフレーズがある」

「大事な？『信じて　裏切られ　また信じるものをさがしてる　ジャーニーギター』ですか」

「いや、その繰り返しのすぐ後だ『弾いておくれよ』に続くワンフレーズだ。『故郷の歌を』が一番、『希望の歌を』の二番、そして三番の『夜明けの歌を』。『故郷』が『希望』になって、『夜明け』へと変わっている」

「どういうことですか」雄高には、浩二郎の言わんとすることが見えなかった。

「信じていたんだ。必ず好転することを。いや、この詩が田村少年との邂逅《かいこう》をモチーフにしているというのなら、願っていたという方が適切かもしれない。自分の人生と同時に、田村少年の行く末も良くなって欲しい、いや必ずや良くなるんだと、祈り続けてきた」浩二郎の言葉に力がこもってきた。

「見ず知らずの少年の行く末を、ですか」

「集団就職で、北国から出てきた者同士、心に共通言語があったんだよ」

上野駅の歌碑、その写真に映った少年少女たちのどこか誇《ほこ》らしげな表情を、雄高は思い出した。

みんな、誰かのために何かをしようとしていた。頑張ろうと決意して出てきた。

「では、弘恵、田部井弘恵さんは田村少年と」

「会っていたんだ。この歌詞の中で。何度も何度もね」

「田村さんは、どうすれば……」

「この曲の中で、この歌詞の中で会わせてあげる以外にないだろう。そうだ、四十円はどうした？」

「ぼくが見よう見まねで折った、小物入れ型の折り鶴に入れて、弘恵さんへ」

「受け取ってくれたんだ。それなら、それでいいんだよ。思い出探偵社として初めて、報告書ではなく、聞き古したＣＤ一枚を提出する」

「それで、いいんですか」

「この歌詞には、勝てないよ」浩二郎は旨くもない、冷めたラーメンスープを、満足げに飲み干した。

残ったラーメンを胃に流し込み、「弘恵さんの息子のことなんですが」と雄高が言った。

「うん。恐喝《きょうかつ》と詐欺《さぎ》行為の疑いで逮捕《たいほ》するそうだ。叩けば埃《ほこり》が出てくると言っていたから、大人しくはなるだろう。しかし、親子だからね」

「なら、また弘恵さんに」

「それはどうしようもない。弘恵さんが背負っていく荷物を、私たちが代わって担《かつ》ぐ訳にはいかないいんだ」浩二郎は言い放ちながらも、窓を開けて暗闇に沈んだ御所を寂しげに眺めた。

雄高はそれ以上、何も言えなかった。

20

次の土曜日、田村が事務所へやってきた。

「見つかったんですか！　ありがとうございます。たったあれだけの手がかりだったのに。これで、心の重荷を下ろせそうです」田村は猪首《いくび》を折って、礼を言った。

「田部井弘恵さんとおっしゃいます」雄高は折り鶴を開き、弘恵に行き着いた経過の報告を始めた。

　集団就職で上京し、料亭『鶴屋轟月』の仲居として働く傍ら、押上高校の定時制に通っていた弘恵。押上高校が定時制だけの校歌を作ることになって、当時、国語教師は生徒から歌詞を募《つの》った。それに応じて書いたのが、鶴の裏に書かれたものだと説明し、雄高はそれを田村に見せた。

□□の川の　清き流れに映る顔
若人の声は　晴れやかに
世界へ大望　咲かせんと
ああ星雲の光ここにあり

「押上定時制高校の先生から、読めない部分が、隅田の川だってことをお聞きしています」雄高は欠落した川の名を告げた。

「なるほど隅田川、ですか。私のＲＫ材木工業は隅田川沿いにあったんです。同じ流れを見ていたんだ」

「この歌詞と折り鶴の紙があったから、田部井さんを見つけられたんです」雄高は紙には、蔦葛と月の図案が刷られていて、文字のあぶり出しが施されていたことを話した。

「凝っているな。こんな上等な料亭に行ったことないよ」

田村は感心しながら、嬉しそうに紙を透かしたり指で撫でたりした。彼のごつごつした手、短い指には幾層もの年輪が刻まれている。

この手をついて、田村少年は会社の上司に土下座をした。そして四十三年間、彼と家族を支えてきた手なのだ。雄高は、自分の手があまりに幼く思えて恥ずかしくなり、手を隠した。「田村さん。その田部井弘恵さんなんですが、その後も銀座で働きながら、詩は書き続けてこられました」

「水商売の世界で、生きてきたんですね。でも良かった。生きていてくれたんだから」

生きていてくれたと言った瞬間、田村は目を赤くしているように見えた。

「どうなっているかな、姉さん。俺もこんなに老いぼれてしまっているから、おばあちゃんになってるだろうね。それが人生ってものだから仕方ないさ。きちんと礼を言わなきゃな。で、姉さん、いや田部井さんはどこに住んでいるんです？」

「それが、体調を崩されていて」

「病気なんですか」田村は悲痛な声を出した。

「肝臓を患って、病院におられます」

「それならすぐ、お見舞いに行かなければいけませんね」田村はいまにも席を立って、事務所を出ようと言わんばかりの鼻息だ。

「いいえ。会うことはできません」田村の目を見て、雄高は静かに言った。

「そんなに悪いんですか」悔しそうな眼を、田村は返してきた。

「そういうわけではありません」

「会いたくない。そうかもしれないな。誰しも辛い過去なんて振り返りたくはないでしょう。ましてや一度しか会っていない、どこの馬の骨ともつかぬ男のことなど、覚えてもいないのが普通です。そういうことなら、いいです、分かりました」田村はしょんぼりして、うつむいた。

「田村さんのことは、覚えていました。いや、ずっと忘れはしなかったんです」

「いいよ、いいですよ、探偵さん。こちらも歯を食いしばって生きてきたんだ。感傷に浸《ひた》っていたんじゃ、とてもやっていけやしなかった」

田村がそう言い放ったのを、隣の浩二郎は黙ったまま見つめている。

浩二郎が何も言葉を挟んでこないのは、雄高の対応に間違いがないことを物語っている。そう確信して雄高は、探偵社の紙袋に入れた下村里美のCDを手渡した。そして、あの夜、浩二郎が言ったように、すべてはこの歌詞に込められている、と付け加えた。

「下村里美という歌い手は知っています。彼女の歌に田部井さんの歌詞が？」

「作詞家大賞新人賞に選ばれたものです。この『窓明かり』の歌詞以上に、ぼくたちは田部井さんの心情を説明しきれませんでした」雄高は、正直な気持ちを吐き出した。

「よかったら、ここで聴かせてもらえませんか」

「分かりました」

雄高がラジカセに向かったとき、浩二郎は声を発した。「田村さん。CDが我々の調査報告のすべてです。曲をお聞きになって、調査にご不満が残る場合、調査費はいただきません。彼女にお返しした四十円と実費のみで結構です」

「実相さん」声を出したのは雄高だった。

「雄高、いいんだ」小声で浩二郎は言った。

「しかし……」

「分かりました。聴いてから判断させてください、実相さん。はじめから見えない心、思い出を捜してもらいにきたんだ。こちらも、心で感じさせてもらいます。それでいいですか？」

浩二郎は満足げに、うなずいた。

CDを聴き終わると、田村はハンカチで目頭《めがしら》を覆った。何も言わずに調査費の請求書を受け取り、深々と頭を下げて事務所を後にした。

「実相さん。会えない理由、息子のことは言わなくても、よかったのですか」

「『器用自慢の指先の　染めた爪さえ割れている』の歌詞で、田村さんは分かってくれたと思うよ。綺麗な艶っぽい姉さんのままでいさせて欲しいっていう、女心をね。そしていつでもこの歌で会えるって」

「ぼくはまだまだ、青いですね」雄高の目に、「これだから若い者には、まだまだ任せきれねぇんだ」と言った砂原謙の顔が浮かんだ。

「それも、大事なんだ。みんなそれぞれで、いいんだよ」

「それぞれが、いいんですよね。そう思うようにします」雄高はそう言って、時計を見た。夜の撮影が入っているのだ。伏見港に浮かべる屋形船の台詞のない船頭役だ。

「夜の撮影かい？」浩二郎が訊いた。

「はい。いまのところの当たり役です」雄高はわだかまりなく、笑えた。そのことが、何故《なぜ》だか自分でも嬉しかったのである。

第三章

嘘をつく男

1

「もしもし、思い出探偵社さんですか。あの……」

月曜の朝、橘《たちばな》佳菜子《かなこ》が電話に出ると若い男性の声は、そう言ったきり途切れてしまった。

「もしもし、思い出探偵社ですが、どうされました」微《かす》かに聞こえる息遣《いきづか》いに対して、佳菜子は尋《たず》ねた。

「……あの、手を貸してもらえませんか？」

「思い出を捜《さが》すお手伝いを？」

「いや、いますぐに手を」

「どういうことです？」男性の言うことが分からず、佳菜子は質問した。

奥で電話していた一ノ瀬由美《いちのせゆみ》が佳菜子を見た。まだ事務所には二人しか出勤してきていない。

「ここは不親切やなあ」少し口調にトゲがあった。

「ですから……」もう一度、状況を尋ねようとした。

「俺は車椅子《くるまいす》やから、入れへんのや」

「えっ」受話器を持ったまま、佳菜子は玄関を見た。ドアのガラスの下半分に人影が揺れていた。「すみません、気づかずに。電話を切りますね」

佳菜子は、慌てて玄関に向かう。後ろから由美が走ってきてくれるのを感じながら、ドアを開いた。

まだ幼さが残る顔立ちの男性が、車椅子に座り携帯電話を手にしていた。

「ここは、バリアフリーとちがうんやね」青年は由美に言った。

「古い建物やさかいに、ごめんね」由美はそう言うと、車椅子の背後に回って敷居《しきい》を簡単に越えさせ、事務所の中に入れた。

「ありがとう」屈託《くったく》のない笑顔で、青年は言った。

由美は応接セットのソファーを一つ移動させて、車椅子をテーブルにつけた。

「ひとを、捜してるんです。人捜しでもええんですよね。話を聞いてもらえるんですよね」佳菜子がお茶をテーブルに置くと、彼は唐突に口を開いた。

飯津家《いいづか》医師への電話の途中だった由美が奥へ行ったので、行きかがり上、佳菜子が話を聞く格好《かっこう》となった。

「え、あ、あの、ちょっと待ってください。録音、していいですか」

「かまへんけど」

「まずはお名前と、ご住所を教えていただけますか」

佳菜子がそう言ったとき、由美がトモヨの容態《ようだい》がよくないので飯津家医院へ行くが、大丈夫かと聞いてきた。実相浩二郎《じつそうこうじろう》は三千代《みちよ》とK大病院の診察の日だったし、本郷雄高《ほんごうゆたか》も徹夜の撮影で遅刻すると聞いていたからだ。由美が慎重になって声をかけてくれたのは、事務所の周りに怪しげな男がうろついていることが、昨日から二人の話題にのぼっていたためである。

佳菜子は目の前の青年の顔を見て、危険はないと判断し「行ってらっしゃい」と明るく言った。

由美を目で見送り、佳菜子は再び青年に名前と住所を尋ねた。

「板波孝《いたなみたかし》、木の板に、ウエーブの波。孝は親孝行の孝。住んでるところは枚方《ひらかた》」板波は住まいの住所を言って、マンションに一人暮らしで、就職浪人中であることを話した。

「そうですか」佳菜子が曇《くも》った声を出してしまったのは、働いていない人間が、お金を払ってまで人捜しをすることに引っかかりを覚えたからだ。

「お金なら、心配いらないよ。足は去年事故でこんなになっているけど、それまでに貯めたから。それに仕送りもあるから」

「あっ、すみません」

金銭的なことに不安を抱《いだ》いたことを、見透《みす》かされたようで恥ずかしかった。

「いいよ、別に。ただ十万以上になると、俺も苦しいから」

「ご予算に合わせられると思います。捜したいひとはどういった方ですか」

「初恋の相手や、そうや」

「そうや？」佳菜子は大きく目を見開いた。自分のことではないのだろうか。

「ちゃんと話さないと、分かんないよな」板波は、白い歯を見せて笑った。

「俺の連れ、木下友子《ゆうこ》って女なんだけど」

「女性の友人ですか」

「何、おたくは男女に、友情はあり得ないと思う派？」

「いえ、そんなことは……」

「まあ考えはいろいろあっていいけど、俺と友子には恋愛感情なんて、あり得ない」板波は、手のひらで否定した。

「その木下さんの初恋の相手を、板波さんが捜したいんですね」

「そういうこと。あかんか？」

「いつ頃、二人は会われたんですか」からかう板波を無視して、佳菜子は訊《き》いた。若い女性だと思って、板波は佳菜子を一人前に見ていないのだろう。彼の態度からそれが見て取れ、佳菜子は毅然《きぜん》とした態度を示そうと、真剣な顔を作った。

「友子とは、二年前バイト先で知り合った」

「あなたとではなく、木下さんと初恋の男性、そちらのほうです」表情を変えないように注意して、言った。

「なんや、そっちか。友子が中学一年生って言ってたから、いまから十年ほど前やな」

「十年……」

十年前。佳菜子には思い出したくない過去だ。

「友子も一途《いちず》な女やろ。周りにましな男がおらんかったからな。十年やなんて普通は忘れてしまうよね。あいつ執念《しゅうねん》深いんや」

「十年、そんなに長い時間だとは思いません」

忘れたくても忘れられない。何かの拍子に出てくる忌《い》まわしい光景。十年などではリセットできない人間の記憶の仕組みを佳菜子は呪《のろ》っている。

「へえ、おたくも友子の気持ち分かるんか。案外古風《こふう》やな」

「……」

「どうしたんや。顔色、悪いで」

「い、いいえ、大丈夫です。木下さんはいま、二十二、三歳ですよね」

顔は熱いのに、手足が冷えていくのが分かる。十年前のことを思い出すと、夏でも決まって指先が冷たくなり始めるのだ。

佳菜子は両手を握りしめた。足の指は床をつかむように折り曲げ、体温を下げないように力を込める。

「俺と六つちがいやから、二十三歳やな」

「相手の男性とはどこで？」

「友子が家出をしたときに、京都で優しくされたらしい」

「京都で」

「ああ」板波は、友子から聞いたという話を始めた。

　木下友子の家は滋賀県大津市にあって、両親と姉との四人暮らしだった。両親の仲が悪く、姉と一緒に一日でも早く家を出たいと、考えていたのだという。ところが姉は、高校を卒業するとすぐ彼氏ができて家を出てしまった。

　その年の冬、我慢《がまん》できずに友子は家を飛び出した。

「十三歳の女の子のすることやから、しれてる。京都にいる、お姉ちゃんのところに行ったんや」

「京都のどこですか」

「伏見《ふしみ》や」

「伏見っ」佳菜子は息を呑《の》んだ。

「何なんや、大きな声で」

「すみません」

「具合ようないのか。唇《くちびる》の色も悪いし」

「い、いえ、平気です」

「それならええけど。お姉さんのところを訪ねた友子さんと、その男性が出会ったのですね」

「だ、大丈夫です。日、改めよか？」

「伏見にある、雑貨の量販店に勤めていたんや、友子のお姉ちゃん。彼氏は配送係でトラックに乗ってた。近所のマンションに住んでいたけど、友子を置いてやる余裕がなかった。中一の娘やから、難しい年頃やもんな」

友子は、姉が自分を受け入れる気のないことを察すると、一晩だけやっかいになってそこを出たそうだ。

「家に戻るっちゅう、嘘ついてな」

「十三歳の女の子が？」

「行く当てなんかなかった。仕方なく、ご、御香《ごこう》、何とかいうとこら辺の」

「御香宮《ごこうのみや》」

「それ、それ、その御香宮の辺りを歩いて、腹が減って境内《けいだい》のベンチに座ってたら、その男が現れよったそうや」

若い男性は、友子から少し離れたところに座って、スケッチブックを取り出した。彼の目線がどうも自分に注《そそ》がれている気がして、友子は睨《にら》みつけた。

しかしそれを気にせず、男性は黙々と鉛筆を動かしている。

「勝ち気というか、おきゃんというか、友子は文句を言ったらしい」

「見知らぬ男性に、ですか」

「それもモデル料とるでって言ったいうんやから、ほんまにやんちゃなヤツやろ」

「危険ですね」

「そしたらその男、鞄《かばん》からコンビニで買った肉まんを差し出した」

「それがモデル料？」

「そういうことや」

「木下さんは怒ったでしょうね」

「ところが、腹ぺこやったから」

空腹で目が回りそうだった友子には、少々冷めていたが肉まんの方がありがたかった。

「それまで、あまり周りの人間を信じていなかったらしい。だから余程旨《うま》かったんやろな。友子のヤツ、いっぺんに参ってしまいよったんや。あほや」

欲しいときに、欲しいものを与えられた喜びは大きかったにちがいない。佳菜子にもそれはよく理解できた。刑事だった浩二郎との出会いが、まさにそうだったからだ。

十年前、冬の土曜日。午前中の書道部の練習を終えて学校から帰った佳菜子は、友達の到着を家で待っていた。午後から一緒に予備校へ行くためだ。

野球帽にサングラスの若い男が、夏休みから頻繁《ひんぱん》に佳菜子に接触してきていて、どこへいくのも一人では怖《こわ》かった。それで何人かの友達が交代で、行動を共にしてくれていた。

ところが、いつもの時間を過ぎても友達はやってこない。不安になって佳菜子は家からすぐ近くの商店街まで出て、友達の姿を捜した。商店街には交番があり、そこまでぐらいなら何でもないと考えた。

それが運命を分けた。

佳菜子が、友達の姿を交番で見つけたのは、家を出てから七、八分後のことだ。友達は見知らぬ男に腕をつかまれたと交番に駆け込み、事情聴取《ちょうしゅ》されている最中だった。

佳菜子は、その場で聴取が終わるのを待った。家を出てから四十分が経っていた。

二人は恐怖のため勉強どころではなくなり、予備校に連絡をするため急いで佳菜子の家へ戻った。

出入りする勝手口の戸が、開けっ放しになっていた。出てくるときはきちんと閉めた覚えがあったから、不審に思って中を覗《のぞ》いてみた。

そこは、一面赤かった。それしか目に入らなかった。赤い液体の上に、見慣れた母の服が見えた。顔は真っ白で、天井を睨み付けている。暗くてよく分からなかったが、玄関口にも誰かが倒れていた。むろん父親しか考えられなかったが、確かめる気が起こらなかった。

先に友達が叫び声を上げた。そして泣きわめき、その場にうずくまって嘔吐《おうと》した。

気づくと佳菜子は警察署にいた。何がどうなったのか、何も覚えていない。入れ替わり立ち替わり話を聴きにくる警察官は、厳《いか》めしく怖かった。口では優しい言葉を投げかけてくれるが、目がきつい。だからどうだということはないのだが、不安感だけが頭を支配していた。

両親を惨殺《ざんさつ》された精神的ショックと、陰惨な光景を目《ま》の当たりにした恐怖とで心が弱り切っていたのだろう。物音一つにも敏感になった。

殺風景な警察署の部屋、部下を呼ぶ声、靴音《くつおと》、ドアの開閉音などが佳菜子には乱暴に聞こえた。音がするたび体が萎縮《いしゅく》していったのだ。

しかし浩二郎はちがった。

顔を見るなり、ホットミルクを作ってくれた。正確には作ろうとしてくれたのだ。ミルクと蜂蜜《はちみつ》を買ってきて、署の給湯室で温めてくれたが甘すぎた。それで女性警察官が代わって作り直して持ってきてくれた。

佳菜子はそのミルクを飲んで、その日が十二月でもひときわ寒い日だったことを思い出したのだった。冷えていたのは心だけではなく、体も同じように凍《い》てついていたと気づいた。

浩二郎はゆっくりと一緒にミルクを飲んでくれた。

もちろんそれで、両親を亡くした悲しみや恐怖心が、癒《いや》されたわけではない。けれど、もうどうにでもなれ、という投げ遣《や》りな気持ちだけは、どこかに消えていった。浩二郎の思いやりは伝わってきたのだ。

欲しかったのは優しい言葉ではなく、自分を包んでくれる大きな心だった。ホットミルクは甘すぎて失敗だったが、浩二郎の気持ちは佳菜子の心を温めてくれた。

友子にとって肉まんは、それに匹敵《ひってき》するものだったのだろう。肉まんぐらいで気持ちが揺れるのは、愚かな女だと佳菜子には思えない。

「それから、木下さんは彼のことを」

「その後、二日ほど市内のホテルに宿泊させてもろたようや。タワーホテルや言うとったな。それで気が済んだら家に戻れって」

「そのまま二人は別れたのですか」

「ホテルの部屋を取ってくれて、そいつは消えた。それっきりや。二人はプラトニックなまま別れたという訳や」

「当たり前です。未成年なんだから。そんな意味ではなくて、その人のことを知る手がかりは何もないのですか。例えば、学校のことや住まい、年齢に関する何かを話したとか」

「それがあれば、苦労せんやろ。あるのはこれだけ」板波は、四つ折りの画用紙を佳菜子に差し出した。

そこには鉛筆で少女が描かれていた。肩まで伸びた髪は微《かす》かにウエーブがかかっていて、少し釣り上がり気味の目はこぼれ落ちそうに大きかった。唇は突き出ていて薄く、横幅は広くない。目の下に小さなほくろを見つけて佳菜子は驚いた。左右のちがいはあるが、自分の頬《ほお》にもほくろがあるからだ。

「おたくにも、ほくろがあるんや」佳菜子の目がほくろに留まったのに気づいたのか、板波はそう言った。

佳菜子は反応せずに、画用紙を見つめる。何かヒントが欲しかった。

タートルネックのセーターは胸の辺りからぼかされていく。そのすぐ右下にサインか、マークか判然としないものが記されていた。音楽記号にも似ているが、少しちがうようにも思う。

『鶴を折る女』の事案では、紙に施《ほどこ》されたあぶり出しが大きなヒントとなった。佳菜子は透《す》かしてみて、何かが現れないか目を凝《こ》らしたが、何もないようだ。

「これだけなんですね、手がかりは」佳菜子は確認してみた。

「お手上げか？　プロやったら何か分かるんとちがうか、思たんやけど」

「これ、預からせてください」そう言って佳菜子は唇を嚙《か》んだ。

自分が未熟なだけで、この思い出探偵社の人たちはもっと優秀なんだと言いたかった。しかし一方で、これだけの手がかりでは、男性に辿り着けるという確信が持てず、返す言葉を失った。

「原本は友子に返さんとあかんから、コピー取って。それならかまへん」

「分かりました。連絡はどちらへ」

「携帯にして。番号言うとくわ」

板波は携帯の番号を言い、それを佳菜子がメモした。

「ほな帰る。車椅子を押してくれへんか」

「あ、はい」

佳菜子は友子が描かれた画用紙をコピーすると、板波にそれを返し、彼の背後に回った。そしてストッパーを外して、静かに車椅子を押して外へ出た。

2

浩二郎は、探偵社の裏手にあるガレージに車を駐《と》めた。みんなへの差し入れを持った三千代を先に降ろして、車の位置を調整した。三千代は勝手口から家に入った。

浩二郎が事務所の玄関に回ると、ちょうど由美が歩道を歩いてくるのが見えた。

「由美君、ご苦労さん。どうだったトモヨさんは」飯津家のところからの帰りだと、察しがついた。

「K大病院に、転院してもらうかもしれへんのです」顔を曇らせて由美は言った。

「良くないのか」

「飯津家先生、息子さんを呼び寄せた方がええんちゃうかと。ただし、必要以上に興奮させるんやったらあかんけどって」

「あの先生が迷うなんて、珍しいね」

　即断即決が、飯津家の信条だと思っていただけに、それほどトモヨの容態に不安があるのかもしれない。

「そやさかい、焦《あせ》るばかりなんです」

「リチャード杉山氏の娘さんには、今日会えるんだから」

「朝確認したら、夜の七時になってしまいました。杉山沙也香《さやか》さんと会うの」

「沙也香さんというんだね。分かった。まあ肩の力を抜こう。帰りにシュークリーム買ってきたんだ。一服しようじゃないか」

「K大前のオセロのですか。あそこのシュークリームほんま美味《おい》しいし、うち大好き」

　無邪気な顔を見せた由美は、事務所のドアに手をかけた。しかし開かなかった。

「あれ？　鍵しまってる。どないしたんやろ、佳菜ちゃん」

「そうか雄高は撮影だったな。佳菜ちゃん、買い物でも行ったたか」

「でも依頼人がきたはったんやけど」

「依頼人？」浩二郎が車のキーホルダーにつけた事務所の鍵で、解錠《かいじょう》した。「どこへ行ったんだろう」とつぶやく。

応接テーブルのソファーの位置が大きく変わっていた。

「依頼人、車椅子の方やったんです」由美が説明した。

「それで、ソファーを動かしたのか」浩二郎は事務所内を見回した。

「車椅子やさかいに、補助してあげてるんやないですか」

「佳菜ちゃんなら、事務所を空けて買い物に行くより、その可能性の方が高いね」

心が優しい佳菜子は、繊細すぎるきらいがあった。探偵という仕事に繊細さは必要だが、傷つきやすいのは大きなストレスを抱えることになる。

『温かな文字を書く男』の事案に引っ張り出したことを、浩二郎は気にしていた。ただあの一件から、佳菜子の思い出探偵という仕事に対する意気込みに、変化が生じたように感じてもいた。

一度は恐怖のあまり失った、ひとへの信頼を彼女なりに修復しようと闘ってきたが、これまでは上手《うま》くいかなかった。それが他人の思い出を捜し、人情の機微《きび》に触れることで、心のほころびを縫合《ほうごう》する術《すべ》を見つけたようだ。だが、縫合するにしても、一旦《いったん》は心という生地に、針を刺さねばならない。その痛みが強いこともある。だから焦らず、少しずつ縫い合わせてほしいと思っていた。

――やはり、早すぎたかもしれない。

「由美君は、その依頼人に会ったのかい」

「うちが玄関から彼をサポートしたんです。バリアフリーやないから謝っときましたえ」

「それはすまないことをした。リフォームしないといけないな。世の中はユニバーサルデザインの時代なのにね」浩二郎が佳菜子のデスクを見ると、少女のデッサン画をコピーしたものがあった。手に取ってみるとなかなか達者な鉛筆のタッチだった。

モデルは、小中学生ぐらいだろうが、どことなく佳菜子に似ている印象を持った。細《ほそ》面《おもて》で目を大きく描き、清楚《せいそ》な雰囲気《ふんいき》を醸《かも》し出せば自《おの》ずと佳菜子に似てしまうのかもしれない。ひとの顔のパターンも類型化すればそれほど多くはない、と警察学校でも習ったことがある。目撃者からモンタージュ写真を作る練習をする授業だ。

「由美君、これは？」

「うちも、それは知りませんわ。車椅子の青年が持ってきはったんやろね。佳菜ちゃんの知り合いやったんかな」

「似てるね」絵をかざして由美に見せた。

「それ佳菜ちゃんの子供時代とちがいますのん」

「なるほど、子供時代か」もう一度コピーを見直す。

「そやけどほくろの位置が逆ですねえ。確か、その青年、人捜しの依頼でした。もしかしたらその絵が手がかりなんやろか」

「これを元に、人捜しか」難しい事案だと、浩二郎は直感した。

しかし、手がかりだとすれば、ここから何か情報を見つけ出さねばならない。さらに注意して絵を見直すと、鉛筆で書かれたものをコピーしたため、淡《あわ》い線は飛んでしまっている。

浩二郎は少女の右下の、奇妙なマークに目を止めた。

「うん？」

消えかけているが、見たことのあるマークだった。

まさか！

「浩二郎さん、どうしはったんです」

形相《ぎょうそう》が変わったのを、由美は気づいたのだろう。

「由美君、佳菜ちゃんが危ない！」

「ど、どういうことですか？」

「このマークだ」

浩二郎は、由美の方へコピー紙を向けて言った。

「ト音記号のできそこないみたいな……」

「ああ。これは、これは佳菜ちゃんの両親が殺された現場に残されていた文様《もんよう》なんだ」

「えっ！　そ、そんなあほな」

このマークは公表されておらず、自殺した男の遺書のようなものにも同じ文様が書かれていた。それが、犯人しか知り得ない情報だということで、決め手になったのだ。

「刺し殺された母親の顔に、母親の血で描かれていた」

「ひどい！　ひどすぎる」由美は、そう言って手で口を押さえた。

「この絵が誰のものかは分からないが、この文様に佳菜ちゃんが関わるのは危険だ」そう言うと、浩二郎は外へ飛び出した。

烏《からす》丸《ま》通りを北へ今出川《いまでがわ》通りまで走り、辺りを見回したが二人の姿はなかった。仕方なく踵《きびす》を返すと南に駆けながら、携帯電話を取り出した。

橘家惨殺事件で一緒に捜査に当たった後輩刑事、永松《ながまつ》に連絡を取る。彼も、安易《あんい》に犯人自殺説を唱える上層部に反発していたのだった。

十年前、橘夫妻を殺害したと告白し、自殺した男の遺書にあった文様について確かめた。

急いで事務所に戻り、念のため携帯で写真を撮りメールで永松へ送った。

「先輩、間違いありません。あの文様です。どこでこれを」

浩二郎は車椅子の男が持ち込んだものであることを告げ、それを受け取ったのが被害を受けた橘夫妻の一人娘であると言った。

「何ですって！」叫んだ永松の声は、傍《かたわ》らの由美にも聞こえたようだ。

由美がびっくりして、浩二郎を見た。

「また連絡する。君の助けがいる、頼む」

「分かりました。車椅子の男と橘……」

「佳菜子だ。写真はメールで送る。分かったことがあったらすぐに知らせるから、そちらも何かつかんだら」

「もちろん。用心するにこしたことはありませんから」と言って、永松は電話を切った。

「携帯も繋《つな》がらへん。そや、ボイスレコーダーを回しているはずやわ、佳菜ちゃん」

電話を切るのを待っていた由美が、浩二郎に言った。

「すぐに再生してみよう」

「十年前に描かれたものか」板波という青年と佳菜子の遣《や》り取りを聞き終わって、浩二郎が漏らした。

そのまま板波の話を信じれば、絵を描いたのは依頼人ではないということになる。

浩二郎は、わずかながら安堵《あんど》した。

そしてすぐ永松に、車椅子の男が、板波孝、二十九歳であることと本人が言った住所、それに携帯番号を報告した。

「板波という男、どんな感じだった？」そう訊きながら浩二郎は、事務所の電話を使って、板波の携帯に電話をかけたが、電源を切っているようだ。明らかに犯罪に関与していると分かれば、警察は微弱電波を調べてくれるだろうが、いまの段階では無理だ。

浩二郎は佳菜子が早く戻ってこないか、何度も玄関を見ながら受話器を置いた。

「童顔で悪いひとには見えへんかったけど」

「けど、何。何か引っかかった？」

「慣れてないって感じましたんやわ。車椅子というものに」

介助《かいじょ》してもらうとき、一週間も車椅子に乗っていれば、上手く体を任せるというのだ。

しかし板波は任せきれないで妙に力が入っていた。

「つまり車椅子を使うようになって一週間も経っていない、ということか」

「うちの感覚ですけど」

「いや、もし由美君の言うことが正しければ、彼は嘘をついたことになる」浩二郎は胸騒ぎを覚えた。刑事時代にもあった歓迎できない予感だ。

由美が佳菜子の携帯にリダイヤルしながら、また首を横に振ったとき、浩二郎の携帯が鳴った。

「先輩、板波の住所はでたらめでした」

「何！」浩二郎は拳《こぶし》でデスクを叩いた。

「いまから、そちらに向かいます」

「永松、鑑識《かんしき》を連れてきてくれ。そして緊急配備を敷いてくれ！」

「上と相談します」

迅速《じんそく》をモットーにしていた永松の意外な返答に、浩二郎は戸惑《とまど》った。もう彼の上司でも、刑事でもない自分の立場を思い知ったのだ。

「うちのスタッフの命がかかっている、頼む永松」と、絞《しぼ》り出すような声で言うと電話を切った。

許さない。佳菜子に指一本でも触れてみろ。俺は――。

「浩二郎さん！」由美が呼ぶ。

「由美君、緊急事態だ。杉山沙也香さんとの約束はキャンセルだ」浩二郎は鉛筆画の少女の顔を凝視《ぎょうし》して、心の中で何度もつぶやいた。

――助けてやる、必ず。

3

車椅子を押すのが、これほどむずかしいものだと、佳菜子は思ってもいなかった。

バリアフリーが声高《こわだか》に叫ばれ、町中の段差が問題視されていたが、依然として改善されているところは少ない。それでも比較的大きな段差は、車椅子の利用者も、補助する人間もそれなりに心の準備ができた。

しかし細い溝程度の起伏《きふく》に、小振りの前輪は軌道《きどう》を乱された。角度によってはすっぽりはまり込んだ車輪が、九十度回転してしまってロックをかけるのだ。

突然車輪が道路に嚙《か》みつくと、車椅子に乗っている人間をそのまま前に放り出しかねない。

板波の体重はそれほどないと思うが、華奢《きやしゃ》で非力な佳菜子は、放り出した彼を抱き起こすことも困難だろう。そう思うと余計に力が入って、事務所から数十メートルの彼の車に着くまでに、幾度も小休止を取らねばならなかった。

「バリアフリーなんて、かけ声ばかりやということが分かったやろ?」板波が、息のあがった佳菜子に言った。

「本当ですね。小さな段差と、放置自転車がこれほど妨《さまた》げになるとは、私も気づきませんでした。優しい街にはほど遠いのかも」

「優しい街なんて。あらへん、そんなもん」

佳菜子は、板波の吐《は》き捨てるような言い方が気になった。どこか投げやりな口調に聞こえたからだ。

女友達の、初恋の男性を捜すことに協力するような、ロマンティストとは思えない言い方だった。

「車はどれですか」

板波が言った二十四時間のコインパーキングに到着し、佳菜子は尋ねた。

「紺《こん》色のワゴンや」一番奥のワゴン車を、板波は指さした。

佳菜子がはっきり思い出せるのは、ここまでだ。

ワゴン車のハンドルを夢中で握り、三十分ほど走った頃佳菜子は冷静さを取り戻した。

「だいぶ楽になってきた。ここからは自分で運転できる」

車に乗ろうとしたとき、急に板波が体の不調を訴え苦しみ出し、佳菜子は慌《あわ》てて、彼の指定する病院へと向かったのだ。

ただびっくりして、板波が言うがままに車を走らせた。

「大丈夫なんですか」

「うん。この辺からは、道順を上手く説明でけへんから」

「でも。さっきみたいに……」

「あんな発作《ほっさ》が、急に起こるんや。事故の後遺症やろうな。人間の神経いうのは厄介《やっかい》や。意識できることとできひんことがあるから。けど、一度治まると連続してはあまり起きひんから、心配せんでもええ。けど主治医には診てもらわんと。ごめんな、えらい迷惑をかけてしもて」

「いえ、私は構わないんですけど」正直言って不安はあった。

佳菜子は京都市内を南へ車を走らせ、高速道路の高架《こうか》をくぐって京阪奈《けいはんな》道路へと出た。新興住宅地が誕生して、めまぐるしく街の様子が変化する地域だと聞いたことのある場所だ。佳菜子には不案内な土地だった。つまり、自分のいる場所が判然としないことへの、心細さが募《つの》っていたのだ。

「心配せんでもええ、医者に診てもろたら送ってくさかい」

「いえ、そんなことは」

「おたく正直やな。感情が、全部声のトーンに出るもんな」

「すみません」

「何で謝るの。正直ちゅうんはほめてるんやから」

「けれど、プロとしてはダメでしょう？」

「探偵としては、そやな、あんまりいいことではないかもな。そこの路肩《ろかた》に停めてくれるか」

佳菜子はハンドルを切って、停車させた。

運転席から降り、スライド式のドアを開いて一旦車椅子を出そうとしたが、板波がそれを制止した。佳菜子が彼を見ると、後部座席から背もたれを越えて運転席に移動したのだ。

「おたくが運転席を空けてくれるんやったら、この方が早いから」

「……」

「どないした？」

「いえ、別に」

「そやから正直すぎるて言うてるやん。足が悪いのによく移動できたなと、びっくりしたんやろ」

「ちょっと、驚きました」

「ほんまに神経系統いうのは難しい。痛いときは動かせへんけど、痛みが取れると思いもよらん動きができるんや。はよ乗って、冷房が利《き》かへんから」

佳菜子は車内に入って、ドアを閉めた。

「悪いけど、もうちょっとつき合ってくれるか。妙な顔せんといて。病院までやがな」

「はあ」

「そや、ちょっとおたくの携帯、貸してくれるか」

「板波さんの電話は？」

「バッテリーが切れてしもてな。病院の先生にいまから行く言うとかな」

携帯電話は個人情報の固まりだ。他人に貸したくはなかったが、事情を考えれば仕方なかった。佳菜子は板波の話を録音する際、電源を切ったままにしていた電話を取り出した。

「ちょっと待ってください。事務所に連絡を入れたいので」

「すぐに返すから、いま貸して。ここは長いこと停めてられへんから」

性急な口調に気圧《けお》され、渋々運転席の板波に電話を渡した。

「結構、少女趣味やな」受け取った電話のストラップを眺めて、板波はにやついた。

ストラップはただ一つ、外国の犬のアニメキャラクターしかつけていない。別段少女趣味でもない、と佳菜子は口を尖《とが》らせた。

「やっぱり停めてられへんな。もうちょっと行ってから電話するな」佳菜子の携帯電話をダッシュボードに放り込むと、板波は車を発進させてしまった。

すぐに電話をかけるのだと思っていた佳菜子は、あんぐりと口を開けたまま、返事ができなかった。

「思い出が、仕事になるなんてな」ワゴン車のスピードが増し車の流れに乗り出すと、板波は佳菜子に話しかけてきた。

「思い出と一言で言いますけど、そこにはいろんな思い、ひとの心がこもっていますから。ただの郷愁《きようしゆう》だけじゃありません」どこか冷めた板波の言い方に、佳菜子はムキになってしまった。初めての仕事らしい仕事『温かな文字を書く男』の古書店主、立石潤造《たていしじゆんぞう》が語った『心より大事なものはこの世にありませんから』という言葉が、頭の中を巡った。

「けど、その思い出も、ええもんばかりやないやろ」

「もちろん、思い出したくないことも……」

「あるわな」板波は、何か心当たりでもあるような言い方をした。

「そうですが、私たちが依頼を受けて捜し出す思い出には、板波さんがおっしゃるような悪いものはないと思います」

「物事には、表裏がある。そうやろ」

「表と裏？」

「光と影やな。思い出したい、と思う者がいるんやったら、その逆のもう二度とごめんや、いう人間もおると思うんやけどな」

二度とごめんな思い出——。

佳菜子にとっては、あの事件しかない。もう絶対に思い出したくもない出来事であり、光景なのだ。

「どや、おたくにもそんな思い出があるんとちがう?」

「……どうしてそう思うんですか」

「顔に書いてあるって言うてるやろ。誰やったかいな、ええっと、友子や、木下友子の話をしてるときのおたくの顔は尋常《じんじょう》とちごた。十年前、そや十年前やと切り出してからの顔色は異常やったな」

木下友子の依頼で、思い出探偵社のドアを叩いた板波は、その友人の名前を一瞬ではあったが、思い出せなかった。

板波は、友子とそれほど親しくないのだろうか。しかしそれならなぜお金をかけてまで、彼女の思い出を捜そうとするのだろう。

いや、板波のいまの言葉でも分かるように、そもそも「思い出」というものをそれほど重要視しているようには思えない。

ならば、どうして思い出探偵社にやってきたのだろうか。

佳菜子は、後部座席から板波の背中を見つめた。

「十年前、何があったんや。この新進日本画家、磐上敦《ばんがみあつし》さんが、おたくの思い出を捜してあげようか」

バンガミアツシ？　板波孝ではないのか。

偽名！　偽名《ぎめい》はどこか本名を引きずるものだと、役者をしている雄高さんから聞いたことがある。芸名をつけるときの苦労話を聞いた折だった。

バンガミアツシとイタナミタカシ。もし板をバンと読めばバンナミだ。響きが似通っているではないか。板波が偽名なら、木下友子の初恋話も嘘である可能性は高い。

何から何まで、嘘なのだろうか。

一体、何のために？

佳菜子は、車内を移動したときの板波、いや磐上の姿を思い出そうとした。そのときの足――。左足はすでに座席を越えていて、右足を引き寄せようとしていたのだ。右足も臀《でん》部《ぶ》に向かって折り畳まれていった。

本当に足が不自由なのだろうか。

車椅子さえも、嘘？

「そ、そんな……」

「遠慮はいらへんよ。お金もいらんしな」磐上は、下品な笑い方をした。

恐怖に身がすくみ、喉《のど》がカラカラになり、気管が萎縮する感覚に佳菜子は襲われた。

車は車線変更して、さらに速度を上げる。

次の信号で止まれば、飛び出すチャンスがあるかもしれない。

「ドアのロックはきちんと掛けとかんとな。走ってる車から万が一でも飛び出したら、事故になってしまうさかい」

佳菜子は総毛立った。

彼は、心を読んでいるかのようだ。

「な、なぜ」やっとの思いで、絞り出した声だった。

「おたくの好きな、思い出に関係あるんや」

思い出？

バンガミアツシなんて名前に、記憶はない。

もしかして、あの最悪の思い出に関わること――なのだろうか。

そんなはずはない。

あの犯人は、もうこの世にはいないはずだ。佳菜子は、両手を強く握り締めた。

4

居場所を、一刻も早く見つけ出さなければならない。

浩二郎は次の一手を探った。

思い出探偵社では、GPSを使って居所を検索するサービスを利用していた。しかしそれとて携帯電話の電源を入れていて、居所検索を承諾するボタンを押していないと特定できない。

浩二郎の横で、由美は幾度も佳菜子の携帯にかけていた。

「出ないか?」浩二郎は由美に訊いた。

「電源、切ったままですわ」

「肝心《かんじん》なときに、役に立たないな」

浩二郎は、佳菜子が板波と名乗る男と一緒にいることを想像して、奥歯を嚙みしめた。携帯など一番初めに取り上げるに決まっている。

「遅いな、永松」

永松が上司に相談し、緊急配備が可能かどうかの返事をくれるはずだ。それにしても、鑑識係官も寄越さないのはおかしい。

浩二郎は永松へ連絡をとった。

「先輩、申し訳ありません」声が暗い。

「どういうことなんだ」

「あの事件は、終わったものだと」

「上がそう言ったのか!」

「……」

「あの文様は、どう解釈するんだ」

「それは……」

「あんな文様、偶然であるはずがない」

「しかし……」

「一切、表には出ていないんだぞ」

「上は、一部の週刊誌がリークした可能性だってあると。昼間だし、いなくなったといっても成人女性だろうと。そういう見解でした」

「リークなんて、根拠ないんだろう。端《はな》から十年前の事件と結びつける必要はない、と言っているんだな」

「とにかく一晩でも帰ってこないなら、まだしも……と。すみません、先輩。お役に立てなくて」

　永松も困っている。過去の、ましてや被疑者死亡のまま終わらせた事件をほじくり返すことは、当時の捜査を否定することになる。つまり指揮を執《と》った上層部批判と取られかねないのだ。それが、厳格なる縦社会において、いかなる意味を持つのか、刑事なら誰もが知っている。

「あの事件のホシは、わずか数十分の間に、二人の生命を奪ったんだ」

　それも惨《むご》たらしいやり方で。もし佳菜子が十年前のホシと一緒だとしたら――。

　言葉にするだけで、歯ぎしりしたくなる。

浩二郎は自分に腹を立てていた。何よりこの事務所で、十年前に取り逃がしたホシと佳菜子を遭遇《そうぐう》させたことが悔《くや》しい。自分の目が届いていたはずの場所から、佳菜子をまんまと連れ去られた屈辱感《くつじょくかん》に打ち震えた。

「夜になっても、橘さんが戻ってこなければ、連絡ください」

「分かった。こっちでどうにかする」

「先輩、無茶は止めてくださいよ。奥さんのことも考えて……」

浩二郎は黙ったまま、受話器を置いた。

「警察は、動いてくれへんみたいですね」由美が眉《まゆ》をひそめた。

「GPSも役に立たないとなると、周辺の店舗の防犯カメラに望みをかけるしかない」

板波が、いきなり佳菜子を拉致《らち》したとは考えにくい。車椅子の青年を装ってきた以上、彼女にサポートさせて、隙《すき》をみて連れ去ったと考えていいだろう。

佳菜子の優しさを利用して、自分の車まで誘導した。場合によっては、佳菜子に運転を頼む口実さえ、用意していたかもしれない。

レコーダーから再生された板波の声に、そんな企《たくら》みを内包《ないほう》するいやらしさを、浩二郎は感じていた。

「車椅子に不慣れな人間が、この事務所にまでやってこられたんやから、近くの駐車場に車を停めてたんとちがいますやろか」由美は周辺の住宅地図を広げて、駐車場の位置にマーカーペンで丸を四つ書き込んだ。

「東側は御所、府警本部に近い西の駐車場は避けるな」だとすれば、駐車場は北に一つ、南側に二つ。

「これ以上遠いと、人目につくし」

「よし、この三つに絞り込もう」

由美が、三つの駐車場の近くの店をリストアップしていく片っ端から、その電話番号へ浩二郎は電話をかけていく。

防犯カメラの有無を尋ね、車椅子を押して歩く女性を捜していると伝える。

しかしカメラの設置店であっても、警察の捜査でもないのに、気軽に映像を見せてくれるところはなかった。

だが、七軒目への電話で、目撃情報を得ることができたのだ。

お香《こう》などを扱う香木《こうぼく》店の女性従業員が、車椅子を押す女性の姿を覚えていてくれた。

事務所のある場所は、京都市内を縦貫する烏丸通りに面していた。そこから一筋西の通りは、室町《むろまち》通りと呼ばれ、百メートルほど南行するとコイン式の小さな駐車場がある。そこから十メートルほど手前にあるのが、香木店だった。

由美から、その日の佳菜子の服装を訊き、従業員に確かめたところ間違いないと証言してくれた。

「二人は、どちらに向かって歩いていました？」

「室町通りは南向きの一方通行なんどす。それでうちのお店は上《かみ》に京都店、下《しも》に本店を構えてるんですけど、その間はそうどすね、百メートルほどしかおへん」

薬種商として創業された老舗は、室町筋《すじ》にそって発展を遂げたのだそうだ。その名残で、わずかな距離に二店舗という位置関係を形成した。

「その間に駐車場があるんですね」

「そうどす。私がそのお嬢さんをお見かけしたのは、京都店におりますときですさかいに南に向いて歩いてはったんどす。それから紺色のワゴンに乗って丸太町方面へ走っていかはったんやと」

「紺のワゴン車！　ちょっと待ってください、あなたが目撃したお店から駐車場は南側にあることになりますよね」

南向きの一方通行で、南行したのなら店の前は通らないはずだ。

「上の店から、下の本店に戻りましたんどす。そやさかい、お嬢さんのお尻を付いていったような格好になりますね」従業員は、佳菜子の歩く姿は京都店で目撃し、車で通過するのは本店の店先から見たのだ。「ここらは日赤が近おすさかい、車椅子を押すお嬢さんはよう見かけます。けど苦戦してはりましたんで、よう覚えてますの。慣れたはらへんなって」

乗り手も不慣れな車椅子は、余計に制御《せいぎょ》しづらかったにちがいない。だがそのことが、車椅子の利用者を、日常的に見てきた女性従業員の印象に残ったのだ。

「紺のワゴン車というのは、確かですか」

「ええ。車椅子では心許《こころもと》ない歩き方やったんどすけど、車に乗ったら、それは機敏で」

「スピードが出てた、ということですね」

「車を運転すると、えらい性格が変わるお嬢さんやなと、思たもんどすさかいに」

佳菜子が運転していた。しかも彼女の性格では考えられない運転だ。

「ナンバーなんかは」

「それは、見てしまへん」

当然浩二郎も、そこまでは期待していなかった。

「いや、本当に参考になりました。どうもありがとうございます」

浩二郎は、事務所に三千代を残し、雄高への連絡と、佳菜子の携帯電話へアクセスし続けるよう頼み、由美のバイクに跨った。限定解除の二輪免許を持っていない浩二郎は後部座席で、由美が運転する。

由美に『少女椿《つばき》のゆめ』の事案で会うはずだった通訳の娘、杉山沙也香との約束を断らせたのは、二輪の機動力が必要になると、とっさに思ったからだ。

由美のバイクはGSX750S、「KATANA」と呼ばれるマシンで、その名の通り鋭敏なフォルムをしていた。そのため由美の体は前傾し、タンデム仕様ではないロングシートにも高低差があった。後部に座わるとどうしても運転者に寄りかかってしまう。

「うちの腰に、つかまっててください」赤と黒のライダースーツ姿の由美が、一瞬だけはにかんだ。

「分かった。烏丸通りを下ってくれ」

烏丸通りを南へ行くと、二つ目の信号のところにあるレストランを目指す。

由美の迅速なシフトアップと機敏《きびん》なコース取りで、あっという間にレストランの前に着いた。

このレストランのオーナーとは、刑事時代に知り合った。

オーナーは以前、北区でパチンコ屋の雇われ店長をしていた。その頃、ある殺人事件の捜査中に、偶然悪辣《あくらつ》なゴト師を浩二郎があぶり出したことがあった。

ゴト師とは、パチスロのPC基盤に、確率変動を容易に制御するチップなどを仕掛け、不正出玉によって一儲《ひともう》けする者のことだ。店の経営を圧迫するほどの、荒稼ぎをしていた集団に与《くみ》していたゴト師だったこともあって、店長の喜びようは尋常ではなかった。以来、情報収集に協力してくれるようになった。

その後、貯まった資金で、元々やりたかった創作料理を食べさせるレストランを、オープンしたのである。

浩二郎は事務所より南の駐車場を板波が選んだことと、たとえデタラメでも枚方方面の地名を口にしたことから、彼は南に向かったと予想した。そこで烏丸通りにあるレストランに設置されている、防犯ビデオのことを思い出したのだ。烏丸通りを南下したとすれば、紺のワゴン車が映っている可能性がある。

レストランのオーナーは、看板に悪戯された経験から、小型のカメラを外に向けて設置していたのだ。

浩二郎はレストランに駆け込むと、オーナーを呼び出し、ある車を追跡していることを話し、ビデオを見せてほしいと切り出した。

「いいっすよ」すぐにオーナーは、厨房《ちゅうぼう》脇の事務所へ浩二郎を通し、ビデオを再生してくれた。

浩二郎は祈るような気持ちで、画面を凝視《ぎょうし》した。

烏丸通りを南へ向かったとすれば、自ずとこのレストランの前を通過する時間帯は決まってくる。

「これだ！」浩二郎は、紺色のワゴン車を発見して叫んだ。

カメラは、運よく信号で停車した車の中に、紺色のずんぐりした車体をとらえていたのだ。

「ズームできるかい」

「そんな機能、ついてないすよ」

「これ貸してくれ」

「実相さんのためなら、いかようにも」店長はおどけた言い方をした。

「恩に着る」テープを取り出すと、浩二郎は由美の待つ店外に出た。

「何でも言ってください」後ろで店長の声がした。

5

二人の乗ったKATANAは、伏見にある研究所を目指した。

元科捜研《かそうけん》の茶川大助に相談すると、自分の教え子がやっている、分析機器メーカーの研究所を紹介してくれたのだ。

ビデオ画像の解析には、定評のある人物だそうだ。ひとをほめない茶川が、太鼓判《たいこばん》を押す数少ない人間の一人だった。

法定速度では、到底考えられないほどの短時間で、研究所に到着した。前傾姿勢に少しは慣れたが、覆面《ふくめん》パトカーの気配に神経を使い、疲れを感じる移動だ。違反で捕まれば身も蓋《ふた》もなくなる。

しかし由美はその辺りも心得ていて、堂々たるものだった。

浩二郎と由美が研究所に入ると、すでに機材がスタンバイしていた。浩二郎と同世代に見える小田切《おだぎり》と名乗る所長は、テープを受け取るとすぐに再生機に挿入《そうにゅう》した。テープの映像は、コンピュータに画像入力されていく。そしてディスプレイに問題の紺のワゴン車が現れたところで、一時停止させた。「この車ですね」

紺のワゴン車であることは、茶川から伝わっているらしい。

浩二郎はうなずいた。

「まずは、この車が映っているすべてのコマを停止画像にしていきます。それから画像処理ソフトを使ってノイズを除去します」話しながらも小田切の指は、素早くキーボードを叩いた。

ディスプレイ画面が十六分割に変わり、そのすべてにワゴン車の紺の車影が覗いている。

小田切のキー操作によって、ぼやけた輪郭《りんかく》が、画面の明滅と共に鮮明になっていくのが分かる。

まずは車種が特定された。三菱アウトランダー3・0Lのディープブルーで、普通のワゴン車というよりも流行《はや》りのSUV車（スポーツ用多目的車）だった。

次に運転者に照準を合わせる。助手席側からの画像だが、どうにか運転者の横顔は確認できた。しかしそのままではモザイク映像に等しい。

さらにノイズ除去していくうちに、肩までの髪の毛が判別できるまでになった。

「佳菜ちゃんやわ」由美の伸ばした指先に、白っぽくて丸いものが映っていた。

「これは?」浩二郎が尋ねた。

「うちが買《こ》うてあげた、縮緬《ちりめん》の髪留めにまちがいあらしまへん。佳菜ちゃんの運転やったんや」

「小田切さん、あとは我々が一番知りたい……」

「ナンバーですね」小田切はすぐさま応《こた》えた。

「ええ。分かりますか」キー操作をする、画面を見ながら、浩二郎は尋ねた。

「最後のコマに、信号が変わって動き出す瞬間の映像があります。この防犯カメラの向きがやや南で、レンズが広角なので上手くいけば、あるいは」

「よろしくお願いします」

小田切は、斜めに映り込んだナンバープレートをディスプレイ画面一杯に拡大し、クリーニング作業を開始した。

浩二郎には、数字とも物体とも見えない点の集まりと化した画像を、解析し始めたのである。

これまでとはちがって小田切は苦戦を強《し》いられているようだ。彼は眉間《みけん》に皺《しわ》を寄せ、口をへの字にきつく結んでいた。

しかし、ここは待つしかない。

小田切の画像との格闘は、三十分近く続いていた。

「どうや、小田切君」という声が、突然研究所中に響いた。

「茶川はん」由美が、入り口を見て言った。

そこに、頭から帽子を取った火照《ほて》り顔の茶川が立っていた。

「タクシー代、後でもらうで」

「茶川さん、きてくれたんですか」浩二郎も顔を上げた。

「ほんなもん仕事してられるかいな。大変なこっちゃが。しかし浩二郎、どないなってるねん、お前とこ。大事なお嬢さん預かってんのやから、あんじょう守ったらなあかんやないか」茶川は鼻息が荒い。それだけ佳菜子を心配しているのだ。

「油断でした」浩二郎は目を伏せた。

「油断で済むかいな。で、小田切君、どうや」茶川は、小田切に問いかけた。

「先生、防犯カメラが広角なのは良かったんですが、その歪《ゆが》み補正に時間がかかっています」畏《かしこ》まった声で小田切は応えた。

「そうか。そや、浩二郎、画像解析は小田切に任せて、あれを見せてくれ。例のデッサン画の方や」研究所の中央にある長テーブルに移動しながら、茶川が言った。

浩二郎は、由美からデッサン画のコピーを受け取り、茶川に見せた。

「この文様か。確かにあの現場にあったもんや。現場のは血糊《ちのり》で描かれてたさかい、いびつやったけど」

「これは間違いないと、直観的に」浩二郎が茶川を見た。

「被疑者が、遺書のようなものを残して死んださかい、結局このマークの意味やなんかを調べずじまいやったもんな。あほやった」

「このマークを書いたのが、佳菜ちゃんを連れ去った板波と名乗る男だったということになれば、十年前のホシか、事件の詳細を知る人物になりますからね」

「けど、十年も経って、何でまた」

「きっと虫ですわ」由美が茶川の方を向いて言った。

「なるほど虫か。ストーキングの虫が蠢《うごめ》いたか」茶川は目をしばたたかせて、うなずいた。

「十年間、佳菜ちゃんを追い続けてきたというのかい？」

「それが虫なんやわ、浩二郎さん」

看護師時代に七年間もストーカーにつきまとわれた経験があると、由美は話した。しかしなぜか三年間の空白があったという。

「エリートサラリーマンやったんやろね。三年間、海外勤務に行っとったいうんですわ」

「で、帰国後また、由美はんのお尻を追いかけたちゅうんか。えらいご執心《しゅうしん》なこっちゃ」

「そんなことがありますのえ」

「まあ病気やな。うん？」茶川は、ルーペを取り出した。

「どうかしましたか」浩二郎が茶川を見た。

「この絵のコピーは取ったか」

「ええ、取った一枚は雄高さんのデスクに置いてきましたさかい」茶川の質問に、由美が答えた。

「つまり、これを原本にして、もう一枚コピーしたんやな」

「そうです」

「原本についてた何かが、コピー機のガラス面に静電気でくっつきよった。そこへ、これを原本にしてコピーしようと、コピー機のガラス面に置いたさかい、そこに付着してたものを吸いつけよったんや。ややこしいけど、もしそうやったら、手がかりになるかもしれへん」茶川は研究員にシャーレと羽箒《はぼうき》を持ってこさせ、コピー紙の表面をそれで何度も拭《ぬぐ》う。

　茶川は所内を見回すとさっと立ち、大きめの食器洗い器のような箱に入れた。最新式の粉体分析器なのだそうだが、勝手知ったる他人の家といった感じで、茶川に迷いはない。

「主成分は炭酸カルシウムやな。それにリン、鉄分、それから……」分析結果を見ながら、茶川の顔は紅潮し始めた。「アミノ酸。アミノ酸が十八種類も含まれてる。栄養満点の粉やでこれは」

「コラーゲン？」

「さすが由美はん。美容と健康に気遣《きづか》うとるな。そや、おそらくゼラチンや」

ゼラチンは約八七パーセントがコラーゲンで、一〇パーセントほどの水分とカルシウム、リン、鉄分が含まれていると茶川は補足説明した。そして、そこに含まれるタンパク質は、トリプトファン以外の必須アミノ酸をすべて含んでいると言った。

「分かるように、説明していただけませんか」浩二郎には、化学の授業を聞いているように難解だった。

「デッサン画はいつ描いたか分からん。けどついてきた粉は、板波の生活環境を知る上で重要な物証《ぶっしょう》になる。それは浩二郎も百も承知のはずやな」

「遺留《いりゅう》された証拠ですから」

「この粉には、いま言うたように炭酸カルシウムともう一つ、ゼラチンと思われる過栄養なタンパク質が含まれてる。この組み合わせは、まずまちがいなく日本画の絵の具や」と言いながら茶川は、若い研究員にシャーレを渡すと、電子顕微鏡《でんしけんびきょう》にセットするよう頼んだ。

「ちょっと待ってや」茶川は席を移動すると、顕微鏡に繋《つな》がれたディスプレイを見た。そして確信に満ちた声を出した。「素晴らしい微細粒子《びさいりゅうし》や。やっぱり白色絵の具にまちがいない」

「白色。しかしどうして絵の具にゼラチンなんです？」浩二郎が訊いた。

「膠《にかわ》や。特に白色の絵の具には貝殻と膠を混ぜる」

「ということは……達者なデッサン画を板波自身が書いたとすれば、絵心のある人間です。日本画の素養《そよう》があって、身近に問題の白絵の具があってもおかしくありませんね」浩二郎の声にも力が入った。

「いまは絵の具も酸化チタンとかを用いるけど、これは天然物や。それもものすごい均一な粒子で、純度が高い。こんなに極細《ごくさい》の天然ものを見たのは、二度目や」

「前にもお目にかかったんですね」

「ああ。うちの大きい姉ちゃんは絵もやりよる。何でも一級品しか手にせえへん。京都府のU市にある絵の具専門店Nの『胡粉《ごふん》』という白絵の具や」

「ゴフン？」聞きなれない言葉に、浩二郎は声を上げた。

「胡粉は、イタボガキちゅう牡蠣《かき》の一種をつかったもんや。けど昔ながらの製法をいまなお守っているのは日本でもNだけや」

十五年もの間、雨風に晒《さら》して脆《もろ》くなった貝殻を原料にして、上と下を別々に粉砕《ふんさい》しては水を加え、さらにすり潰《つぶ》すという製法を茶川は説明した。そこまでしないと、描いたとき柔らかく温かな白色はできないのだという。

「湿気の多い日本だからこそ完成した、絵の具や」

「そんな希少な絵の具が、板波の暮らしの中にあったということですか」

「そこが肝心《かんじん》や。デッサンの女の子、佳菜ちゃんにどことなく似てるやろ。そやけど顔の造作《ぞうさく》もパーツも特に似せてない。これはかなりの腕やと思う」

「絵描き、ですか」

「プロの絵描きしか、このクラスの絵の具は使わんのとちがうか」

「その店で訊いてみましょう」浩二郎は由美に、彼女の持参している携帯電話でN店を検索するよう言った。

「ナンバー判読はもう少しかかります。しかし、これを見てください」

由美が見つけたN店に連絡を取ろうとしていた浩二郎へ、小田切がA４サイズにまで引き伸ばした写真を持ってきた。

「こ、これが板波」

その写真には、薄暗い後部座席に座っている男の顔があった。左前方を一瞥《いちべつ》した瞬間をとらえている。

「この男や、事務所にきたの」由美も覗き込んで、叫んだ。

「暗くて無理かなと思ったんですが、モンタージュぐらいにはなるでしょう」小田切が弾むような口調で言った。

「ありがとうございます」浩二郎は礼を言って由美に向き直った。「由美君、N店にこの写真を見てもらおう」

浩二郎がN店に電話をして、写真はメールで送信した。

「絵の仕事をされている方で、お客さんにこの方はいらっしゃいませんか」思い出探偵社であると告げた上で、人捜しをしていると言った。

「ああ、磐上、磐上敦先生です」

「磐上！」浩二郎には覚えがある姓だった。

「日本画に戻ってこられて、良かったんじゃないですかね。お父上の淳三郎《じゅんざぶろう》先生も喜んでいらっしゃいますもの」

「跡取りですからね」浩二郎は適当に口裏をあわせて、電話を切った。

「茶川さん。ホシは磐上です」浩二郎が茶川に向かって叫んだ。

「何！　磐上やて」

「ええ、磐上敦です」

浩二郎は十年前の事件の捜査で、磐上敦にも会っていたのだ。

被疑者の自殺に疑問を持った浩二郎は、彼の周辺を念のため洗った。磐上はそのとき、被疑者の交友関係者リストに挙がっていた。しかし、自殺した少年に関して、事情を訊いたに過ぎなかったのだ。佳菜子の両親殺害時の彼のアリバイが成立していたため、捜査結果を覆《くつがえ》すには至らなかったのである。

「デッサン画を見たとき気づくべきでした」

当時燃えさからせた浩二郎の憤怒《ふんぬ》の刃《やいば》を、十年という時間が、鈍《にぶ》らせてしまったのか。

「プレート、読めました！」小田切の歓声が、研究所内に響いた。

6

ディープブルーのSUV車は、四角いコンクリートの建物の前に停まった。周りには規則正しく樹木が植えられている。

佳菜子の腕時計は三時半を指していた。磐上という男と、すでに五時間以上行動を共にしていることになる。

この男は、あの忌まわしい事件を知っている。そして私が被害者の娘であると承知の上で、事務所を訪れたのかもしれない。

もしそうなら、彼の目的は何なのだ。

佳菜子は、目まぐるしく考えた。

「着きましたよ。お疲れ様でした」磐上は、これまで使っていた関西弁とはまったくちがうイントネーションで、佳菜子に言った。

一体どういうこと。関西訛《なま》りすら偽りだったということなのか。

しかし、言葉が与える印象は、受け手の取り方に変化を生じさせる。交渉次第では解放してくれるような気にさえなる。

佳菜子は、この得体《えたい》の知れない男から逃れる方法を捜した。

車を降りた瞬間に隙を見て逃げるか。それにしてもひとの気配すらないし、ここがどこなのか、まったく分からない。かなりの時間隘路《あいろ》を走ったので、土地鑑《とちかん》のない佳菜子には、それは迷路だった。

そんな場所を、走って逃げることは不利に決まっている。それに、足は子供時代から速くなかった。

ダメだ、すぐにつかまってしまう。

佳菜子は、自分がもうあの頃の無力な高校生ではなく、どんな問題でも解決の糸口を見つける探偵社の一員だと言いきかせた。ここで無謀な行動をしてはならない。まずはここがどこで、この建物が何なのかを知る必要がある。

「ここは、父が用意してくれた私のアトリエです」

言葉づかいが丁寧だと、男の横顔も穏やかに見える。

「元は染色工場でした。敷地面積は約六百坪で、しかも表通りに出るまでには、少し入り組んだ道が続きます。ですから助けを求めるには……いえ、そのような馬鹿げた考えをする佳菜子さんではないと、私は思います」

名前を呼ばれて身の毛がよだったが、この男の感受性は侮《あなど》れない。佳菜子の目の動きや、表情の微妙な変化を見逃さなかった。そして何を考えているかを、言い当てている。

無表情を装わないと、先を読まれてしまい、男の意のままに動かされそうだと、佳菜子は警戒した。

磐上は車を降りて、外から後部座席側のドアをスライドさせた。

真夏の熱風とまぶしい日差しを、佳菜子は頰に浴びた。

「私、帰ります。ここがどこなのか、教えてください」車を降りて、佳菜子は磐上に言ってみた。

「私は本当は嘘がきらいな性分《しょうぶん》なんです。ですが、佳菜子さんが私には必要なんですよ。つまり帰っていただくわけにはいきません」

「あなたには必要でも、私はここから帰りたいんです。それにあなたに必要とされる謂《い》われはありません」

どきどきしていたが、しゃべり始めると少し動悸《どうき》は収まってきた。

「謂われ、ですか。それについてはアトリエでゆっくりお話しします」磐上が建物のドアに手をかけた。

「話などありません」入ってしまったら終わりだと思った佳菜子は、足を踏ん張り、身を翻《ひるがえ》した。「痛い」佳菜子は、首に痛みを感じた。

磐上が首根っこをつかんだのだ。その力は、佳菜子がとても抗《あらが》えないほど強かった。

「案外、無謀なところがあるんですね」

強制的に引き戻されて、建物に連れ込まれた。

古い学校の講堂のような内部から、香《こう》とろうそくに似た匂いが漂《ただよ》った。

無力感が込み上げた。由美なら磐上の手を払って、頬の一つも張っただろうにと思うと、佳菜子は情けなかった。

中に入ると、磐上はつかんだ首から手を離した。

首をさすりながら、佳菜子は内部を見回した。

壁という壁には、屏風画《びょうぶが》が立てかけてある。どれも佳菜子の目には、日本画と洋画を折衷《せっちゅう》したケレン味を感じさせる絵に映った。

一目見てそう感じたのは、モチーフが外国の風景や建物、人物だったからだ。

「磐上淳三郎という名前は、聞いたことあるんじゃないですか」

「磐上淳三郎は知っていますが、じゃ」

「そうです。悲しいかな、私はその息子です」磐上は、やや右頬を引き攣《つ》らせて、いやそうに言い放ったが、下品さはなかった。

「そんなひとが、どうして」

「淳三郎はご存じでも、敦は知らない？」

佳菜子の言葉は遮《さえぎ》られた。「そ、そういうことではないんです。私が、ただ不勉強なだけで」佳菜子は頭を下げた。

謝る必要などないのだが、いまの彼にはそうさせてしまう、何かがあった。

「みんな私のことなんか見ていません。誰も彼も淳三郎画伯に目がいって。しかしながら、父の絵は芸術ではありません。少なくとも私の追い求めるものとは全然異質のものです。でもそんな父の絵を有り難そうに祭り上げていますね」磐上は、佳菜子を堅《かた》い背もたれの椅子《いす》に座らせた。

目の前には一畳《じょう》ほどの木製テーブルがあり、そこには和紙やデッサン用画材のコンテが散らばっていた。

「私はつかんだんです、本物の美を。実は、十年前にも完成しかけたのですが、ある障害といいますか、平たく言えば邪魔が入ったんです」

「十年前」またいやな言葉を、磐上は口にした。

「ええ、十年前。京都の伏見で」

「ふ、伏見」

「御香宮でデッサンした話とは、まったく別ですよ」

「あの話、嘘だったんですか」

「嘘ではありません。しかし事実でもない」

そう言って隣に立ち、磐上は佳菜子の顔を覗き込んだ。彼の表情は穏やかなものだった。

「いまとなっては仕方のないことですが。私はその障害を、この手で取り除いてしまったんです」佳菜子の顔の前に、磐上は自分の右手のひらをちらつかせた。

「……障害を？」

「もうお分かりでしょう。障害、邪魔をしたひとを私は殺害したのです。佳菜子さんのご両親を」彼は静かに言った。

佳菜子は思考力を失っていた。嘘ばかりを並べ立てる磐上が、両親殺害の件のみ、事実を語るとは思えなかった。

「佳菜子さんのお父さんと、お母さんの喉を切り裂いたのは、この私です」

何、このひと！　常人なら、顔色一つ変えずに言えることではない。

佳菜子は騙《だま》されまいと、かぶりを振った。「私の両親が、あなたの邪魔をするなんてこと」

「邪魔をしたんです。残念ながら死んでいただきました」隣の椅子に、磐上も静かに腰掛けた。

無意識に佳菜子は、顔を背《そむ》けた。少し遅れて怒りが、憎しみが胸の奥から湧きだしてくる。知っている限りの、汚《きたな》らしい言葉を浴びせたくなったが、何も浮かばない。

代わりに涙腺《るいせん》が反応した。父と母と笑いながら食卓を囲んでいる風景が、いつまでも続くだろうと信じて疑わなかった自分を思うと、涙が溢《あふ》れ出した。

「悲しいですか？　すでに十年も経ってるのに」

「鬼！　悪魔だわ！」そんなありふれた言葉しか、吐き出せなかった。それがまた悔しくて、涙が止まらない。

「それは心外です。美を追究する人間に対して悪魔とは」

「悪魔以下よ！」もっと激しく罵《のの》りたかったが、感情が込み上げて大声にはならない。

「まあ、善なることをしたとは思っていませんが、私にとって邪魔だったんです。大善の前の小悪といったところでしょうか」

「小悪ですって！」

「そうです、小悪です」

「ひとの命をなんだと……二人を返して！　私の両親を」

「それは無理です。私は神ではありません」

「一体、一体父や母が、あなたの何を邪魔したというの」

「私は、完璧《かんぺき》な美を求めただけです」

「美……」

「完全なる美を作るには、磐上の血は私の意に沿わない」磐上は赤色のコンテを手に持つと、散らかっている和紙に何かを描いた。「これご存じですか」

佳菜子が見せられたのは、渦巻きのような文様だった。どこかで目にした覚えはあったが、思い出せなかった。

「これは千年以上前に、中国雲南省《うんなん》の一族が使用していた象形《しょうけい》文字です。トンパ文字って聞いたことがあるでしょう。これは血を意味する文字です」

佳菜子は、懸命に彼の言うことを理解しようとした。

「科学などない時代の文字ですが、何かの形に似ていると思いませんか」

殺人者を自認する人間の言い訳など聞きたくはない。しかし、なぜ両親が殺されなければならなかったのかは知りたい。

佳菜子は、気力を振り絞って聞いていた。

「二重らせん、DNAです」

そう言われてみて佳菜子は、彼の書いた文様を改めて凝視した。

確かに二重らせんを模《も》しているように、見えなくはない。けれどそれがDNAを表しているとは考えられなかった。

「それに音楽記号にも見えます。感覚的に血が内包する遺伝子、生命の律動を知覚していた」

「それが、私の両親に何の関係があるの」

「私は、文明のなかった時代に生きた人間を尊敬しています。その鋭い感性こそ、美に不可欠なんだと考えているんです。それに比べて、二十一世紀の人類は堕落《だらく》していると思いませんか。もちろん私も私の父も。そこで自分の感性を最大限に信じることで、堕落し汚れきった、磐上の血を綺麗《きれい》にしたかったのです。私自身が美しいと思うものを、残しておこうと思った。それには、私の美的感覚に合致する材料が必要だったんです」

　酔っている。

　磐上は自分の言葉に酔い始めている。

「材料？」

「橘佳菜子、あなたです。泣かないで、光栄にも選ばれし人間なのですから」

　磐上はテーブルの向こうへ移動すると「これが完成形だ」と言って、イーゼル（画架《がか》）のひとつに掛けてある白布を取った。

　そこには、事務所で見せられたデッサン画と同じ少女が、佳菜子に微笑《ほほえ》みかけていた。

「いかがです？　完璧な美しさだと思いませんか。この目、鼻、そして唇。とくに上唇の形は秀逸《しゅういつ》です。均整が取れていて、つんと富士山みたいな頂きがいいですね」

「こ、これは」

「二人で創造する子供です。佳菜子さんと私の子供、意味分かるでしょう」

「分かりません！」

「すぐに分かります」

「止めて！」両手でスカートの裾《すそ》を押さえつけた。

「勘違いしないでください。それは十年前の話です。いまの私の願望は、佳菜子さんと契《ちぎ》りを結んで、一緒に死ぬこと」

「いやっ！　あなたとなんて絶対にいやよ」佳菜子は、勢いよく椅子から立ち上がった。玄関へ向かって駆け出したが、髪の毛をわしづかみにされてのけぞった。あまりの痛みに、しゃがみ込んでしまった。

「ここでなら、十年前のような邪魔は入りません」髪を手綱《たづな》のように手に絡《から》めて引きずり、椅子に座らせられる。今度は痛みで涙が出た。

なぜ、こんな目に遭《あ》わなければならないのか。この男と私は何の関係もないのに。

佳菜子は自分の不運を呪った。

「十年前、あなたを私のものにしたかった。きちんと話をしようと近づいたのですが」

「野球帽にサングラスの男」

「人目につきたくなかったんですよ」

「勝手過ぎる。そんな服装で女子高校生に近づけば、誰でも怖がるわ」

「ですから家を突きとめて、私はあなたのご両親に、お嬢さんと会わせてくれと頼みました。しかし二人とも私を責め、二度と娘に近づくなとおっしゃったんです」

「それで、父と母を」

「私には、充分過ぎる動機です。完全な美の創造を邪魔したのですよ」

「無茶苦茶だわ！　ひとでなし！」

自分はこの男に殺される。あのときのように――。

恐怖と絶望で、佳菜子の全身の力は抜けていった。

十七歳から約十年間、この男の犯罪の後遺症に苦しめられてきた。時間は止まったままで、常に恐怖との戦いの中で心身とも萎縮して生きてきた。それが思い出探偵の仕事と出会って、ようやく自分らしさを取り戻せそうになってきていたのだ。

もうおびえずに暮らしていけると、自信めいたものをつかみかけていただけに、いきなりのエンドマークはあまりに辛過ぎる。

数時間前は、由美とランチを食べて、浩二郎や雄高と事案について話し合い、充実した一日を終えるものだと信じて疑わなかった。

生きたい。

生きられるなら、何も望まない。

でもこの男の言いなりになど、なりたくはない。そうなるくらいなら――。

「あなたは、なぜ死にたいの」

時間を稼ごう。

自分がいなくなったことで、事務所は大騒ぎになっているはずだ。探偵社のみんなが、ここを突きとめてくれるかもしれない。

由美は磐上の顔を目撃している。それが頼みの綱だ。

そう考えてはみたが、何の手がかりも残してきていないことに気づいた。磐上の車まで車椅子を押してやり、すぐに事務所に戻るはずだったのだ。メモの一つも残したわけではない。

ボイスレコーダー。

そうだ。磐上との会話は録音されている。

いや、嘘で固めた彼の話には、磐上に結びつくヒントは何もなかったではないか。

「死ぬ理由なんてないじゃない?」佳菜子の質問に怪訝《けげん》な顔をしていた磐上へ、もう一度訊いた。

「私は、絶望しているからです」

「絶望って。画家として才能があるのに」

「十年前なら、あなたは乙女《おとめ》だった。しかし二十七歳のあなたはもう汚れてしまっている。私は自分の血を清めるチャンスを失ったんだ。このまま生きていても意味がない」

「汚れたと思うなら、私のことなど放っておいて」

「あなたに代わる女性ですか。五年間フランスをはじめ海外を回って、私の感性にマッチする材料を捜し歩きました。でも見当たらなかった。あなたは自分のことが見えていません」

獣からのほめ言葉など虫酸《むしず》が走る。

「私は十七歳から、あなたの起こした事件からすべてが止まっているの。あなたが私の人生を止めてしまったのよ」

「もういいでしょう」磐上がリモコンのスイッチを押すと、四隅に設置されたスピーカーからピアノ曲が流れ出した。ラフマニノフのピアノ協奏曲第三番だと分かった。かなりの大音響だ。

「さあ、永遠の愛を誓いましょうか」と彼は耳元で叫んだ。

これだけの音を出しても、近隣に迷惑がかからないほど、ここは孤立した場所なのだ。

このままでは本当に殺される。橘家はこの一匹の獣にすべて抹殺《まっさつ》されてしまう。

絶対にそんなことさせない。

佳菜子は落ち着いて、もう一度部屋を見回した。

テーブルの上に、車のキーがあるのが見えた。

そうだ、携帯が磐上の車のダッシュボードにある。何とかあそこまで走っていけないか。

車から電話を持ち出し、駆けながらでも電源を入れて事務所に繋ぎ助けを求めれば、GPSでここの位置が分かるはずだ。

佳菜子は、磐上の気をそらす方法はないかと考えた。そしてある方法を思いついたが、それは彼にまだ芸術的な執着《しゅうちゃく》が残っていなければ成功しない方法でもあった。

行動を起こすしか助かる道はない。

佳菜子は思い切って、それに手を伸ばした。

7

机上に並ぶ絵の具、その中の黒い容器に佳菜子の手は届いた。素早く蓋を取ると、思った通り墨汁《ぼくじゅう》だった。

「何をする！」

「私は、書道家に憧《あこが》れていたの」

「そんなこと、いまさら何？」

「墨の匂いが、大好きなの」

「だから、それが何なんだと聞いている」

「どうせあなたに殺されるんでしょう？　あなた、私の命がほしいんでしょう」

「少しちがうな。一緒にきてもらうだけだ。私の絶望につき合ってもらいたいんだよ」

「どっちでも同じ。私はもう二度と筆を持てない。文字を書けないの。ああ何ていい香り」佳菜子は墨汁に顔を近づけ、精一杯常人ではないように装って言った。

どんな顔つきをすれば、常軌《じょうき》を逸《いっ》しているように見えるのかなど、見当もつかなかったが、手本ならある。これまで見た磐上の表情だ。

「書には書の美しさがあるのは認める。微妙な筆遣いに、書き手の心が宿ることもよく知っているつもりだ」

「あなたに書が、書道が分かる？　そんなの嘘、嘘よ」墨汁の容器を握りしめ、佳菜子はできるだけ感情を押し殺して、言葉を吐き捨てた。

「みくびらないでほしいね。日本画には書的な要素もあるんだ。書画一致論という言葉もあるぐらいにね」

「呉道子《ごどうし》？」

書と絵画とは起源が同じだとして、その筆法が共通するという考え方を唱えた、中国の唐《とう》時代の書画家の名前を佳菜子は言った。

「ほう、よく知っているじゃないか。その通り、書と絵画は本質的に同一の内容を持つと言ったんだ」

「それは理屈に過ぎないわ」

「理屈だって?」

「ちゃんと分かっているとは、言えない」

「なかなか言うね。私は、君とちがって少なくとも日本画家だ」

「それが何なの」

「素人とはちがうってことだ」

「なら、呉道子が言う、書と絵画はともに人格の表現で、描き手の人格を直接的に表す、という考えも知っているはず」

「人格か。君の言い方だと、私には書画を語る人格に欠けるとでも言いたげだね」

「そうよ。少なくとも美を語る資格などない」

「うん、間違ってはいないね」胸の前で腕を組み、磐上はにやついて言った。

いまは興奮してもらわないと、自分の思惑が外れてしまう。

他人事《ひとごと》のように言う磐上に、佳菜子は繰り返した。

「美に関わる資格がないって、言っているのよ」

「資格がない、か。それは私にも分かっている」

涼しい顔で言ってのけ、磐上は佳菜子に視線を向けた。

その瞳は、得体の知れない不気味な輝きをしている。その怪しげな光彩《こうさい》に、確かに両親を殺したのは磐上だと確信できた。これまでは、どこか現実離れした感覚でいた自分の甘さを思い知った。

この男は人殺しなど、何とも思っていないのだ。

逃げ切れなければ、確実に自分の命は奪われる。そう思うと墨汁を持つ指が震え出した。

「いや、美に人格など無関係だ、と言うべきかな」

「無関係な訳がないでしょう」

「それが、現実だ」

「間違っている、そんなこと」

「私は見てきたんだ。世間が日本を代表すると評価している日本画家を」

「もしかして、磐上先生のこと？」

「あの男に品性などない。だがどうだ。代表作である美人画『文《ふみ》を綴《つづ》るおんな』。君も見たことがあるだろう」

磐上画伯がどんな画家なのかは、よく知らなかったが、美術誌の表紙を飾ったことがある『文を綴るおんな』は、佳菜子も見たことがある。横長の文机《ふづくえ》にヒジをつき、細筆を持って思いにふける丸髷《まるまげ》の女性の表情に、誰への手紙なのかと想像をかき立てられる作品だった。特に細筆を持つ女性の指が美しく、未だに佳菜子の印象に残っている。

「君はあの絵をどう思った？」

心の中まで覗き込むような視線で、磐上は睨みつける。

「覚えてない」

「嘘だな」

「本当です」

「君の頭の中に、あいつの描いた女の指が浮かんだはずだ」

「……いいえ、そんなものは」磐上の的確な指摘に、佳菜子はうろたえた。

「ひとはあいつの絵を美しいと感じる。あの絵の筆を持つ指に魅せられたんだ。正直に言ってくれ、君もそうなんだろう？」

「綺麗だと、思った。でもそれの何がいけないというの」

「言ったはずだ。あいつに品格はないと」

「外の顔と家での顔、みんなちがうわ。それは家族だから、だらしのない姿もあるでしょうけど……」

「あいつが家族だって？　それ以上、無駄話はしないでくれ。人格など芸術には何の関係もないことだけは確かだ。だから君が、君の両親を殺害したことで、私に美を語る資格がないというのは当たらない。聖人君子《くんし》の生み出す美など、むしろ陳腐《ちんぷ》だ。独創性に欠けるし、面白みもない。おしゃべりはこれくらいにしよう」

「もっと美を愛していると思っていたのに、残念だわ」墨汁の容器を見つめて、佳菜子は言った。

「何だ？」

身を乗り出した磐上の目前には、車のキーがある。

「墨の黒さが、私は大好き」

「ん？」

佳菜子は立ち上がり、墨汁の容器を銃のように持って、両手を突き出して構えた。その矛先《ほこさき》は、磐上が描いた佳菜子との子供だという絵だった。

「よせ、よすんだ。止めろ、私の絵を」

「こんな絵」

「私の最期の作品なんだ」

佳菜子は、それを一旦《いったん》頭上に振りかぶり、力一杯容器を握り締めながら勢いよく振り下ろした。

黒い液体はテーブルを越え、幼さが残る佳菜子似の顔に降り注ぐ。カンバスに黒い飛沫《ひまつ》がかかった。

「馬鹿な」慌てて磐上は、カンバスに駆け寄った。

佳菜子は、頭で考えていた通り、車のキーを手にすると一目散に出口へ走った。

「……私の作品を」

そんな磐上の嘆き声を無視して、佳菜子はドアを開き外へ出た。

車のドアを開け、運転席に座りキーを回した。セルモーターが回転するとすぐにエンジンはかかった。

とにかく磐上の下《もと》から、少しでも離れなければならない。

ATをドライブに入れてサイドブレーキを外し、ハンドルを握ってアクセルを踏み込む。

車が動き出すと、佳菜子はダッシュボードに左手を突っ込んだ。手に触れたストラップのマスコットが、普段より愛《いと》おしく思えた。

ストラップを手繰《たぐ》り寄せ、携帯電話をつかんだ。

前方は行き止まりだ。佳菜子は電話を握りしめながら、右手一本でハンドルを操作し、急いで転回させる。

さらにアクセルを踏んだとき、フロントガラスに何かが当たる衝撃を感じた。

佳菜子は目をつぶって、急ブレーキをかけた。

慣れない車での片手運転、さらに携帯電話に気を取られていたせいだ。

右手でドアロックのかかっているのを確かめ、恐る恐る目を開いた。

「あっ」

フロントガラス一面が、真っ赤に染まっていた。

まさか、彼を。

佳菜子が慄然《りつぜん》として、全身を硬直させたとき、フロントガラスの下方から手が這《は》い上がってきた。鮮やかな赤い色の手のひらが、ワイパーをつかんだ。

8

「磐上は、私ですが」電話に出た磐上淳三郎は、不機嫌な声だった。

自宅に連絡を取った浩二郎だったが、あいにく淳三郎は出かけていて何軒目かの、東山にある画廊で、ようやくつかまえることができた。

「突然、こんなことを申し上げる非礼をお許しください。ことはひとの命に関わろうかという一大事なんです。ご子息《しそく》、敦さんの居場所を教えてください」浩二郎は自分の職業を明かすと、すぐに尋ねた。逸《はや》る気持ちから、思わず早口になってしまうのを懸命に抑《おさ》えた。

「どうして探偵が敦を? しかも人命とは穏やかじゃない」六十代のはずだが、くぐもった声はもっと高齢のように聞こえる。

「敦さんは、女性を連れ去ったんです」

「敦が女を」

「いや拉致した、と言った方がいいでしょう」

「それなら、警察に言いたまえ」突き放すような言い方だった。

「すでに警察へ連絡しています。時間がないのではっきり言います。敦さんは十年前にあった殺人事件に関与している可能性がある。そしていま、さらに重大な事件を起こそうとしているんです。だから彼の立ち回りそうなところを教えてください」

「十年前……」

淳三郎の口調に、過去の記憶を探ろうとする気配を浩二郎は感じた。

何かを知っている。淳三郎の沈黙が、浩二郎にそう思わせた。

「磐上さん！」

「敦が殺人事件に関与だって。悪戯《いたずら》にしては念が入っているな」

思っていないことを口にする人間の言葉は、空疎《くうそ》な響き方をする。まさにいまの磐上のいやみがそうだった。浩二郎は、磐上父子の間にも空疎な何かを感じていた。

「時間がありません。早く止めなければ、敦さんはまた罪を」

「待ちたまえ。また罪をというのは言い過ぎじゃないか。人聞きの悪い」

「私に止めさせてください。私は、十年前の事件を担当した刑事だった」

「何っ、刑事だ？」

「そうです。刑事でした。だからこそ止めなければならないんです」

「息子は、敦は殺人事件になど関わってはいない」

「磐上さん、敦さんの行動には首をひねる部分が多々ある。女性を連れ去ったというのに、私の手元には指紋《しもん》、声、そして絵も残している。彼に犯行を隠そうとする意志が感じられないんです」

「意味が分からん」

「自暴自棄《じぼうじき》の行動に思えるんです」

「……」

「一刻を争うんです」

「女性を、連れて行くんなら」

「連れて行くなら？」

「彼のアトリエだと思う。しかし本当に敦なのかね」

「顔写真で、確認がとれています」

「馬鹿な、馬鹿なことを」淳三郎は唸《うな》るような低い声を出した。

「アトリエはどこに？」

「アトリエは……」

「どこです！」淳三郎の迷いを断ち切るように、浩二郎は大きな声で言った。

「京田辺《きょうたなべ》市高船《たかふね》I町にある廃校だ。京都府内だが、奈良県の生駒《いこま》に近い」

「ご協力に感謝します」

「あっ、君」電話を切ろうとした浩二郎に、淳三郎が言葉を掛けた。

「はい」

「留学先から戻って、彼なりによくやってきた。未熟だが、期待もしているんだ。敦が、早まらんように」

「全力を尽くします」浩二郎は、それだけ言って電話を切った。

すぐに茶川に府警の永松への連絡を頼み、事務所にいる三千代には淳三郎の動きを探るよう指示した。


午後五時を過ぎ、国道一号線はそろそろ渋滞で混み始める時間帯に差しかかっていたが、由美の運転するKATANAにはまったく影響しなかった。

車線変更する度に、後部座席の浩二郎の体は左右に振られたが、流れるように車の間を縫って走った。高速道路やバイパスの立体交差をくぐり、木津川《きづがわ》大橋を渡った辺りから大型トラックが目立つようになった。

それでも怯《ひる》むことなく、由美はスピードを落とさなかった。

京田辺市の住宅街に入ったとき、太秦《うずまさ》から戻った雄高が連絡してきた。

路肩にバイクを駐め、ヘルメットを脱いで浩二郎は携帯電話に出た。

「実相さん!」雄高の沈痛な声だった。

浩二郎は、磐上のアトリエへ向かっていることを告げた。

「こちらも佳菜ちゃんの携帯電話を、ずっと追跡し続けてますが、反応なしです」

「雄高に頼みたいことがある」

「何ですか」

「東山の画廊にいる磐上淳三郎を、三千代が見張っているんだ」

「父親をですか?」

「父と子の間に、何かがある。上手くは言えないが、温かさが感じられなかった。三千代と連絡を取って交代してほしい」

「父子関係が、事件の引き金なんですか」

「分からない。どうも、何かしっくりこないものを感じているんだ」

浩二郎が電話を切りヘルメットを着けると、ただちに由美はバイクを発進させた。

車の数が減ると、由美はさらに速度を上げた。右手の空が紅《あか》くなった頃、バイクは住宅街を離れ、田園地帯を南に走っていた。アップダウンがきつく、農道のような狭い道が続いている。

やや西に進路を変えると、勾配《こうばい》はさらに大きくなってくる。茶畑が段をつくっていたが、辺りが薄暗くなるにつれ、一面の緑色は黒ずんで見えた。

坂道をのぼりきると、一転して道は平坦《へいたん》になる。生駒山が近くに見えて、しばらく行くと大きな木造の建物が現れた。

「浩二郎さん、あれやわ」由美が叫んだ。

「よし、そのまま校庭を突っ切ってくれ」

木製の校門はすでに朽《く》ち果て、境界線の役にも立っていない。ただそこから柔らかい土の校庭をKATANAが走る。

タイヤが空転して、バランスを崩したがすぐ立て直し、古い校舎に接近した。

見渡したが磐上の車はない。

バイクが止まると、今度は浩二郎が駆け出した。

土に足を取られながら、全速力で校舎の玄関に向かい、そこに飛び込んだ。

「佳菜ちゃん！」

何の返答もない。

さらに佳菜子の名を叫びながら廊下を走り、教室を覗き込む。

薄暗い教室には、いくつもイーゼルやカンバス、和紙や屏風が無造作《むぞうさ》に置かれている。教室間の壁が取り払われ、二階の床はぶち抜かれていた。高い天井にある採光窓から差し込む光は弱かった。

浩二郎は暗がりに目をこらし、ひとの気配を探った。

けれども、何の気配も感じられなかった。

まさか、すでに。

込み上げるいやな想像を振り払い、浩二郎はアトリエの隅まで見て歩いた。

だがやはり何者もいなかった。

さらに暗くなったアトリエをもう一度携帯電話の光を頼りに、机の下や屏風の裏まで捜してみた。

「浩二郎さん」由美が校舎に入ってきた。

「誰も出て行っていないね」

「ええ、誰も。暗なってきたけど、ひとが通ったら分かると思います」

「ここには、誰もいない。それに変だ」浩二郎は、廊下に携帯の光を照らした。

そこには浩二郎の足跡が、くっきりと残っている。

「私の靴跡しかないだろう？　ここは長らく使われていない」

「ほんまや。玄関からここまでにはうちのブーツの跡がついてるから、二人分あるけど。ここから先は浩二郎さんのだけや。ほな佳菜ちゃんはここやないとこに、連れて行かれたゆうことですか」

「ここは確かに、磐上が立ち回りそうな場所ではあるが、父親の思いちがいだったのかもしれない」

「どうしよう、浩二郎さん。完全に日が暮れてしまうわ」

「雄高に、磐上の父親の様子を訊いてみる」雄高の携帯電話の番号をプッシュした。

「佳菜ちゃんは、無事ですか」繋がると雄高が訊いてきた。

「アトリエには誰もいなかった。最近使用した形跡もない」

「そうですか」落胆《らくたん》の声だった。

「そっちはどうだ？」

「永松刑事が鑑識係官を伴って、事務所にきてくれました」

「動いてくれたんだ、永松。こちらの出方も考えなければならない。淳三郎の方は？」

「奥さんと交代して、いま淳三郎を尾行《びこう》しているところなんです」

雄高は事務所の軽自動車を運転して、淳三郎を乗せたタクシーの後を追っているのだと言った。

「そうか。で、現在どこを走っている？」

「二四号線を南に向かって走り、大久保に入りました。国道から入り組んだ道を走っていますので、正確な住所は分かりません。左の方に……大久保の陸上自衛隊駐屯地《ちゅうとんち》があるところを走ってます」

「分かった。運転に気をつけてそのまま追ってくれ。携帯のGPSを使って、位置を確認し、雄高に合流する」

浩二郎は、磐上の父親が鍵《かぎ》を握っているような気がしていた。

「由美君、磐上の父親は、大久保に向かった。急ごう」ヘルメットをかぶりながら、浩二郎が言った。

9

赤い手は、ガラスに張りついたように、動かなかった。

血の量から考えて、磐上は相当な怪我《けが》を負ったにちがいない。何とかしなければいけないと思い、せめて怪我の状態を確認しようと、佳菜子はパワーウインドウを開けようとした。しかし、わずか三十センチほど先にあるドアのスイッチまで手が動かせなかった。手がまったくいうことをきかないのだ。

とにかく、救急車を呼ぶしかない。

そう思いつくと、佳菜子は左手に握ったままの携帯電話を開こうとした。ところが、開かない。開口部に爪を立てたが、奇妙に薄くて指が滑《すべ》る。

携帯を確かめようと顔に近づけた。すでに車内は暗く、よく見えなかった。

えっ。

声が詰まった。真半分に折れ、携帯電話のディスプレイの部分がなかったのだ。

いつの間に折られたのだろう。

磐上の底知れぬ恐ろしさに、佳菜子は目の前が真っ暗になり、息ができなくなってきた。過呼吸、過換気症候群《かかんきしようこうぐん》の発作《ほっさ》だ。

どれほど肺に息を吸い込んでも、呼吸が楽にならない。むしろ頭への酸素が足りない気がして、余計に口をぱくぱくさせてしまう。

胸が激しくうねるが、穴の空いた吹子《ふいご》のようにどこからか空気が漏れていく。

過換気症候群で命を落とすことはない、と専門医から何度も聞かされた。頭では理解しているが、自分の苦しさだけ、他の患者や症例とは異なるとしか思えない。

溺《おぼ》れたひとは、みんなこんな苦しみの果てに、死んでいくのだろう。けれども、ここは水のない場所、空気のあるはずのところだ。窒息《ちつそく》するなんてありえない。佳菜子は、そう自分に言い聞かせていた。

ところが一向に呼吸困難の症状は治まらない。車という狭い空間が、追い打ちをかける。

小刻《こきざ》みにあえぎながら、もう一度パワーウインドウのスイッチに手を伸ばした。体ごとドアにもたれかかるようにして、顔面を窓ガラスに密着させた。

強ばる指に力を込めて、スイッチへと伸ばす。辛《かろ》うじて中指が突起にかかった。

体重を乗せてスイッチを押し込む。

ガクッと窓枠が音を立て、十センチほど下がった。

そのすき間から生暖かな夜の風が流れ込み、佳菜子の額を撫《な》でた。

外気が流入してきたのに、息苦しさに変化はない。

脂汗《あぶらあせ》がこめかみから流れ出てくるのが分かった。

空気がほしい。そう願って、腹式呼吸を試みるが、お腹を膨《ふく》らませることができない。

息が、息ができない。

普通にどう呼吸をしていたのかが、分からなくなる。意識することなくできていたことを改めて意識し出すと、何もかもがバラバラに動いてしまうような不安に襲われた。

指へさらに力を入れると、もう十センチほど窓が沈んだ。

そこから見える暗い夜空と、建物の影とが同じ黒色になりつつあった。

突然、中途半端に開いた窓から、白い腕が車内に侵入してきた。その手は蛇《へび》のような素早さで、ドアロックを外した。

声は出せず、目だけを見開いた。

窓に磐上の顔が大写しになった。ガラス一枚隔《へだ》てた外に、彼は笑って立っていた。

「君が墨汁を使ったから、私は紅色を使わせてもらった。この日本画で使う紅色は臙脂虫《えんじむし》のメスから抽出《ちゅうしゅつ》されたコチニール色素だ。いわば虫の血。けれど実にいい色だ」

「………」

「どうした。あまりの驚きに、言葉を失ったのかな。肩で息をしているじゃないか。さあ助けてあげますよ」

「いやっ……」

話すだけの息が、肺にはないのだ。抵抗する体力も残っていない。

磐上は車のドアを開けると、佳菜子の背中に腕を回して抱きかかえた。アトリエに運ばれながら、遠ざかる磐上の車を見た。前輪の下にイーゼルが横たわっている。

佳菜子が撥《は》ねたのは、イーゼルだった。


アトリエの奥には簡易ベッドがあった。

「苦しそうですね」佳菜子を寝かせると、磐上は横に腰掛けて言った。

「直《じき》に楽にしてあげますよ」

楽になりたい。佳菜子は心の底からそう思った。

溺れるのだってこんなに長く、苦しまないのではないか。いまの苦しさから解放されるなら、もうどうなってもいいと投げやりな気持ちになっていた。

「私の最期の作品も、君が台無しにしてくれたから。かえってこの世への未練が消え失《う》せたよ」

磐上は立ち上がり屏風の向こうに消え、まもなくビニール袋を手にして戻ってきた。

「楽になりたいだろう？」

佳菜子は首を縦に振った。それは自然な行動だったにもかかわらず、温かなものが目尻から流れて落ちた。

「私は言ったはずだ。絶望を分かち合いたいんだって。人形のように従順なだけではそれができない」

「……」

「だから、君を助ける」磐上はビニール袋に息を吹き込んだ。そしてそれを、佳菜子の口に押し当てた。

ダメ、それは――。

10

雄高は、淳三郎を乗せたタクシーが行き着いた場所で、待機していた。程なくそこに、由美のKATANAが到着した。

結局、大久保の陸上自衛隊駐屯地から、そう遠くはないところにある、工場の廃墟《はいきょ》で淳三郎はタクシーを降りた。

「ここで降りて、中に入っていったんです」雄高は、ヘッドライトに浮かぶ、大きな工場のゲートを指さした。

「染色工場だったようだね、看板がわずかに読める」車窓から顔を出す雄高に近づいて、浩二郎が言った。

「工業団地並みの、敷地がありそうです」

「ここなら人目につかない」

「昼間でも、物騒《ぶっそう》です」雄高は浩二郎に、車に積んであった懐中《かいちゅう》電灯を差し出した。

「入ろう」

浩二郎の後に、由美と雄高が続いた。

「明かりは、持っていなかったのだろう?」浩二郎は、由美の後ろを歩く雄高に訊いた。

「だと思います」

「月明かりが、頼りか」

東の空には、十六夜《いざよい》の月にもやがかかっていた。

いくつかの工場が併設されていたのか、迷路のようにフェンスでしきられていた。建物がどれも同じで、暗いせいもあって同じところを何度もさ迷っているような錯覚《さっかく》に陥《おちい》る。

十分は歩いただろうか、唯一天窓から明かりが漏れている建物を見つけた。その前にビデオに映っていたSUV車があった。

「あれは?」雄高がつぶやいた。

車のフロントガラスに、黒い染《し》みが見えた。しかし建物から漏れる明かりだけでは確かめられなかった。

「急ごう」浩二郎が目配せした。

「あっ、佳菜ちゃんの声がする」由美が、二人を制止して言った。足音が止むと、確かに甲高《かんだか》い女性の声が聞こえた。

「男の声もする。磐上父子《おやこ》にちがいない。よし、私と雄高が一気に突入する。由美君は佳菜ちゃんを頼む」

浩二郎と雄高は姿勢を低くして、声のする建物へ小走りで近づいた。

浩二郎は建物を一回りし、雄高とドアの左右に分かれて張り付いた。由美は浩二郎の後ろに隠れるように寄り添った。「入り口は一カ所。私の合図で踏み込む」

中から聞こえてくる声によって、三人の位置関係を慎重に探る。


「邪魔するな」

「目を覚ませ、敦」

「私は、本気なんだ。邪魔をするんだったら、父さんでも排除する」

「ともかく、そのひとは連れて行く。その女性を離しなさい」

「このひとは連れて行く」

「いや、やめて。離して」

一番奥が佳菜子、そのすぐ側《そば》に磐上、もっとも入り口に近い場所に淳三郎がいる。

「問題は佳菜ちゃんと磐上の距離だ。手の内にあると言ってもいいぐらいだ」浩二郎が雄高へささやいた。

「切り離さないといけませんね」

「磐上は、佳菜ちゃんと心中するつもりだ」

十年前と明らかにちがうのは、磐上の大胆《だいたん》さだ。十年前の事件では、殺害後、周到な隠《いん》蔽《ぺい》工作をしている。事実警察は、彼を逮捕《たいほ》できなかった。しかし今回は杜撰《ずさん》だ。無理心中という結末を用意しているのなら、すべてうなずけるのだ。

「凶器を持っている可能性が高い、ということですね」

「うん、そうだな」

しかし人間の集中力はそれほど長くは続かない。隙は必ず生まれるはずだ。磐上が、佳菜子から少しでも離れる瞬間を逃してはならない。「タイミング勝負だ」

刑事時代に養った勘《かん》を、呼び戻そうとしていた。

気力が充実していれば、相手を思い通りに動かせるものだ。剣道を極《きわ》めようとしている兄の言葉だ。勝負に勝つということは、相手を自在に動かすことなのだと言う。面が決まったとか、籠手《こて》が入ったという小さなことではなく、相手の心を制御《せいぎょ》してしまうのが、真《しん》の勝利者なのだ。

その源は、己《おのれ》の気の力だ。

浩二郎は、内部から伝わってくる人間の息づかいを感じ取ろうと、全神経を耳に集めた。

「そんなもので、おまえに親が殺せるとでもいうのか」淳三郎のこもったような声は、聞き取りにくかった。

そんなものとは凶器のことだ。十年前の手口からすれば刃物だろう。人格同様、成功した犯行の手口に大きな変化はないものだ。

「もう血を流させないで、父さん。お願いだから、私の思い通りにさせてくれないか」

「血を流したくないのなら、そのお嬢さんも離してやれ」

「佳菜子さんは別だ。一緒でないと意味がない」

「離して。それなら、さっきひと思いに殺せばよかったじゃない。わざわざ助けておいて、今度は刺し殺すなんて、どこまで残酷《ざんこく》なひとなの」佳菜子の声が時折かすれていた。

相当の恐怖にさらされ、泣き叫んだにちがいない。独特のか弱く小さな声は、もうそこにはなかった。

「刺すって、言いましたね」雄高は浩二郎を見た。

「ああ。佳菜ちゃんに、手が届く場所にいるな」

「そうだ」雄高は手が地面に着くほど前屈《まえかが》みになって、SUV車の前へ進み出た。彼の手の先に、イーゼルがあった。それを拾うと、低姿勢のまま戻ってきた。「これを盾《たて》にしましょう。ガラスに付着していたのは血ではないと思います。乾いていましたが赤色で変色していません」

「絵の具か」

「ええ」

「よしっ」兄の剣道場で腕を磨いている雄高が、頼もしく思えた。

二人は、そのまま息を殺して中の動向を探った。

「佳菜ちゃんの様子から、これ以上は……」耳をそばだてていた浩二郎がつぶやいた。

「うちが入りましょか」由美が、こともなげに浩二郎へ耳打ちした。

「それは危ないよ」

「佳菜ちゃん、ちょっとでも安心すると思うんです。それに女性にいきなり襲ってくることはないような気がします」

一瞬でも佳菜子から注意を逸《そ》らせることは、取り押さえる大きなチャンスになるかもしれない。ただ危険が伴うことも事実だ。簡単に、由美の申し出を承諾する訳にはいかない、と浩二郎は迷った。

「浩二郎さん。こう見えても佳菜ちゃんよりは体力がありますさかい」一刻も早く佳菜子を助けたいと、由美は真剣な瞳を浩二郎に向けた。

疲れ切り、精根尽き果てた佳菜子には無理でも、由美なら磐上の一の太刀をかわすことができるかもしれない。

「雄高、由美君に気を取られた磐上に二人で飛びかかる。いいね」

「はい」

「それじゃ由美君。私がドアを開くから、中に入ったら右手奥へ向かって歩いてくれ」

「右手やね」

「左手奥、建物のほぼ真ん中に、佳菜ちゃんと磐上がいるはずだ。磐上に話しかけて、気を逸らすんだ。ヤツと佳菜ちゃんとの距離ができたと思ったら、佳菜って叫んでくれ。ドアの前に淳三郎がいるから、彼の背後から我々は突進する」

浩二郎は内部の様子をうかがい、ドアの把手《とって》に手をかけた。「由美君。無理はしてはならない。いいね」

「はい」

「じゃ、頼む」

浩二郎の言葉に、由美はドアの前に立ち身構えた。

11

「過換気症候群の発作は、二酸化炭素を吸引することで治まることがあるんですよ」磐上はビニール袋に息を吐き、佳菜子に吸わせたのだった。

しかしそれは佳菜子を助けるためではなく、一緒に死ぬためだ。由美から発作時の対処法を教わったとき、二酸化炭素を吸うというのが常識のように言われているが、それはとても危険でむしろ命取りになる行為だと聞いていた。

　拒もうとしても、すでに佳菜子の心身は疲れ切り、抵抗する力は残っていなかった。何もかもをあきらめかけたとき、ドアを叩く音がした。


「敦、私だ」くぐもった声に、磐上は弾《はじ》かれたように体を離した。

「開けなさい」

「いったい、どうしたんです」

「いいから、開けるんだ」

　高圧的な口調だった。磐上は素直に着衣を整えるとドアの錠《かぎ》を開け、すぐに佳菜子のところへ戻った。

「敦、何をしている」初老の男性は背が高く、鼻の下に髭《ひげ》を生やしていた。

　佳菜子は助かるかもしれないと思うと、少し気力が回復してきた。

「父さんこそ、何？」

「そのお嬢さんか。お前がさらったというのは」

「まさか。なぜ私がそんな真似《まね》をしなければならないんです」

「助けて！　助けてください」佳菜子は淳三郎に訴えた。

「やめろ」磐上は佳菜子の腕を引き寄せ、淳三郎を見据《みす》えた。「少し誤解がある。彼女には納得ずくでモデルをしてもらっているだけだ」

「ちがう、ちがうわ」

「黙れっ」磐上は、佳菜子の方を向いて怒鳴《どな》った。「いくら父さんでも、絵に関して邪魔はできない。邪魔をする者は、誰であっても排除する」

「何っ。排除とはどういうことだ！」

磐上は、白鞘《しらさや》の短刀を簡易ベッドの下から取り出した。

「そんなものを持ち出していたのか」

「磐上家に伝わる脇指白鞘拵《わきざししらさやごしらえ》。この脇指は美しい」磐上が脇指を白鞘から抜き払うと、雲海《うんかい》のような刃紋《はもん》のある刀身《とうしん》が現れた。

「いやっ！」佳菜子が鋭く叫んだ。

「やっぱりお前は……止めるんだ。早まるな」

「私の絶望を癒すのは、この女性と死ぬことだけなんです」

「いやよ。絶対いや」

「愚かなことはよせ」

「邪魔するな」

父と子の問答を聞きながら、淳三郎には息子の蛮行《ばんこう》を止める気がないように佳菜子は思えてきた。

言葉のどこかで、一人で死ねといっている風《ふう》に感じるのだ。この父は、息子をどうしようと思っているのか。

佳菜子の不安は、また大きくなった。

と、そのときドアが静かに開いた。

「誰だ」磐上の声に、淳三郎も言葉を呑み、振り返った。

「由美さん！」佳菜子は叫んだ。

白い顔、長い髪を束《たば》ね、革のライダースーツに身を包んでいる由美だった。

「なぜ、ここが」磐上が悔しげな声を上げた。

「よう騙《だま》してくれたな。苦労したで。磐上淳三郎先生も殺生《せっしょう》や。使《つこ》てないアトリエを教えるなんて」

「アトリエを教えたって、父さん、どういうことだ？」狼狽《ろうばい》した表情で、磐上は淳三郎に言った。

「探偵が、お前の立ち回りそうな場所を訊いてきた。しかし、ここの場所は言っとらんぞ」決まり悪そうに、淳三郎が答えた。

「どうして、ここが分かった」磐上は由美に視線を向けた。そして由美に対する警戒心からか、左手で佳菜子の手首をつかんだ。

「あんたが残していってくれた、胡粉のお陰」右に歩きながら、由美は答えた。

「胡粉」

「そうや。悪いことはできひんな」由美は靴音を立てて、壁の方へと回り込む。

「畜生《ちくしょう》。動くな」

「ここにあるの、描きかけなん？　完成品やゆうても、通用しそうなもんばかりやね」

由美は、磐上の言うことを無視し、腕組みをして背を向け、壁に立て掛けてある絵を鑑賞していた。

臆《おく》することなく、堂々としている。

そんな由美を見ていると、佳菜子の心に勇気が湧き始めていた。

「あんたの仲間が、ここにくるんだな」磐上はややおびえたような言い方をした。

「思い出探偵の仲間や」

「思い出、か。どうでもいいことだ。邪魔者が増えるだけだ」磐上は、佳菜子の手を引っ張った。

強く握られた手首の痛さに、立ち上がらざるを得なかった。

「ちょっと、手荒いことをせんといてや。佳菜ちゃんが、痛そうな顔してるやないの」

「やるべきことがある」

「女性には優しくしとかんと、男を下げるで」由美は引き続き、壁やテーブルの絵を見ている。「これ、コピーと同じ絵やね。失敗したん？」佳菜子が、墨汁をぶちまけた絵の前に、由美はいた。

「あんたの仲間が到着したとき、佳菜子さんと私は、遠くへ旅立つ」

佳菜子は、刃金《はがね》の冷たさを首に感じた。

「物騒なこと。ここに並んでいるのが、日本画の絵の具か。粒子細かいんやなあ」

「触るな」

「いっぺん、落ち着かへんか」由美の手が、白絵の具の粉末の容器をつかむと同時に、辺りが真っ白に霞《かす》んだ。

おそらく由美が、白絵の具をまき散らしたのだ。

「佳菜！　おいで」由美の声のする方へ、佳菜子は走った。

自分の腕を誰かがつかんだ。柔らかな手、由美だ。そのまま彼女に手を引かれて、ドアに向かう途中、素早い黒い影とすれちがった。

がっちりとした体躯《たいく》は、浩二郎、長身なのは雄高にちがいない。

「磐上敦。これまでだ！」浩二郎の怒号《どごう》が、アトリエに響いた。

目に由美のまいた胡粉が入ってもがいていた磐上に、浩二郎は体当たりを食らわせた。

彼は無抵抗のまま後ろへ転倒した。

その上に馬乗りになって、脇指をもぎ取り後方へ捨てた。

「よくも佳菜子を」浩二郎は拳を、磐上の頬に打ち込んだ。

「うっ」磐上は呻《うめ》いた。

「実相さん、それ以上は」背後から雄高の声がした。

雄高は脇指を白鞘に収め、絵に掛けてあった白い布でくるんだ。大事な証拠品だ。

浩二郎は磐上を引き起こし、立たせた。彼の口から鮮血が流れ出していた。

「敦、何も言うな。すべて弁護士に任せろ」離れた場所から、淳三郎が話しかけた。

「雄高、永松に連絡してくれるか」そう告げると、浩二郎は磐上を大机の前の椅子に、無理矢理座らせた。「私は、十年前の橘家惨殺事件を担当した刑事だ」

「知っている。佳菜子さんを捜したときに、あんたのことも」口の中を気にしながら、磐上は答えた。

「何も言うな、敦」淳三郎が、今度は少し息子に近づいて言った。

「磐上さん、警察が到着するまでの間、息子さんと話をさせてください」浩二郎は静かに言うと、しばらくまじろぎもせず淳三郎を見つめた。

淳三郎は目を逸らせ、しぶしぶ屋外へ出ていった。

入れ替わるように雄高が、戻ってきた。「事情はすべて永松さんに報告しました。佳菜ちゃんは、由美さんが飯津家医院へ送っていきました」そう言って、雄高は磐上の逃走を防げる位置、彼のすぐ横に腰掛けた。

「ご苦労さん。ここはいいから外の父親を見ていてくれ」

雄高は目で了解し、外に出た。

浩二郎は雄高の背中越しに一枚の絵を見た。何の変哲もない白い皿の上にチーズがあって、その傍らにナイフが置かれた静物画《せいぶつが》だったが、日本画には珍しいと思った。

浩二郎はその絵から目を離すと、磐上に向き直った。「十年前の事件は、君がやったんだね」

磐上は何も言わなかった。

刑事でもない人間に言う必要などない、という態度に見えた。それでも浩二郎は訊きたかった。

「動機は、何なんだ」

「言っても、理解されない」

「ほう、関西弁は使わないんだな」

外から彼の言葉を聞いたときから、浩二郎には違和感があった。あまりに録音された言葉遣《づか》いとちがっていたからだ。

「やっぱりあんたも格好や言葉遣いで、判断するんだな。車椅子なら弱者だと思うだろうさ」

「騙された方が悪い、か？」

「本質を見ようとしてない、ということだ」

「十年前。なぜ、佳菜ちゃんの両親を殺した。何の罪もないひとを」陳腐《ちんぷ》な言い方だ、と浩二郎は思ったが、口を突いて出た。

「罪もない？」磐上は、浩二郎の顔をまじまじと見た。

「何だ。罪があるとでも言いたげだな」

「ああ」

「どんな罪があるというんだ」

「私は完全な美を追究しようとしただけだ。それを邪魔した。美を追い求める人間を、その辺のストーカーなんかと同類にされたんだ」

「そんなことが、動機なのか」

「だから理解されないと、言ったんだ」

「父親を毛嫌いしながら、その父を越えられないと思い悩む。ただ、ふて腐れていただけ。それがすべての動機じゃないのか」

「何が言いたい……」

「不満がない人間なんて、いると思うのか」

「不満？　それこそ、そんなものが動機だと思ってもらっては困る。もっと、もっと崇高《すうこう》な話だ」顔を背けて、磐上はアトリエにある自分の作品を見回した。

「橘夫妻を殺害したことが、崇高だとでも言うつもりか」

「分からない人間には、話したくない」磐上は遠くを見るような半眼で、言い捨てた。

話したくない。刑事時代に、尋問《じんもん》でよく耳にした言葉だ。実は持論《じろん》をぶちたくて、うずうずしている人間に限って使う言葉なのだ。浩二郎が取調室で向き合ったホシは、少なくともそうだった。

犯罪に手を染める人間は、幼少期に心の中へ、その種子が蒔《ま》かれていることが多い。犯罪の種を蒔いたのは、多くの場合が家族だ。もちろん直接的に犯罪を誘発するというのではなく、あくまで種だ。溺愛《できあい》による過保護、身勝手なネグレクト、ドメスティックバイオレンス、セクシャルハラスメントやパワーハラスメントなどが、犯罪の種子となる。

その種子がどのように根を張り、枝を伸ばして、犯罪を犯すまでに大きくなったかを、理解して欲しがっている。物語を語りたい気持ちがうずき始める直前に、「話したくない」と言うのだ。まったく理解されないときのために張り巡らせる一種の予防線なのかもしれない。

「私はもう刑事ではない。犯罪の動機を分析する必要もない。ただ、大切な仲間を苦しませた元凶《げんきょう》を知りたかっただけだ」

「そんなもの知ったところで、何になる」

「美なんて言葉で、誤魔化《ごまか》されたんじゃ、分からないじゃないか。磐上敦の薄汚さが」

「薄汚いだって」目を見開いて、磐上は浩二郎を睨んだ。

「そうだ、ただただ弱くて、汚らしい」

「この私が、汚らしい」

「とくに十年前、君が残したへんてこりんな渦巻きは醜悪《しゅうあく》だった。今回もデッサン画に描いているぐらいだから、気に入っているんだろうが、あれはまるでなってないね」

「言うな、素人が。意味も分からないくせに」

「そんなもの知らなくてもいい。汚《けが》らわしい文様の意味なんて」浩二郎は、わざと薄ら笑いを浮かべて言った。

「あれは神聖な文字だ。感性が豊かな時代に、トンパ族が感じ取った『血』なんだ。だから似てるだろう、二重らせんに」

「妄想《もうそう》だね」

「何も分かっちゃいないだけだ」

「分かりたくない」

「あんたが動機を聞いたんじゃないか。磐上淳三郎は、偉そうに父親面しているが、あいつは色情魔《しきじょうま》だ。私が何人兄弟なのかすら分からないほど、女を貪《むさぼ》った。それが原因で母親はおかしくなっている。だが世間はどうだ。日本画壇での磐上淳三郎の位置は、女性を乗り換えるごとに上がっていく気さえする。世間の目なんて、みんなメッキしか見ていない節穴《ふしあな》だ。汚らしいのは父の血だ。その父が、平気で言ったんだ。純粋なものから生み出されるものだけが、美しいとは限らない。汚濁《おだく》だからこそ創り出せる純粋な美もあるとね。その血を受け継ぐ、私の身になってみろ。だから私は、純粋に美しいものから、完全なる美を創ろうと決心した。佳菜子さんは私には完璧な美なんだ」

「それで佳菜ちゃんにつきまとったのか」

「本当は、ただモデルになって欲しかったんだ。きちんとそれを告げようとした。なのに私の外見だけでストーカーだと判断したんだ。あの二人は、私の本質を見ようともしなかった」目だけで浩二郎を見つめた。

「君は勘違いをしている」

「何が？」

「君は障害を敵視しているが、本当に何の障害もない方がいいと思うのか」

「敵視？　私を邪魔するものは、それを排除する。ただそれだけだ」

　磐上が父親に向かって、邪魔者は排除すると言っていたことを思い出した。彼は徹底的に目の前にある障壁《しょうへき》を嫌っているのだろう。

「幼いな」ため息混じりに言った。

「純粋なんだ」

「いいか。障害がすべて邪魔なものじゃない。時には味方になることもあるんだ」

「馬鹿な」

「私は絵のことはよく分からない。君の言うように素人だ。だけどその戸口にある静物画は、不思議な魅力を持っていると感じた。洋画と日本画の葛藤《かっとう》が面白い。こんな絵を描けるのは、淳三郎という大きな壁、君にとっての邪魔者が存在していたからだと思う。でなければ、父親の亜流《ありゅう》でしかなかったはずだ。邪魔を味方にするか、敵視してただふて腐れるか、それは本人の気持ちひとつなんだ」一気に浩二郎は喋《しゃべ》った。

「そんなこと……」

できっこない、という言葉を呑み込んだようだった。

ちょうどそのとき、パトカーのサイレンが近づいてきた。

「実相さん。すみませんでした」永松は磐上に手錠《てじょう》をかけると、頭を下げた。

「いや。後は頼む」それしか言えなかった。

永松に連れられた磐上が、ドアの前で立ち止まった。

「探偵さん」磐上が声をかけてきた。

「何だ」

「この絵に魅力があるって、葛藤だって。分かった風なことを言ってくれましたね。やっぱり素人だ。でも気に入ったなら、こんな駄作《ださく》、探偵さんが好きにしてください」それだけ言って、磐上は歩き出した。

「敦、何も言うなよ。お前は病気なんだからな」雄高の側に立っていた淳三郎が、パトカーに乗り込む息子に叫んでいた。

「病気？　どういうことですか」赤色灯が遠ざかっていくのを見つめる淳三郎に、浩二郎は近づいた。

「あいつの脳には傷があるんだ」

「脳に傷」

「そうだ。十年前の事件を薄々知って、ヨーロッパに留学させた。どうも言動がおかしいから、フランスの病院で診《み》てもらった。ものごとの価値判断をする、前頭葉《ぜんとうよう》に傷のあることが分かった。善悪の判断よりも、快楽を重視してしまう病気なんだ」

「彼の快楽は、美ということになるんですね」

「そうなんだろう」

「美のためなら、殺人も」

「息子に責任能力はない」

「磐上さん。あなたはここで彼を……」

排除してしまうつもりだったのではないか。

浩二郎は言葉を失った。

二日後、思い出探偵社に永松がやってきた。そして彼の口から、磐上敦の脳内ＭＲＩ検査の結果が報告された。

病名は腹内側前頭前《ふくないそくぜんとうぜん》皮質《ひしつ》損傷による「高次脳機能障害」で、責任能力については難しい判断になるということだった。

飯津家医院に入院している佳菜子に、その事実は伝えていない。

いずれにしても磐上がこの世に存在する以上、佳菜子の心の安らぎはないだろう。

「実相さん、磐上の絵、どうするんです？」雄高が訊いてきた。

「現場検証が済んだら、取りに行こうと思っているよ」

「あんな男の絵やなんて、気色悪いわ」由美が声を震わせた。

「不思議な魅力があったんだ。いつか佳菜ちゃんが、絵は絵として鑑賞できる日がきてくれると信じたいんだけど」

思い出には辛いものもある。だが辛いことも、悲しいことも積み重ねていくのが人生なんだ。

浩二郎は、そう自分に言い聞かせていた。

第四章

少女椿《つばき》のゆめ

1

一ノ瀬由美《いちのせゆみ》は、橘《たちばな》佳菜子《かなこ》を連れてK大病院へきていた。

命の危険にさらされた佳菜子を、いったん飯津家《いいづか》医院に入院させ、落ち着くのを待って念のため精密検査をという、実相浩二郎《じっそうこうじろう》の指示だ。

過呼吸の発作《ほっさ》を起こした佳菜子には、気心の知れた飯津家医師のもとで休ませるのがよいとの判断だった。浩二郎の目の届くところに置いておきたいという、気持ちもあったのだろう。

午前中にすべての検査を終え、午後二時過ぎにその結果を聞くことになった。ひとまず一階の喫茶店で軽食を食べ、検査結果が出るのを待つ。

「今朝の佳菜子ちゃんの顔見て、やっと安心したわ」由美は、セルフサービスでテーブルまで運んだクラブハウスサンドウィッチを頬張りながら言った。

「ご心配おかけして、申し訳ありませんでした。もう大丈夫です」佳菜子の表情は、明るかった。

「磐上敦《ばんがみあつし》、警察で十年前の事件のことを素直に話してるそうや。浩二郎さんの部下やった刑事さんが昨日報告しにきやはったわ」

磐上に「高次脳機能障害」があって、責任能力が問題になるだろうということは言わなかった。

「そうですか」

二人はアイスティーのグラスに注いだガムシロップを、ストローでかき回した。氷の音が響いた。

「友達を犯人に仕立て、自殺に見せかけて殺したことも自白したそうや。そやけど、それが上手《うま》くいくとは思てへんかったんやて。それでヨーロッパへ絵の勉強や言うて逃げたんや。警察が、もっとしっかりしてくれてたらなあ」

「実相さんは、ずっと他に犯人がいるはずだって」

「浩二郎さんだけや、ちゃんとしてはるの」由美は、自分のことのように得意げに言った。「警察での聴取、あれ、長かったなあ」

「ほんと、疲れてしまいました」

「そらそうや。けど、ほんまによう辛抱《しんぼう》したわ」由美は、佳菜子の細い首筋にある青あざへ目を遣《や》った。

「怖《こわ》かったんですけど、きっと助けてくれるって」

「信じてたんや」

「はい。もうダメだと思ったんですけど。最後の最後に、信じられたんです」

「浩二郎さんを？」

「探偵社のみんなを、です」佳菜子は、笑顔を由美に向けた。

「そらやっぱり、浩二郎さんやろ」由美が胸を張った。

「由美さんは、実相さんといつ知り合ったんですか」

「うちが病院勤めしてるときに、初めて」

「確かこの病院ですよね、由美さんの勤めていらしたの」

「そうや」

「実相さんは、どこか」

「悪いのは、浩二郎さんやのうて……」由美は三千代《みちよ》の名前を、なぜか口に出さなかった。

「あ、三千代さん？」

「うん。依存症からね、体を壊《こわ》さはって」

アルコール依存症で入院している妻の三千代の世話をするために、浩二郎が病院にきていた。

「実相さんが、看病を」

「うち、えらい威勢がいいところを見られてしもて」

佳菜子の言葉を遮《さえぎ》るように、当時を振り返った。

由美の後輩が、院内でもかなりの発言力を持つ教授からセクハラを受けていた。看護師長に訴えたが、権威を恐れてか、曖昧《あいまい》な対応しかしてもらえずにいた。

それどころか看護師長は、金銭的な解決の橋渡しまでやろうとしていた。それを知ったとき、由美の怒りは頂点に達した。

教授に謝罪させるよう働きかけてほしいと、直談判《じかだんぱん》したのだ。

「すごい剣幕で看護師長へ詰め寄ったところを、見られてしもたんや」

「怖かったでしょうね、由美さん」佳菜子は小さな前歯を、ちらっと見せた。

「それはだって……、うち悪を許せへん質《たち》やから。仕方あらへんわ」

「それでどうなったんですか」佳菜子は、ストローでアイスティーを飲んだ。

「それがね、その被害者自身がいつの間にか折れてしもてた」

「えっ。どういうことですか」

「それは分からへん。お金かもしれへんし、未婚の若い女性やから恥ずかしいという気持ちが強かったのかもしれへん。表沙汰《おもてざた》にしとうなかったんやろなあ」

「そんな」

「それで、あんた関係ないのに何で怒ってるのんって」

由美が浩二郎から声をかけられたのは、三千代へ点滴《てんてき》を打つために病室に赴《おもむ》いたときだった。

「看護師長に詰問《きつもん》している姿を見たが、大丈夫なんですかって」

「実相さんらしいですね」と言って、佳菜子は透《す》き通った瞳《ひとみ》で由美を見る。

これまでのようなおびえた表情が消えていた。

佳菜子は、意外に強くなるタイプの女性かもしれない。

医療現場で、多くの修羅場《しゅらば》を越えて成長した若い看護師を、たくさん見てきた由美は思った。

「お節介《せっかい》なひとやなと思たけど、目がちごたんや」

「目、ですか」

「浩二郎さんの目は、どう言うたらええのんかな、同情とかやないねんな。上手いこと言われへんのやけど、ありふれた言葉使うと、温かかったんやろな。このひとは興味本位で言うてはるのとちがうって」

「それは私も感じました。事情聴取をしている刑事さんだったのに」

「そうか、刑事さんやのにな。けどあのひとらしい気もする」あのひとと言って遠くを見てしまった。慌《あわ》てて佳菜子の表情を見たが、彼女はそれに対して何の反応もしなかった。

由美は、自意識過剰になっている自分が、おかしかった。「偉そうなこと言うても、磐上と目を合わせていながら、あいつが何を企《たくら》んでいたのか見抜けへんかった。まだまだ、あかんわ」

「由美さんのせいじゃありません。私……何だか申し訳なくて」佳菜子が、ぽつりと言った。

「申し訳ないって、何が？」

「だって実相さんや由美さん、それに本郷《ほんごう》さん。私、みんなのお荷物って感じなんですもん」佳菜子はうつむき、軽く唇《くちびる》を噛《か》んだ。

「何言うてんの、佳菜ちゃん。さっき、よう辛抱したなってほめたばかりやん。浩二郎さんも、佳菜ちゃんの回復と復帰を、すごく期待したはるんやで」

「思ったんです、自分も探偵社の人間だって。何とかしなくちゃって。でも、結局何もできなかった」

「しっかり働いて、返したらええやんか」

「……由美さん」

「何にしても、浩二郎さんは佳菜ちゃんの成長を、見守りたいのとちゃうか。そういうひとや」由美は、浩二郎の笑顔を思い浮かべていた。

「由美さんは看護師の資格をもっているのに、どうして思い出探偵社に？」

「セクハラに対して、みんなうちと同じように頭にきてると思てたんや。女性としてな」

「他のひとは、怒ってなかったんですか」

「不満や愚痴《ぐち》は口にするんやけど、組合も動かへんし、蓋《ふた》を開けたら頭から湯気上げてるの、うちだけやった」ストローはまどろっこしく、グラスに口をつけて、由美はアイスティーを飲み干した。

「……それで、ほんまに孤立してしもた」

医療が高度化すると、チームを編成して治療に当たることが多くなる。何よりミスを犯さないために、チームワークが重要な鍵《かぎ》となるのだ。より高度な医療を必要とする重篤《じゅうとく》な患者や、その難しい局面にチームワークを乱す人間はいらないと、由美は職務から外《はず》された。

「患者さんの病気に、重いも軽いもあらへん。それはよう分かってる。程度の高いも低いも、治療や看護する側の勝手な思い込みなんやということも。それはそれとして、やり甲斐《がい》という問題もあるやんか」

「分かります。より高度な技術を覚えたいですもんね」

「その機会を奪われて、うち、やる気のうなって……」

そんな状態のとき、由美は浩二郎から探偵社設立の思いを聞いた。

初めはピンとこなかった由美も、人生において思い出が大切であることは、患者を看《み》てきて理解できた。

余命《よめい》宣告をされたひとが、子供や孫、友人へ最期《さいご》の瞬間まで生きてきた足跡を残そうと、懸命に語る姿は、皆、誰かの思い出になろうとしているような気さえしていた。それが、地味で平凡なありふれた人生だったとしても。

由美自身が、人生に地味も派手もないと思えるようになったのは、三十歳を過ぎてからだ。それから、誰の人生もかけがえのないものとしてとらえられるようになった。

「みんな、誰かの思い出になろうとしてはるように思うんや。それはよう分かるんやけど、それが仕事になるんやろかと」

「私もそうでした。でも」

「立派にビジネスとして成り立ってるもんな。ひとえに浩二郎さんの人徳え」由美は笑った。

「由美さんって、思い出探偵社が、好きなんですね」

「ひとが好きなんかなあ。ううん、仕事が好きと言うとくわ」

浩二郎の顔がちらついたのを誤魔化《ごまか》すように、由美は言った。

「仕事といえば、通訳の娘さんとの約束を私のせいでキャンセルしてもらったんでしたね」

由美は終戦当時、新聞記者だったという六心門彰《ろくしんもんあきら》から、MP（アメリカの憲兵）の通訳をしていたリチャード杉山の話を聞いた。リチャード杉山はすでに他界していたが、神戸に住む杉山氏の一人娘を紹介されていた。

「その沙也香《さやか》さんに、今晩会うことになってるんや」

「そうなんですか」

「この間は六心門さんが用事でこられへんゆうことやったんやけど、今晩は上手いことに都合が合《お》うて、ご一緒するん。かえって良かったくらい。そやから気にせんといて」

　夜、七時から神戸・元町の中華料理店で沙也香に会う。待ち望んでいたひとに話が聞けることと同じぐらい、夜の神戸の街を浩二郎と一緒に歩けると思うと、由美の胸はときめいた。

2

　由美は地下鉄で京都駅に出て、ＪＲ京都線のホームで浩二郎と落ち合い、姫路行の新快速に乗った。三ノ宮駅で普通に乗り換え、元町駅で降りる。

　そこから歩いて七、八分の場所に、待ち合わせの中華料理店『酒国《しゅこく》』はあった。中華街のメイン通りから路地《ろじ》を入ったところで、店先には大きな瓶《かめ》が置いてある。それが看板の代わりになっているようだった。

「やあ、お二人はん、ここだす」一度しか会っていないが、長年つき合いがあるような言い方で、六心門は由美と浩二郎を手招きした。

　頭髪《とうはつ》も髭《ひげ》もすべて真っ白だが、とても八十四歳とは思えない威勢のよい声だ。頬の色つやもよく、分厚い眼鏡《めがね》越しに見える目には、生気がみなぎっているように由美は感じた。

「貴重なお時間をいただきまして」浩二郎が頭を下げながら、円卓に近づいた。

由美は彼の後からついていき、丁寧《ていねい》に礼を述べた。六心門の言ったお二人はんという言葉が耳に残った。

「こちらが、リチャード杉山はんのご息女《そくじょ》、杉山沙也香はんだす」

「初めまして杉山です」六心門に紹介された沙也香は、立ち上がってお辞儀《じぎ》をした。

目鼻立ちははっきりしていたが、どちらかといえば日本人的な顔立ちだ。五十歳半ばの年齢だろうが、ショートカットの似合う女性だった。

「わし、堅いことは苦手だっさかいに、早速飯でも食いまひょいな」六心門は、すでに頼んでいたコース料理を持ってくるように、給仕に言った。


料理を食べ終えてから、浩二郎が六心門に、事件のことを切り出した。

日本の少年による進駐軍《しんちゅうぐん》米兵死傷事件の詳細をまず確認しなければならない。

もし島崎トモヨを救った少年が米兵を撲殺《ぼくさつ》していたら、厳罰は免《まぬか》れず、少年といえども命に関わる問題だと浩二郎は言った。

「こないだは、杉山はんがいはらへんかったさかいに、言わんかったんだすけどな。あの界隈《かいわい》でいろんな事件がありましてな。暴行もあったし殺人事件もおました。ただ、当時杉山はんから聞いた話では、相手は死んでまへんのや。若気《わかげ》の至《いた》りで、本では、わしがオーバーな書き方をしたんだすわ」老酒《ラオチュー》が相当入っていたが、六心門の顔色に変化はなかった。

「では日本の少年が、米兵を撲殺したという事実は？」浩二郎はもう一度尋ねた。

「それについては、後で杉山はんのお嬢さんから話してもらいまひょ」

六心門が、隣に座っている沙也香の方を見た。

彼は、沙也香が軽くうなずいたのを確認し、また話しだした。

「いや、あのときの日本人には、そんな体力も気力もおまへんのとちゃいまっか。むしろ恨《うら》みに思って食ってかかる日本人を進駐軍の方が……。まあそんなことはぎょうさんあったと聞いとります。闇市《やみいち》を必要悪やったと言うために、あないな文章を書いてしまいましたんや。正確には少年による暴行事件でんな」

食うや食わずのぎりぎりの状態で、当時の行政ができなかった食を確保したのが闇市だと、説きたかったのだ。

「まあ大儲《おおもう》けして起業した連中には、大企業にまで成長させたもんもおます。甘い汁吸うた輩《やから》やいう批判もおます。けどただ生きながらえるために闇市へ通ったもんが大半だす。つまりは、マッカーサーの言いなりになりよって、民衆を苦しめてきた行政にはでけへんかった一種の救済やないかと思とります」力説しながら、六心門は酒を口に運ぶ。

「リチャード杉山さんとは、その後もずっと？」由美は六心門に訊《き》いた。

「その辺りは、昔話を聞いてもらわんといけまへん」六心門は、居住まいを正した。「講談が好きな子供でしたんや。勧善懲悪《かんぜんちょうあく》のスカッとするやつでおます」

大人たちが手を替え品を替えて、必ず正義は勝つ、ということを子供に教えていたような気がすると六心門は言った。

十八歳のときに肋膜炎《ろくまくえん》を患《わずら》い、兵役《へいえき》を免れ、子供の頃から正義の代弁者と憧《あこが》れた新聞社に、何とか原稿運びのボーイとして潜《もぐ》り込んだ。彼が入った『船場《せんば》日報』は繊維関係の業界紙だったが、社会面にも力を注いでいたという。

「新聞社で、戦意高揚《こうよう》の記事を書かされて悩む先輩の姿を見てきました。その実、みんな戦争なんて反対やったんや」

誰も逆らえなかったと言って、悔《くや》しそうに髭を引っ張った。

「敗戦が決まって、一番最初に何をしたと思う？」六心門は由美を見た。

「うちやったら、歌を唄《うた》いたいなあ」

「歌もええですやろな」

「歌とちごたら何やろ？」

「空や、空を見上げたんや」

「空？」

「明るい青空が嬉《うれ》しかった。もうB29の機影《きえい》におびえんでも済む、焼夷弾《しょういだん》を警戒して逃げ惑うこともあらへんと思うと、こんなにきれいな青色やったんやって思えた。軍国主義がいやで、体制に不満をもってたなあ。そやからいうて、その体制を根幹から破壊したアメリカを歓迎もでけへん。何がなんやら分からんようになってしもて、空見上げるだけや」

「複雑ですね」浩二郎が唸《うな》るような声を出した。

「そや、複雑や。あの空を見てから、殺伐《さつばつ》としたことが何やいやになってしもた」

「そやけど新聞記者というのは、どちらかというと殺伐としててんのとちがいますやろか」

由美は湯飲みを両手で持ち上げた。

「あんさんの言う通りやがな。ロマンのあるもんしか、気持ちは受けつけへんのやが、鼻は血生臭いもんに反応しよる。えらい業《ごう》を背負ってますんや」六心門は頭を振りながら白髪《しらが》をかき上げた。

「業ですか」小さく息を吐《つ》き、由美が言った。

「まあ、そんな新聞記者の性《さが》で、何か記事になるネタがないかと街をうろついてたんでんな。その頃はおもろい記事を拾てきたら載せてもらえるまでには、わしもなっとったからな。いうても紙もあらへんし、タブロイド判がせいぜいやったから記者同士の競争も激しかった」

六心門が目をつけて張りついたのは、大阪駅周辺だった。

「行路《こうろ》死亡人ちゅう言葉、知ってなさるか。ゆきだおれのこっちゃ。わしは見過ごすことがでけへんかった」

昭和二十年三月十三日夜半から未明に、九十機あまりのB29が落とした焼夷弾《しょういだん》で、大阪の北部は御堂筋《みどうすじ》に沿って壊滅的に焼き尽くされた。結局のべ二十数回の空襲で、市内の三割は焦土《しょうど》と化《か》した。

大阪駅前は、負傷者と遺体で溢《あふ》れかえっていた。そのうち一人また一人と亡くなっていくのだが、駅周辺の雑踏《ざっとう》には死者を弔《とむら》う雰囲気《ふんいき》などなかった。そして敗戦の八月、死傷者の数はさらに増えることになる。

「哀《あわ》れでな。引き上げた傷痍《しょうい》軍人の遺体もあったし、わしの母親ぐらいのおばちゃんもいた」

六心門は名前など身元が分かるものは、新聞を通じて知らせてやろうと思った。

「やっぱり駅ちゅうのは、人出が多いがな。それを見越して、お金を持ってる内地の陸海軍の復員兵を目当てに、蒸しパンとかサツマイモをふかして売るやつが出てきよったんや。ほしたら、すぐにそこに兵隊さん以外の人間も並んで、行列ができた。みんな腹が減ってたんやな」

「欲しがりません勝つまでは」「贅沢《ぜいたく》は敵だ」というスローガンの下《もと》、人々は食べものを切り詰めてきた。我慢《がまん》に我慢を重ねてきたのだ。

そうできたのは、大日本帝国への揺るぎない信頼があったからだ。国を愛するが故《ゆえ》に、食欲と闘うことができた。

しかし、その国は敗戦し、食べものの配給すら滞《とどこお》らせていた。どれだけ要求しても物資がないから仕方なし、という政府を尻目に、駅前の通りには旨《うま》そうな湯気が立ちこめていた。

「あっちゅう間に大阪駅だけやのうて、阿倍野《あべの》、鶴橋《つるはし》、天王寺《てんのうじ》と次々にそないな食べもんを売る者がでてきた。何にもあらへんいうてるのは、政府だけや。ほら何でもおましたで。握り飯やホルモン焼き、雑炊《ぞうすい》におでんなんかもありましたな。酒や焼酎までおましたがな」

食料品だけでなく、衣類や日用品の商売をする者が出てくると、たちまち五十軒、六十軒という市場が形成されたのだと、六心門は言った。

由美は、『リンゴの唄《うた》』がテレビで流れる度《たび》に祖母が「なんでや知らんけど、お腹が減りますわ」と言っていたことを思い出した。

「リンゴの唄……」

「ほう、あんさん若いのに、そんな歌、知ってはりまっか」

「おばあちゃんが、『リンゴの唄』聴くたんびに、当時を懐かしんではったんです。お腹減る言うて」

「いくつでっか、おばあちゃん」六心門が訊いてきた。

「今年、七十九やったと思います」

「終戦当時、十五、六やなあ。食べ盛《ざか》りやよって、余計に食欲と結びつくんでんな」そう言って、六心門は笑《え》みを浮かべた。「『リンゴの唄』は終戦の年、十月に封切られた松竹《しょうちく》映画『そよかぜ』の中で、並木路子演じる主人公が唄った歌でんねん。これが爆発的にヒットしたんは、二十一年の春頃ですさかい、闇市も一定の役割を終えるちょっと前に、あんさんのおばあちゃんは耳にしてはったんや思います」

「そうなんですか」

主人公がスターとなっていく成功譚《たん》で、映画初主演の並木本人と重なって人々に希望を与えた、と映画内容を説明されたが、由美にはよく分からなかった。いまひとつ、終戦直後という時代背景と歌手の成功譚、そして『リンゴの唄』が繋《つな》がらなかった。

「わしかて、条件反射で、あの歌聴くと腹減りまっせ」

「音楽は耳ではなく、どこか心の深いところで聴いているような気がします」杉山沙也香が六心門の顔をチラッと見てから、由美に向かって言った。

「それは、うちも思うことがあります」由美がうなずいた。

雄高《ゆたか》の担当した『鶴を折る女』事案の『ああ上野駅』などは、依頼人の田村にとって、生涯忘れられない音律であり、歌詞なのだろうと由美は思った。

「依頼人が闇市で物々交換をするために、泉大津《いずみおおつ》から運んだのも、サツマイモや葉ネギだと言ってました」浩二郎が言った。

「泉大津からでっか。そらもっと遠方のひともいたはったさかいな」

「もっと遠くから」

「仕切っとるもんがおるんや。売り手も大変でな、どんどん足をのばさんならん」

「そんな事情があったんですか」

「何年頃や言うたはりましたかいな」

「昭和二十一年の春です」

「一番取り締まりが、きつなってきた時分《じぶん》でんな」

「そうなんですか」

「取り締まりは、早い時期から始まりましたんや。終戦の年、九月の末には、もう百軒ほどの闇市が生まれてましたわいな。むろん闇やさかいに、それらを仕切るもんが出てきます。そないな連中は、所場代《しょばだい》とってどんどん羽振《はぶ》りが良うなっていく。そうなると目立ちまっさかいに、当局が目つけ出したんだすわ」

ただ一日生きながらえるための食糧を求めて、長蛇《ちょうだ》の列を作る人々を誰も責めることはできない。民衆の欲求は高まり、いっそう闇市は活況を呈《てい》していった。

仕切る者たちが非合法に仕入れた物品をそのまま売ることはせず、同情心を誘い目こぼしされやすい田舎の娘や戦争未亡人、息子を兵隊にとられた母親などを使って、店を出させるようになった。

「隠れ蓑《みの》が巧妙化すればするほど、取り締まりはきつなっていきまっしゃろ。イタチごっこですわ」

闇市の取り締まりは、日を追うごとに激化した。

その一方で、闇市なるものが隆盛する第一の原因は食糧不足だとした政府は、その打開策を占領軍から提供される物資に頼ろうとする。

ところが占領軍から返ってきた応《こた》えは、おおっぴらな闇市や農村での悪辣《あくらつ》な横流しをみれば、食糧難とは思えないというものだった。反対に警察力を行使し、断固として闇行為の取り締まりを求められたのだ。

「ほれで大阪府警は、MPへの協力を要請したんだす。まあ確かに売れるのをええことにして、価格は売り手の言い値になってましたんや。お米なんか終戦直後に一升《しょう》五十銭が、九月には四十円まで高騰《こうとう》してましたな。農家が拠出《きょしつ》した後に自宅用として残しておいたお米を、買《こ》うてきまんにゃ。保有米いうたら聞こえはええけど隠し米だす。蒸しパンかて一個が五円ぐらいやったな。工場なんかで働くもんの月給が二、三百円やから、けっして安いもんやなかった」

現在のお金に換算すれば、一個二千五百円ほどの蒸しパンを買う計算になる。

「それは、ほんまに高いですわ」由美は思わず声に出した。

「闇市は、政府と占領軍の無策が生んだあだ花だす。けど物々交換でも何でも、手に入れな、死んでしまうんやから。それを取り締まるだけでは、根本的な解決になりまへんがな」

「しかし警察は、取り締まりを強化した。そうですね」

と言った浩二郎の横顔を由美は見た。彼の目はいつも真剣さに満ちていると感じた。

「大がかりな手入れで、いっぺんに検挙されたんが九百五十人に達したいうて、わしらの耳に入ってきよりましたがな」

「それはすごい」浩二郎は眉《まゆ》をひそめた。

由美には分からないが、刑事だった浩二郎には、その検挙数が普通でないと感じられたのだろう。

「そのときMPの通訳をしていたのが、沙也香はんのお父上、リチャード杉山はんですわ」

ようやく話が、リチャード杉山にまで行き着いた。

「昭和二十一年の七、八月には廃止命令が出されたいくつかの闇市が、のうなります。そやさかい春頃は警察もMPも活発に動きましたんや。杉山はんも相当駆り出されたんとちゃいまっか。特に大阪駅周辺はすごかった」

「杉山さんとは、いつから知り合いに？」

と尋ねた浩二郎と六心門とを、由美は交互に見ていた。

「こないなことがありましてな」そう六心門は前置きし、紹興酒《しょうこうしゅ》を注文した。

昭和二十一年の年頭、赤ら顔の米兵三名が、大阪の北の飲み屋で酔って暴れていた。急場しのぎで建てられた寄木細工《よせぎ》のような小さな木造の店は、大男たちによってメチャクチャに壊された。店にいた男性はすでに暴行を受けて伸びていた。

手に負えない酔っぱらいに店主は、慌てて警察を呼びにいく。

駆けつけた巡査《じゅんさ》は制止したが、言葉が通じないからか、かえって火に油を注ぐ結果になった。

「わしは騒ぎを聞きつけて、見に行ったんですわ。上手く行けば、他社を出し抜く記事になる、と思たんだすな」

その考えが軽率《けいそつ》だったことは、店に着いてすぐ分かった。

「ほんなもん二メーター近い大男だっせ。それがそこら辺の椅子《いす》やテーブル、ビール瓶《びん》持って暴れてる。巡査も顔面をしこたまどつかれて血みどろやった。誰が止められまっかいな」

そこへ、決して体格に恵まれているとはいえない日本人が駆けつけた。彼がリチャード杉山だった。杉山が英語で一喝《いっかつ》すると、米兵の一人がにやつき、ボクシングの構えをして彼に近づいていったという。

「やられると、わしは思いましたさかい、はよ逃げえって叫んだんだす」

しかし、杉山に逃げる様子はなかった。

「米兵のパンチはことごとく空《くう》を切りよる。当たりまへんのや、これが。そうなると米兵がムキになりまんねん。一人で踊ってるような滑稽《こっけい》な姿がおもろうて、気づくと見物人ができてましたんや」

ひとだかりができて、しばらくするとMPがジープでやってきた。そして空振りで疲れた米兵を連行したのだった。

「連行する際に、杉山はんとMPが言葉を交わしたん見て、これは占領軍関係の人間やと気づいたんですわ」

六心門は杉山に話を聞きたくなった。日本人でありながら、占領軍に関係する心境を探りたかったし、同時に現在の日本をどう思っているのか彼の考えを知りたかった。

「杉山はんの考えを聞きたいいうんは、きれい事やな。正直に言うとな、杉山はんとお近づきになっておいたら、占領軍の内部のことを聞けるかもしれへんという下心があって、話しかけましてんや」

六心門は、さも被害を受けた客のひとりという体《てい》で、助けてくれた礼を言うために杉山に近づいた。

「お礼に一杯ご馳走《ちそう》すると言うたんですが、断られました。それなら飲み直すのにつき合ってくれと言いましたんや」

それも拒《こば》んだ杉山に、六心門はますます興味をもった。何としても話をしたい、と思い、正直に新聞記事にするために取材したいのだと打ち明けた。

「占領軍の通訳という仕事に興味がおますんや。その代わり、米兵が暴れたことは書かへんと」

「杉山さんは、それに応じられたんですか」

「MPと行動を共にしていて、日本人の白い目が気になっていると彼は言いました。少しでも理解してもらえるような記事を載せてくれるなら、と承諾してくれはったんですわ。名前は伏せるっちゅう条件付きで」

杉山は貿易商の父と、取引先の娘だったアメリカ人女性との間に生まれた。父から体も心も強くなるようにと、空手を習わされ、神戸から家族ともども渡米したのは、十三歳の春だと身の上を語った。

それから、MPと一緒に行動をする際の気持ちなどを語ってくれたのだそうだ。

「米兵のパンチを見切れたんは、入隊前に米国の大学でアマチュアボクシングの選手をしてたさかいやったんですわ。空手で鍛《きた》えてたんで上達も早かったと、笑《わろ》てはりました」

「なるほど。それからのつき合いなんですね」浩二郎は、米兵に襲われた島崎トモヨを、日本人の少年が救出した際、米兵の一人に怪我《けが》を負わせた事件に関して、六心門が杉山から聞いた話と一致するか改めて訊いた。

「いざこざが絶えへんかった時代のことやけど、わしにとってあれほどの美談はおまへん」

「まちがいない、と」

「わしが訊いた話もそうだすけど、沙也香はんの話を聞いてもろたら、はっきりしまっせ」

3

「父は、あまり当時のことを話したがりませんでした」沙也香はそう言うと、温かいウーロン茶を口にした。

「お父さんは、いつ？」浩二郎は空になった湯飲みに、急須《きゅうす》から茶を注いだ。

「他界して十一年になります」

「そうですか。お幾つで」

「八十歳でした」

沙也香が生まれたのは、杉山が三十五歳のときで、終戦の年から五年後だった。一旦はアメリカに戻ったが、沙也香が高校生のときに日本に移住し、神戸の現在の場所に住んだ。

「わたくしが結婚しませんでしたので、祖国の日本で三十年ほど父と一緒に過ごせました」

「お母さんは」

「いまも一緒に住んでおります」

「今回は、随分昔の話で驚かれたでしょう？」浩二郎は優しい目で沙也香を見た。

「ええ、六心門さんから、思い出を捜す探偵さんがいらっしゃると伺《うかが》って、まあどうしましょうと」沙也香は顔をほころばせた。

「六心門さんとは？」

「六心門さんには、父が亡くなったとき、葬儀のお知らせをさせていただきました。父の大事にしておりました住所録に、お名前があったんです」

「杉山はんが具合悪いなんてこと、知りまへんでしたさかい、連絡もろたとき、びっくりしましたがな」六心門は沙也香の言葉を継いだ。

「それまで、連絡はとっておられなかったんですか」浩二郎が質問をした。

「二十四年前、わしが定年したときに、あんさんがたが読んでくれはったあの本、『闇市～酸《す》いか甘いか』を謹呈《きんてい》しておきましたんや。親切に転送してくれたひとがいて、それで連絡もらいました。故郷の神戸に妻と娘と住んでるんやいうて、喜んではった。互いの居場所と、まあ元気でやってるいうんだけ知ってたちゅう感じでんな。葬儀に弔問《ちょうもん》させてもろてから連絡もろたんは、三年ほど前でしたかいな」

「ええ、三年前です。わたくしのもとに、一通の航空便が届いたんです」

「航空便、ですか」浩二郎が聞き返した。

「ミシガン州ウォレンというところからでした。もちろん、父に宛《あ》てたものです」

「それは占領軍で通訳として働いておられたときの、お知り合いからですか?」

浩二郎は身を乗り出していた。彼の期待感が、隣の由美にも伝わってくる。

「父の住所録には、なかった名前でした」沙也香はバッグからエアメールを取り出した。

四つ折りのレター箋《せん》を開くと、浩二郎に手渡した。

浩二郎の手にあるレター箋を、由美が覗《のぞ》き込む。

癖のある英文で書かれ、ただでさえ英語が苦手な由美には、さっぱり読めなかった。それは浩二郎も同じで、彼も戸惑《とまど》った顔を由美に向けてきた。

「すんませんけど、うちらにはとても……」由美は、沙也香に苦笑《にがわら》いをして見せた。

「もちろん私も英語はダメです。差出人がフランク・A・ミューレンだとしか分かりませんし」浩二郎も申し訳なさそうに言った。

「フランク・A・ミューレンという男性は二十三歳でした」沙也香は緊張しているのか、また茶を飲んだ。

「二十三歳とは、若いですね」

「そんな若者が、父にお願いがあると手紙で言ってきたんです」

「お願い？」

「そうです。ものすごい熱意です」

沙也香は咳払《せきばら》いをして、浩二郎から手紙を受け取ると、それを見ながら書かれている内容を話し始めた。

親愛なるリチャード杉山様
突然、こんな手紙を受け取れば、あなたは驚かれるにちがいありません。しかしどうしてもあなたに伝え、そして教えていただかないといけないことがあるのです。

今年の六月、私は日本へ行くことになりました。京都のK大学へ留学し、日本の伝統文化を勉強するためです。幼いときから日本で学ぶことを夢に見てきました。

本来ならその夢が実現する喜びに打ち震《ふる》えているはずでした。ところが父が病気に罹《かか》り、入院することになったのです。幸い病状は安定していて、生命の危険だけは脱したとドクターから言われました。

留学を断念しようとする私に、病床《びょうしょう》の父は、長年の夢を叶《かな》えるチャンスを無駄《むだ》にするなと言ってくれました。

でも、なかなか決心がつきません。だから口では「分かった」と言いながら、結論を先送りしていました。

そんな私の態度を見て、真意を汲《く》み取ったのか、父は日本に行くにあたって、あるひとに会ってきてほしいと言い出しました。

それは、祖父の親友エドワード・H・スタインバックの名誉を回復する重要な要件だと言ったのです。

私には何のことやらさっぱり分かりませんでした。それで父の体の調子が良いときに、詳しい話を聞きました。

一九四六年の春。祖父は占領軍憲兵として日本の大阪にいました。

祖父は京都という街は多少知っていましたが、大阪についてはそれほど知識はなく、不安を感じていたと聞いています。

日本へ上陸してみると、紙と木で作られた家はほとんど焼夷弾で焼かれていて、どこに赴任《ふにん》を命じられても、あまりの惨状《さんじょう》で気が滅入《めい》ったそうです。

それだけに一緒に行動する一つ年上のエドワードとの関係は、祖父にとってとても大きな事柄だったといいます。

当時、日本の警察が手を焼いていた非合法マーケットの取り締まりをサポートするのが、祖父たちの任務でした。米軍内では、警察官とマーケットをしきるボスとの裏取引を疑っていました。そのために、いくら検挙しても次々と出店する者が現れ、閉鎖《へいさ》には至らないのだと考えていたようです。

所轄《しょかつ》の警察官に同行しましたが、祖父たちには、裏で取引をしているようなそぶりは見せませんでした。マーケットのボスは一様《いちよう》に礼儀正しく、物わかりも良かったのだそうです。

にもかかわらず、非合法な品々が店頭には並び、一向にマーケットはなくならない。物品を買い求める者も後を絶たず、価格の上昇は留《とど》まるところを知らなかったのです。

結局、地道な摘発《てきはつ》と検挙を続ける以外に対策はない、と割り切るしかないのだ。そう思いながら、その日も祖父たちはジープに乗って大阪駅への河原の土手を走りました。

川の狭い土手の道を通ったのは、そんな所にさえ露店《ろてん》を出す者がいるからでした。

運転していた祖父が、前からリヤカーを引く男の子がやってくるのに気づきました。少年は体が小さく華奢《きゃしゃ》で、リヤカーを引くのが辛《つら》そうに見えたそうです。

ただマーケットのボスは、時折年端《としは》もいかない子供を盾《たて》にして、統制品を売買させることがあります。

しかしわざわざ停《と》めるまでもないだろうと、ジープで少年とすれちがうときに、目視《もくし》で荷物を検《あらた》めようとしたのです。

それでジープを少し路肩に寄せて走り、すれちがいました。すると少年はただでさえ非力なのに、リヤカーの車輪が土手からはみ出してそのまま川の方へ転倒してしまったのです。

祖父は慌ててジープを停めました。

車体が停止するかしないかのうちに、助手席のエドワードが飛び降り、土手の斜面を駆け下りて行きました。

祖父も彼の後を追いましたが、斜面の途中に転げたままのリヤカーがあるだけで、少年の姿が見えません。

二人はさらに川の方に近づいて行きました。いたぞ、というエドワードの声がして、彼がさらに斜面を降りた先には、少年が川の水に浮かんでいました。

エドワードはすぐに少年を抱《かか》え上げて、草むらのできるだけ平らな場所へ運びました。

頬《ほお》を叩《たた》いても反応はない。おそらくは転倒した拍子《ひょうし》に、頭でも打ってそのまま川へ落ちたにちがいありません。

エドワードは、国民服の胸ボタンを外しました。

すると突然、彼は声を上げました。驚いたことにエドワードが助けようとしたのは少年でなく、少女だったのです。

一瞬躊躇《ちゅうちょ》して、エドワードは人工呼吸蘇生法《そせいほう》を施《ほどこ》しました。口から息を吹き込むと、すぐに少女は気がついたのです。

すると彼女は勘違いしたのでしょう。大声を出して、気絶してしまったのです。

次の瞬間、思いもよらないことが起こりました。

開襟《かいきん》シャツ、半ズボン姿の少年が、木の刀《の》でエドワードの頭部を殴《なぐ》ったのです。エドワードは反射的に少女から飛び退き、もんどり打って草むらに倒れました。夥《おびただ》しい血の量だったそうです。

祖父は、少年を捕まえようとしましたが、なぜかエドワードが腕をつかんでそれを止めました。暴行犯の確保より早く医者へ診《み》せてほしいという意味だととった祖父は、彼をジープで軍医の待機している新大阪ホテルへ連れて行ったのです。

そうして事件を聞きつけた日本の警察官と共に、祖父はすぐに現場に急行しました。犯人が未《いま》だ現場にいるとは考えられませんでしたが、現場検証に立ち会う必要があったのです。

しかし、大方の予想を裏切って、血痕《けっこん》が残る現場に日本人の改まったときにとるポーズ、目を閉じて座した少年がそこにいたのです。

祖父は、警官に、彼がエドワードに怪我を負わせた犯人だ、と言いました。

少年はすぐに連行され、取り調べを受けることになりました。祖父は証人として、また憲兵の一員として取り調べに立ち会いました。

通訳はリチャード杉山軍曹《ぐんそう》、あなたです。

祖父が見た少年の顔は幼いものでした。

少年は、コデューナトシイゲと名乗り、年齢は十五歳。憲兵隊員を所持《しよじ》していた木の刀で殴ったことを素直に認めました。

さらに彼は、現場から逃走することなく、我々がやってくるのを待っていたと言ったのです。

動機について、コデューナトシイゲ少年は、米兵が日本人女性を陵辱《りようじよく》しようとしたので、見過ごすことはできなかったと主張しました。

警官が早々と少年を送検する準備をしていると、頭の傷を縫《ぬ》った包帯姿のエドワードが現れました。

エドワードは杉山軍曹に、この少年は何もしていない、ただちに釈放《しやくほう》してほしい、と言ったのです。

言葉の問題の解決と、日本の警察と無用の摩擦《まさつ》を避けるために、日本人の気持ちを理解する杉山軍曹に少年の処遇《しよぐう》を一任したいと申し出ました。

どうして、エドワードが少年をかばう証言をしたのか。

祖父は何度もエドワードに尋ねたらしいのです。しかしエドワードは答えませんでした。

一九四九年に二人は本国に戻り、民間人として仕事を持つようになりました。

祖父は警備会社を起こし、友人エドワードは家業の貿易会社を継いだのです。それから九年後、祖父は病床についたエドワードのベッドサイドに呼ばれました。

エドワードは、日本で受けた怪我の後遺症に悩み続けていたそうです。その傷が一因で、ついに体の自由が利《き》かなくなったのです。

見舞いに行って、友人の苦しそうな姿を見た祖父は憤《いきどお》りに震えたと言います。もちろん日本の少年に対してです。

なぜあのとき、少年をかばったのか。もしかばうことがなかったならば、あの少年はかなり重い罪で裁かれたにちがいない。

祖父は改めて尋ねました。

するとエドワードは弱々しい声で、こう言ったのです。

「彼は自国の少女を守ろうとしただけだ。ただ、それだけで、彼に落ち度はない」

しかし、エドワードは溺《おぼ》れた少女の命を救おうとしただけではないか。落ち度がないというのなら、むしろエドワードの方だ。

祖父は釈然《しゃくぜん》としない気持ちのまま、病室を出たのでした。

その半年後エドワードは亡くなりました。

とうとう、エドワードの本当の気持ちを聞くことはできませんでした。

そのことが胸に残り、祖父は日本という国に対して、いつまでもわだかまりを持っていたようです。

私は祖父と直接話したことはありません。

私が日本の文化に興味を持ったのは、父の影響が大きかったのです。武士道を書いた本や時代劇のビデオなどが父の書斎にあり、それを見る機会を作ってくれたのも父でした。とくに武士道の本はエドワードが祖父に送ったものだと言います。

となると、祖父の苦い体験を聞いている父が、どうして日本に対して友好的なのか。何より、私を日本へ留学させるために、なぜそんな話を聞かせたのだろうかという疑問が湧《わ》いてきました。

それを質問すると、父は一枚の写真を私に手渡してくれたのです。

写真には、大学の卒業を記念して撮《と》ったのだろうと思われる服装の女の子が、笑っている姿が写っていました。

父は、エドワードのフィアンセの若いときの写真だと言いました。

それを見せられても、私には分かりません。

この写真と、父が親日家なのとどういう関係があるのか、と私は訊きました。

父が祖父から、当時のことを聞かされたときに、いまの私のように、この写真を見せられたのだそうです。そして、エドワードが日本に赴任しているとき、いつも胸ポケットに入れていた写真だと説明されたのでした。

祖父は、日本の少女はその女性に似ていたんだと言って、首を何度も振ったそうです。

それだけしか言わなかったのです。

エドワードには一瞬だけ、溺れた少女がフィアンセと重なったのではないか。それが何を意味するのか。父もまたそれ以上語りませんでした。その後、自分が日本という国に興味を持ち、その奥深さに惹《ひ》かれたことに、木の刀を持った少年が少なからず影響しているとだけ、教えてくれました。

日本に行ったら、リチャード杉山氏を訪ねて、この少年がどうなったのかを調べてほしい。それが父の望みです。

父は杉山氏のアドレスを調べていました。それで、このレターを送ったのです。

ぜひともお会いしてエドワードの事件について、教えてほしいのです。

4

終電間近の各停電車に、由美と浩二郎は乗っていた。車内はすいていて、数人の酔っぱらったサラリーマンがだらしなく座っているだけだった。

ドアに近い場所に座ったために、停車するごとに夏の夜の熱気が吹き込んでくる。

「六心門さんが、通訳やったリチャード杉山さんから聞いた暴行事件は、やっぱりトモヨさんのことやったんですね」由美は額《ひたい》の汗をハンカチで拭《ぬぐ》いながら、浩二郎に話しかけた。

「正直、驚いたよ」

「ドンピシャやったこと？　それとも……」

「両方だね。六心門さんを見つけ出した由美君の嗅覚《きゅうかく》にも感心してるよ。それにしても、トモヨさんは襲われたんじゃなく、助けられたってことが、ね」と言いながら、浩二郎は対面の車窓を見つめたままだ。

「終戦直後って、外国人やいうだけで誰を見ても怖かったんやから、しょうがないことですけど」

由美の祖母も、恐怖におびえたと回想していた。その後、祖母の外国人アレルギーが改善されることはなかった。

「仕方ないこととはいえ、トモヨさんを助けた少年が、その事実をどう受け止めるのか……」

「少年が逃げへんかったのは、どういうことですやろ」

「十五歳にして、自分のやったことを理解し、ある種の覚悟があったととれるね。だってフランクの手紙通りだったとすれば、逃走する時間は充分あったんだろうから」

六心門の説明だと、新大阪ホテルを占領軍へ提供していたようだから、そこまでの往復を考えても十数分、医者に診せるなどの手続きを考えれば、現場に警察官が到着するまで三十分以上あったはずだ。

闇市の雑踏にでも紛《まぎ》れ込めば、簡単に行方《ゆくえ》をくらますことができる。周辺は浮浪児《ふろうじ》も多いし、開襟シャツ、半ズボン姿の少年で溢れかえっていたと六心門は言っていた。

「うちは正々堂々としていて、よい子やなって思うんですけど」

罪を犯していても、言い逃《のが》れようとする多くの男を新聞でよくみる。その見苦しさを、由美は腹立たしく思っていた。

「確かに、正義感の強い少年だ。ただ米兵が憎いというだけで、木刀を打ち込んだんじゃない。トモヨさんへの対応をみても、十五歳とは思えないほど冷静だ」

「そうやなかったら、六十年以上経ってるのに、お礼を言いたいなんてこと、思わしませんわ」

由美は、トモヨには恋心があると感じている。たった一度、それも一瞬の出会いでも、ひとは恋に落ちることがある。

「優しさを感じたんやと、思います」由美は、浩二郎の横顔を見つめた。

「優しさか。やっぱりトモヨさんに会わせてやりたいな」

「そうですね。会わせてあげたいですわ。でも手がかりが……」

トモヨを助けた少年の名前は「コデューナトシイゲ」とフランクの手紙には書いてある。その名前を元に、沙也香は父親の日記、ノートなどを片っ端から調べたらしいが、該《がい》当《とう》する名前に行き当たらなかった。

六心門も、当時の新聞社の保存資料をしらみ潰しに調べてみたが、事件として成立していないものの記録はない。

昔のつてを頼って、警察資料にも当たったが、十五歳の少年の米兵暴行事件の記述は見当たらないとのことだった。

「アメリカ人の耳には、コデューナトシイゲと聞こえたんだろうが」

「デューなんて発音する名字、日本人ではあらしませんもん。これでは分からへんのと同じやわ」

「いや、状況はより鮮明になりつつある。フランクの手紙にもあったが、本来ならMPに限らず占領軍の米兵に怪我を負わせたら、子供といえども重罪だろう。だけど、被害者のエドワードが少年の関与を否定した。つまり、無罪放免にされた可能性が高い。それだけでも分かったんだから」浩二郎は由美の目を見た。

顔が近すぎて、由美は慌てて正面を向いた。

「浩二郎さん」二駅ほど過ぎたとき、由美が言葉を発した。

「なんだい？」

「エドワードはんが、フランクのお祖父さんに見せた写真なんですけど。うちあの意味がよう分からへんのですわ」

「エドワードの、フィアンセに似た女性だったってことだよ」

「それはうちも聞きましたえ」由美はふくれて見せた。

「これは男の身勝手なのだろうが」浩二郎がそう言ったとき、またドアが開く。彼は乗り込んできたワイシャツ姿の男性が座席につくのを待って、言葉を継いだ。「エドワードは、ほんの一瞬だったのだろうが、トモヨさんに対して邪《よこしま》な欲望を抱《いだ》いたんだと思う」

「えっ。そしたらエドワードはんが……」

「そうだ。そこだけとらえれば、彼女を助けた少年の判断は間違ってはいない」

「でも、フランクのお祖父さんが、側《そば》にいてはるのに」

「いや、ほんの一瞬だよ。エドワードも友人が見ている前で、そんな淫《みだ》らな行為に及ぶとは考えられない。けれど少年が女性だったと分かった瞬間、そしてその顔がフィアンセにどことなく似ていると感じた刹那《せつな》だけ、気持ちが揺れたんじゃないだろうか」

「ほな、辱《はずかし》める気持ちがあったさかいに、少年をかばうたと、いうのんですか」

「そう思う。だからフランクの父親が、日本の武士道に興味を持ったんじゃないだろうか」

「どういうことです？」

「エドワードは、少年に逃げる時間を与えたにもかかわらず、座して瞑想《めいそう》をしていた。それを聞いたエドワードは、そこに何か精神性を感じたのだろう。わずか十五歳の子供が宿しているその何かに、興味を持った」

「それが武士道？」

「自分を律する精神みたいなものを、そこに見出したんじゃないだろうか。そうなると自分の卑《いや》しさが際《きわ》だってくる。醜《みにく》く思えてきた」

「そんなことを、感じはったエドワードはんって」

「立派だね。生きていたら話がしたかったと思うよ。それにコデューナトシイゲに会いたいという気持ちが強まった」と言った浩二郎の表情が、少し曇《くも》ったように見えた。

「どないしはりましたん？」聞いてはいけなかったのかもしれない。

「エドワードという人間を知ったら、コデューナトシイゲ少年はどう思うだろうと考えてね。自分の与えた傷が元で、長年苦痛を抱え、そして死んだ。日本人の少女を陵辱しようとした不良外国人だったとしたら、彼の行為は正義さ。でもエドワードは武士道を理解しようとした人間であり、一時の迷いはあったかもしれないが、人命を尊重する男だったんだよ」浩二郎が息を吸うと、触れあう肩が大きく上下した。

一瞬で恋に落ちることがあるとすれば、エドワードも——。

由美は、自分の鼓動《こどう》が浩二郎に伝わらないように、体をずらしながら思った。「エドワードは、ほんまに邪な気持ちを抱いたんやろか」

「うん？」浩二郎はきょとんとした顔をした。

「ああ、気にせんといてください。たわごとですよって」

「邪な気持ちがなかった？」

「ええんですって、浩二郎さん。男のひとの気持ち、よう分からへんのやさかい」由美はうちわを振るように、両手で顔に風を送った。

電車の軋《きし》む音と大きなブレーキ音がする。線路が右に緩《ゆる》やかな湾曲を見せると、まもなく京都駅だ。

5

由美は、朝六時に娘の由真《ゆま》からの電話で起こされた。

「やっぱり忘れてたんや」

夏休みに入ってすぐ、大原にある実家の母の元へ預けた九歳になる娘の声は、すっかり大人びている気がした。わずか二十日余りの間にそれほど変わるものなのだろうか。

「忘れてたって何やの？」由美が尋ねる。

「夕べも遅かったようやし」

「そやから何を忘れた言うのん。ママも忙しいんやから」

「いま起きたでっちゅう声や」

「ええ加減にしいや」

「登校日や」

「えっ。登校日っていつ？」

「明日やったらこんな朝早《あさはよ》から電話せえへん」

由美はカレンダーを見た。八月十日に大きく丸がしてあり、由真を迎えに行くことと記してあった。「ごめん、すぐ行くわ。何時に学校に着いたらええんやった？」

「八時五十分」

「分かった。ママのKATANAやったらどうもないさかい。どっかでモーニング食べられるわ」

「そうしてえな、助かるわ。お味噌汁《みそしる》とお魚、お漬けもん以外やったら、うちは大歓迎や」由真が声を潜《ひそ》めて言うと、後ろで「和食が体に一番ええんや」と言う母の声が聞こえてきた。

「おばあちゃんの朝ご飯、ママは好きやで」

「たまにはトーストとホットミルク、スクランブルエッグも食べたいもん」

「ちょっとおばあちゃんに代わって」

「分かった。ちょっと待ってな」

「もしもし？」すぐに母が電話に出た。

「おかあちゃん、悪いなあ」

「かまへんけど、うちの作る味はあんまり好きやないみたいやな、由真ちゃん」

「うちが手抜きやから、あかんのやな」

「それはまあしょうがないがな、一人で生きていかんならんのやさかい。そう思てうちにきたときは和食三昧《ざんまい》にしてるんや。そのうち馴《な》れるやろう思てるんやけど。なかなか好き嫌い言わはるさかい」

電話の向こうで由真が何やら文句を言っている。

「ほな迎えに行くさかい、出る準備させといて」

「バイク、気ぃつけてや。あんたようあんな大きいもん乗ったはるわなぁ」

「ほな後で」由美は電話を切ると、髪をまとめてヘルメットを二つ手に持って出た。

一人で生きていかんならんのやさかい。

母の言葉が妙に頭に残った。

その言葉をかき消すように、由美はＫＡＴＡＮＡにまたがると、エンジンを大きく吹かした。

由美は、由真と学校の近くにある喫茶店に入った。時間は七時半を回っていたが、そこから学校までは徒歩でも十五分とかからない。

由真は電話で言っていた通り、バタートーストにスクランブルエッグのついたモーニングセットを注文した。飲み物はホットミルクを頼み、その中に由美のコーヒーを少し入れてほしいと言った。

腸の弱い由真は、夏でも冷たい牛乳を飲まない。給食に出る牛乳もよく噛んで飲んだ。

「コーヒーなんてまだはやいわ」

「これはカフェオレですぅ」口をとんがらせて、由真は言った。

その仕草は、時折由美もする癖だ。何だか少しずつ自分に似てくるようだ。

由美は自分自身を嫌いではなかった。ナルシストではないが、明るい性格に、そこそこ自信も持っている。いや自信を持とうと努力してきたと言った方が、正確かもしれない。

看護師という職業では、心のケアも重要だ。善《よ》かれと思って声を掛けたことが、かえって疎《うと》ましがられることも多い。それでもやり続けた。しかしこれで満点という模範解答もなければ、自分が納得できる看護を、すべての患者に行える時間もない。ほんの少しでも弱気になると、気づかぬうちに立ち直れなくなるほどの、自信喪失《そうしつ》状態になる。それを知っているから、自らをいつも鼓舞《こぶ》してきた。

プロの野球選手でも、四割バッターはいないと聞いたことがある。自分の満足のいく結果が出るのは、常に三割ほどで十分なんだと言い聞かせてきた。

もちろん命に関わることは十割、パーフェクトでないといけない。

「それに、コーヒーなんて幼稚園の子でも飲むわ」

「それはコーヒー牛乳や」由真のカップを覗きこんだ。

「うちかてブラックコーヒーぐらい飲めるんやけど」

「ほな、これ飲んでみいな」由美は自分のコーヒーカップを、由真の前に押し出した。

やや戸惑った表情を浮かべたが、由真はカップの把手《とって》に指を通した。

「止めとき。苦《にが》いで」

「その苦いのが、おいしいんやんか」由真は黒い液体に視線を落とした。そして怖々《こわごわ》すすった。「ああ、おいしい。けどママの取ったら悪いし、返すわ」と言うと、砂糖とコーヒーが混ざったミルクを急いで飲んだ。

「素直が一番やで、女の子は」微笑《ほほえ》みながら由美が言った。

三割でいいという思い切りは、心にゆとりをもたらす。素直に「辛い」「怖い」と言葉にし、動揺せずに「そんなものよ」とうそぶくことさえ可能になった。

病院の後輩たちは、それを「強さ」だと思ったにちがいない。

「ママ、仕事がしんどいの？」

「えっ……何で？」

「なんや、ときどき考え込んでるみたいやから」

「そんなことあらへん」

「恋の悩みやったら、いつでも相談にのるで」

由美はどきっとした。由真の射るような眼差《まなざ》しを感じたからだ。子供とばかり思っていた九歳の娘は、確実に成長している。

「アホなこと言わんといて。何で由真に相談せんとあかんの」

「こう見えても、いろいろ相談されるんやで。うちって大人っぽいのかな。クラスの男の子はみんな、子供やから」

「生意気《なまいき》なこと言うてからに。ほんまアホらし」

由美は島崎トモヨの事案を『少女椿《つばき》のゆめ』と名づけたときから、何となく自分の心が落ち着かなくなっていた。そしてそれは、佳菜子の事件で、浩二郎と行動を共にしたことで拍車《はくしゃ》がかかったことをうすうす感じている。

佳菜子の命が危ないという、切羽《せっぱ》詰まった状態を共有したことで、由美の中のある種のタガが外れた。

浩二郎の三千代への思いやりは、体をこわした妻への同情であって愛情ではない、と思いたくなる瞬間が何度もあった。そのたびに、自分の中に住む邪な心を何とか振り払ってきた。

そんなことを、まさか九歳の娘に吐露《とろ》できるはずもない。

「帰りは何時？」

「おばあちゃんにきてもらうから、お迎えはええで。たまには街中に出たいって、言うてはったから」

「ほな、学校行っといで。温度差あるさかい、風邪ひかんようにしいや」由美はコーヒーを飲み干した。

「赤ん坊やないんやから、大丈夫やって」

そう言って、また由真は唇をとんがらせた。

6

由美は遅刻ついでに、飯津家医院に寄り、トモヨの様子を見てから出社する旨《むね》を、復帰したばかりの佳菜子に電話で告げた。

浩二郎と三千代がいる場面をいまは見たくなかった。

病室に入ると、ベッドのトモヨはイヤホンで音楽を聴いていた。

「あら由美さん」トモヨは慌ててイヤホンを耳から外し、カセットの停止ボタンを押した。

「ええのに」

「これ先生が貸してくださって」トモヨがイヤホンを示した。

「何を聴いてはったんです」由美は、傍《かたわ》らのパイプ椅子を引き寄せ腰掛けた。

「先生が、昔耳にした音楽を聴くのがよいって、おっしゃったんで」トモヨは、カセットテープのタイトルを由美に見せた。

　そこには『戦中戦後の懐かしのメロディ』と書かれていた。

『長崎の鐘』『湯の町エレジー』『リンゴの唄』『青い山脈』『夜のプラットホーム』『懐《なつか》しのブルース』『東京ブギウギ』『白い花の咲く頃』『柿の木坂の家』『君の名は』——。

「お嬢《じょう》さんは、ご存じないものばかりでしょう？」体の調子が良いのか、トモヨは由美に微笑みかけた。一日のほとんどを眠っていた、一昨日までの姿と打って変わって、表情に生気が感じられる。

　看護師時代に出席したシンポジウムで、懐メロが脳を活性化し、気持ちを元気にさせるという報告を聞いたことがあった。由美は実践《じっせん》する機会がなかったが、トモヨの顔色を見ると、それも有効なのかもしれないと思った。

　お嬢さんと呼ばれるほど若くはない、と言いかけたが止めた。七十五歳のトモヨからすれば、三十四歳の由美など、まだ子供にちがいなかった。

「知ってる曲も、ありますよ」

「へえ本当に。どれ?」トモヨは目を輝かせて、歌詞カードを由美に示した。

「いま聴いてはったんは、どの曲ですか」

「わたくしが大好きな曲。もうそればっかし、何度もね」

「それは『リンゴの唄』かな?」

由美は、六心門彰から聞いただけなのに、何故か目に浮かぶ闇市の風景を思い浮かべながら訊いた。

「ううん。あの歌は、あまりに生々《なまなま》し過ぎて……」

「生々しいって?」

「懸命に生きてた。でも、無理をしていたという記憶の方が強いんですよ」

「無理に頑張ってはった、ということですか」

当時ラジオから流れていた『リンゴの唄』が、みんなの気持ちを癒《いや》していると思い込んでいた由美にとって、トモヨの反応は意外だった。

「メロディもいいし、サトウ・ハチローの詩も可愛《かわい》らしい。けれど……」

周りの大人たちが、歌詞にあるような、無邪気《むじゃき》に明るく元気な女の子を求めている気がしたのだと、トモヨは言った。

「『リンゴかわいや、かわいやリンゴ』と思えへんときもあると、言わはるんですね」

「そう。とくに十代やったわたくしには」

「そうやったんですか」由美はトモヨの気持ちが、少しだけ理解できた気がした。

リンゴは、当時女の子を象徴する言葉だった。暗い焼け跡にあって悲嘆に暮れる大人たちは、少しでも無味《むみ》乾燥で色のない暮らしに色を添えようと、赤いほっぺのリンゴを思い浮かべた。

そんなリンゴのような存在を求められているような気になり、重荷になったのだろう。

「考えすぎなのかもしれません。でも『リンゴの唄』を聴くと、いろんな景色と一緒に弱音を吐《は》けない苦しさも思い出すんです」

「ほな、何を聴いたはるんです？　教えて」トモヨの好きだという曲が、知りたくなった。

「『君の名は』です」

「ああ、『君の名は』、ですか」雄高が担当した事案『鶴を折る女』の報告でも聞いたタイトルだった。上野で古くから酒屋を営む砂原謙《すなはらけん》に、その題名のラジオドラマについて詳しく語ったことで信頼を得たと聞いている。

「ご存じ？」

「いつでしたやろか、朝の連続ドラマで見ました」

「新しいの、ね。でも原作者は同じ菊田一夫《かずお》。このカセットには台詞《せりふ》が入っているの。ほら」

由美は、トモヨの出した歌詞カードを見た。「忘却《ぼうきやく》とは　忘れ去ることなり。忘れ得ずして忘却を誓う心の悲しさよ」

由美の棒読みの台詞を聞いていたトモヨが、嬉しそうに笑った。

「京都訛《なま》りの『君の名は』も雰囲気があるわね」

「トモヨさんたら、かなわんわぁ」

「いい台詞でしょう。この言葉を聞いたのは確か、二十歳《はたち》になったぐらいだった」

「トモヨさんも、あのすれちがいドラマに夢中になってはったんですね」

焼夷弾が降り注ぎ逃げ惑う途中に、偶然知り合った男女は銀座・数寄屋《すきや》橋で半年後の再会を約束するというドラマだ。二人は互いに名乗らずそのまま別れる。ヒロインの事情などで、二人はなかなか会えなかった。何度もニアミスを繰り返す様は、運命の悪戯《いたずら》としか思えず、やきもきしながら朝ドラを見たことを覚えている。

戦時下、明日をも知れぬ身の上で、もし生きていたら、半年ごとにこの橋を訪れようというロマンチックな話に夢中になった若き日のトモヨを、由美は想像していた。

そして、はっとした。

十四歳のときに自分を救ってくれた男性への想いは、まさに『君の名は』だったにちがいない。

「会えないって思っていますよ」

「えっ」

「何せ六十年以上もの月日が経っていますから。でも、何だか不思議ですわ。『君の名は』を聴いていると、何十年も前のことなのに、つい昨日あったことのように思い出して……。あの方のお顔まではっきりと思い出しました」

「助けてくれたひとの、顔ですか」

六十年以上も前に見た人間の顔など、到底記憶しているはずはないと思った由美は、確認しないわけにはいかなかった。

「もちろんです」そこには、自信に満ちたトモヨの顔があった。

「トモヨさん、似顔絵なんかどうやろ。描けへんやろか」不可能だろうか。由美は期待を込めて訊いた。

「似顔絵？　私、絵心がないから」

「描く人は頼みます。特徴言うてもろたらええんやけど、無理かなあ」

「……そうですね。やってみようかしら」トモヨは、さらに嬉しそうな顔つきで由美を見つめた。

「ほんまに嬉しおっせ。ちょうど、由美はんに電話せんとあかんなと思てたら、携帯が鳴りましたんや。グッタイミングちゅうのは、こういうことを言うんですな。おまけにこんな狭い車の中で二人きりや」助手席に座った茶川大助《ちゃがわだいすけ》は、嬉しそうに言った。

　トモヨの話を聞いた由美は、すぐに浩二郎に連絡を取った。彼は由美の思いつきに、多少戸惑ったようだったが、トモヨが乗り気になっていることを話すと、時空を超えた試みに賛成した。

　早速、浩二郎が似顔絵の描ける人間を紹介してほしい、と茶川に連絡をとった。すると、茶川は、自分こそが似顔絵の達人だと主張したという。

　いまなら体が空いていると言ったため、由美が探偵社の軽自動車で彼の祇園《ぎおん》の自宅まで迎えにいくことになった。

「ほんまに茶川はん、絵も描けますのん？」由美はハンドル操作をしながら、茶川を横目で見た。

「科捜研《かそうけん》でも、鑑識課《かんしきか》でも、この茶川に勝てる似顔絵描《か》きはおりまへんでしたわ。モンタージュはあんまり効果ないさかいにな。こぞって茶川画伯《がはく》のところへ依頼しにきよりましたんや」

　多くの顔写真を髪型や目、鼻などに分割してあり、その中から目撃者の印象で似たものを選択して再合成するモンタージュは、結局のところ平均化してしまう。それに比べてより強い印象だけを頼りにデフォルメする似顔絵の方が、人物特定には役立つのだと、茶川は熱弁をふるった。

「それは、心強いことですわぁ」適当なところで切り上げないと、自慢話は終わらない。

「ただ心配なんは、時間の経過や」茶川が真顔になった。

「ご本人は、はっきり思い出した言うたはりますけどねえ」

「その言葉に嘘はないと思うねん。しかしや、美化してしまうがな」

「美男子にしてしまう言わはるんですか。意図的に」

「いや。意図的やないことがネックなんや」

美化《びか》しているという作為《さくい》が見えれば、そこに修正を加えていくことで実物に近づけることが可能なのだそうだ。しかし本人に作為も意図もないときは、まったく似ていない絵を描くことになる。

「思い込みが、ほんまの姿になってしもてることがあるんですね」

「あり得るやろ？」

「そうですね。何せ十四歳の女の子やったし……物語のヒロインになったようなところがありますさかいに」

由美は、六心門と杉山沙也香から得た情報を、茶川に話した。

「尋ね人には近づいとるけど、話は逆さまやったんか」

「ええ、加害者と思てたんが、被害者やったんですから。そやしこのことは、トモヨさんには話してへんのです」

「封印したい事件と、懐かしい思い出が同時に起きただけでも複雑な心境やろに、難儀《なんぎ》やな。そら言わん方がええわ」

「でも茶川はん、ええ似顔絵描いてくださいね。上手いことといったら、本人捜すのに役立ちますさかいに」

「へえ、難問やけど、由美はんのためやったら、ひと肌でもふた肌でも脱がしてもらいまひょ」そう言って茶川は、頭を撫《な》でて笑った。

「うちに電話しようと思てはったことって、何やったんです？」

「浩二郎に言うてもよかったんやけど、由美はんの担当やさかいになあ」

浩二郎の名前が出た瞬間、鼓動が少し速くなった。

重症かな。

自分に少女のような気持ちが、まだ残っていたことに驚きながら、由美はそれをいやな感覚ととらえなかった。

「ということは、例のお守り？」

「そういうこっちゃ」

「ついに、分かったんですか」そう由美が訊いたとき、二人の乗った軽自動車は信号待ちで停まった。

「今日は五十日《ごとおび》かいな。道理でよう混んどるわ」

京都には、商売人が五日ごとに集金をする習慣が残っていて、時間に関係なく道は混雑していた。そのため、いつもより多くの信号にひっかかる。

「まだヒントちゅうとこかな。もうちょっと調べなあかんと思うんやけど、ええとこまできた」

「教えてほしいわぁ」甘えた声を出して、アクセルを踏む。

「お守りの袋の方は目下《もっか》、紋章《もんしょう》の専門家が調べてくれてるさかいに、おっつけ返事をくれまっしゃろ。問題は中にあった紙の方や」

「文字の書かれた紙ですねぇ」

お守りの中に半紙大の紙が入っていて、そこに文字が書かれていたことは前にも聞いた。しかもその文字は、真ん中で切られたように半分だけしか記されていないものだった。

「その紙は和紙やったんやが、加速器質量分析放射性炭素年代測定ちゅう、長ったらしい方法で、そこそこ古いことは分かったんや。ただものすごく昔のもんでもなかった。ここがミソや」

「難しいわ、茶川はん。うちにも分かるように言うてくださいな」

「せいぜい江戸時代に作られた和紙に、その当時の墨で書いた文字やった」

「それが何でミソなんです。江戸時代ゆうたら、うちにはえらい古いようにしか思えませんのやけど」

「まあ、運転しながら聞くのは危ないさかい、似顔絵を描いた後、冷たいビール片手にやなあ……」

「もう。またそれですか」

由美が横目で睨《にら》みつけると、茶川は照れくさそうに、頭を右手で撫で回して微笑んだ。

7

茶川の描く似顔絵は、由美の目から見ても特徴をよくとらえ、上手く表現できているように思えた。

何よりも、茶川の質問に淀《よど》みなく応える、トモヨの生き生きとした様子に、由美は目を丸くした。

顔の形は三角形で、少しえらが張っていてアゴは鋭角的に尖《とが》っている。耳は左右に広がり、耳たぶは大きくはない。鼻筋は通っており、眉間《みけん》からカモメが羽を広げたような形の眉が伸びていた。上唇《うわくちびる》に比べて下唇は薄くぴたりと閉じている。髪は丸刈りがやや伸びた感じだったが、鬢《びん》は整えてあった。目は細く、微笑んでいるように見える。

「その他に、なんか特徴はあらしまへんでしたか」鉛筆を嘗《な》めながら、茶川は尋ねた。

「……そうですわね」ベッドの上に座っているトモヨは、宙を仰いだ。

「例えばほくろやあざ、何でも結構です」

「あっ。あれは……」

「何かありましたか」茶川が、トモヨの方へ顔を突き出して訊いた。

「傷だと思うんですが、確か右アゴに五センチくらいの筋があったと」

「切り傷の跡のようやったんですか」由美が声を発した。

「下側から、ちらっと見ただけですから。でもアゴから喉《のど》へ向かって……。右手の傷は覚えていたのに、どうしていままで思い出さなかったのかしら」トモヨは自分でも不思議だという表情だった。

由美は、車の中で茶川と交わした懐かしい思い出とは裏腹に、封印したい思い出もあるという話を思い出していた。

それはトモヨが探偵社を訪れたときに話した、あるシーンを頭に浮かべたからだ。米兵に襲われたと思い、その羞恥心《しゅうちしん》に打ち震えていたトモヨは、少年に助けられた際、背中を抱き起こされるという体験をした。その体験を話した直後、トモヨは青酸カリの入った瓶を取り出した。

死ぬことを覚悟した絶望と、初めて男性に抱かれた戸惑いが交錯《こうさく》したのではないか。そのとき見たものは、懐かしいが思い出したくない、心の中にしまい込みたい映像になったとしても、不思議ではない。

いや、むしろ多感な年頃だったトモヨには、悪《あ》しき思い出とは正反対の感情が、いままで少年の風貌《ふうぼう》などを封印してきた可能性もある。

「正面からやと、その傷は見えへんのかな？」トモヨの示した似顔絵のアゴに、うっすらと傷を書き込みながら茶川は言った。

「……かもしれません」

「いやそれでも大きな特徴です。よう思い出してくれはりましたな。探偵はんらも助かると思いますわ」

「先生のお陰です。わたくしの言うた通りに、上手に描いていただきました」トモヨが茶川へ微笑みかけた。

「先生やなんて」

「茶川はん、何を照れたはりますのん。似顔絵描かせたら、右に出るもんはおらんのんとちゃいましたん？」赤い顔で照れ笑いを浮かべる茶川を、由美はからかった。

茶川が似顔絵を描き終わると程なく、飯津家医師が病室にやってきた。

それが、飯津家から告げられていたタイムリミットの合図だった。由美が茶川と共にトモヨを訪ねたとき、飯津家は似顔絵作成を許可する条件と、その理由を静かに語ったのだ。

「心筋《しんきん》のことは、すでに言うてある通りやけどな。それよりも腎《じん》機能の低下が著《いちじる》しい。気いつけてるんやけど、小さな血栓《けっせん》が飛んだ可能性も考えなあかん。いずれにしても疲れは命とりや。二時間以内に終わらしてほしい」

トモヨの顔色が良いと、飯津家へ伝えた直後だった由美は、彼の言葉が腑《ふ》に落ちなかった。腎機能の低下は、すぐに顔色に出ることを知っているからだ。

由美の怪訝《けげん》な顔を見て、飯津家は首をひねりながら「やはり人間は『気』の生き物なんやな」と感慨《かんがい》深く付け加えたのだった。

「ほんまにおおきに。これだけ特徴が分かって見つけられへんかったら、うちは探偵失格やわ。そやから楽しみに待っててください」

「この絵、わたくしにもいただけません？」遠慮がちに、トモヨが由美と茶川の両方に目を向けた。

「そらかまいませんで。コピーして、何やったらポスターみたいに引き伸ばしてあげましょか」

「嬉しい」トモヨは、茶川の軽口に目を閉じて軽く会釈《えしゃく》をしながら、顔をほころばせた。

8

由美は、茶川と四条烏丸《しじょうからすま》の居酒屋にいた。どうしても二人きりになるのは気が進まなかったので、浩二郎に連絡をとったのだが繋がらなかった。その代わり、雄高に合流してもらうことにした。

「実相さんは、佳菜ちゃんの事件でまた警察に呼ばれて、その後ちょっと用があるって」

雄高は席に着くとそう言いながら、店員からおしぼりを受け取った。

四人掛けの座敷テーブルには、突出しと生ビールのジョッキしか並んでいなかった。

「待っててくださったんですか」雄高が二人に尋ねた。

「由美はんが、待ちたい言うたんで、しょうがなくな」茶川は、ふて腐れたような言い方をした。

「何か、お邪魔だったんでしょうか」

「ええんよ。たまには雄高さんも息抜きせんと」と、茶川を一瞥《いちべつ》して由美は言った。

「実相さんの代理ですけどね」

「ええの、ええの。細かいこと気にせえへんおひとやもんなあ、茶川はんは」メニューを差し出して、由美はニッコリと微笑んで見せた。

「もうかなわへんな、由美はんには。ここはわしの奢《おご》りや、二人ともじゃんじゃん頼んで」

由美も雄高も遠慮なく、肴《さかな》を頼んだ。

由美はジンジャエールを飲んだ。雄高は撮影が待っているといってウーロン茶を注文した。

アルコールの入った茶川は、似顔絵のできに納得がいったのだろう、一段と陽気になった。酒量が増えるに伴《ともな》い、ますます大笑いする回数も多くなる。

「浩二郎にこれを見せたら、びっくりしよるで。このわしの傑作を」上機嫌の茶川は、ショルダーバッグから似顔絵を取り出した。

「これは、いい似顔絵だな。どことなく雰囲気がありますよ」雄高が似顔絵を眺めて言った。

「そうやろ。我ながら上出来や。ここまではな」下唇を突き出して、ため息混じりに茶川がつぶやいた。

「どこか不満な点でもあるんですか?」

「本郷君、わしのこれからの悩みを推理してみい」

「これからの悩み……。じゃあこの絵は完成していないってことですか」

「未完成も未完成、これからの方が、慎重にならざるを得んな」茶川は大仰《おおぎょう》な身振りで、腕組みをした。

「あっそうか。分かったわ、茶川はん」由美は、甲高《かんだか》い声を張り上げた。

「言うてみ?」

「時間の経過とちゃいます?」

「正解や。トモヨはんがこの男の子に会《お》うたんは、六十年以上も前の話や。歳をとらせんとあかんのやが、これが難しい」

「単に、皺《しわ》を書き加えればいいというもんじゃ、ないんですね」雄高が訊いた。

「そうや。歳のとり方、すなわちそれは生き方やからな。どんな人生を歩んだかちゅうのが、顔に表れるんや。たくさんの犯罪者の顔を見てきた人間から言わせてもらうと、逃れられへん何かが、顔に張り付いていきよるんや」

「逃れられへん何かって？」

由美は逃れられへん、という言葉が心に引っかかった。

「本人がどう繕《つくろ》っても、始終怒ってるやつは鬼に近うなるし、強欲な人間は野獣《やじゅう》みたいな顔つきになってくるんや。それは器量がどうのとか、造作《ぞうさく》がどうかなったということやない。その軌道《きどう》に入ったら抜け出せんで。まるで恒星《こうせい》の引力に引き寄せられて回る、惑星や」

「貪《むさぼ》るような気持ちばかりを持った恒星の周りには、やはりどん欲な顔をした人間が回ってるということですか」

雄高の譬《たと》えは、茶川の比喩《ひゆ》をいっそう難しくしたように思えた。

「眷属《けんぞく》ちゅうやつや。同じ穴のムジナはその穴がいやでも行動を共にしていく宿命をもっとる」

「何や禅問答みたいで、難しすぎるわ」

「簡単に言うとな、ぎょうさん笑わななあ、ええ顔にはなれへん、ちゅうこっちゃがな」

「まあそれくらいなら、うちにも分かる。でもうちは、ひとを見る目に自信を失いかけてるんやわあ」

由美は、佳菜子を拉致《らち》した磐上の本性《ほんしょう》を見抜けなかったことが、尾を引いていると二人に話した。

「あの磐上の場合は、しょうがないで、由美はん」飲み干したビールジョッキの横に置いていた、芋焼酎のロックを口に運び、茶川は言った。

「何で？　磐上だけ特別なんですのん？」

「特別というより、純粋やったんやろな。芸術を追究するという一面だけをとらえたらやけど」

「社会通念からは逸脱《いつだつ》しているんだけれど、芸事《げいごと》には秀《ひい》でているひと、たくさん知ってますよ」雄高が、焼き鳥の串を手にした。

「俳優さんなんかには、わりかしいるタイプかもしれんな。どっちにしても、そんな特殊な人間やったんやさかい、由美はんが磐上の本性を見破られへんかったたって、気にせんでええとゆうこっちゃがな。ただ、男を見る目には甚《はなは》だ疑問が残るわな。わしみたいなええ人間の誘いを拒み続けるんやから」また大声を張り上げて、茶川は笑った。

その言葉で、茶川と飲むことになった理由を由美は切り出した。「そこな色男はんに、訊かなあかんことがあったんや」

「お守り袋に入っていた紙のこっちゃろ？」お見通しだ、と言わんばかりの顔で茶川が言って、焼酎を飲む。

「いったいどうゆうことなんです。江戸時代やけど古うはないって」

「あそこに書かれていた文字は『本字壱号』。墨印《ぼくいん》、ハンコみたいなもんで押されてた。文字が半分やったんは、あれが割り符やからや」

室町時代、明《みん》との貿易で使われた勘合符《かんごうふ》、つまり割り符に使われたのが本字壱号だと、茶川は説明した。

「ほやけど、紙は江戸時代のもんやから、ほんまもんやない。百号まである中の壱号いうんも、いかにも作り物くさい」

「なんだ、偽物をお守り袋に入れていたのか」雄高が残念そうにウーロン茶を飲んだ。

「そこやがな。何でそないなもんをお守りにしたんやろ、ちゅう疑問が湧いてくる。それにこれは、そこらの社寺の門前なんかで売ってる、土産《みやげ》もんとはできがちがう。ほんまにお守りにしてると言うたらええんか、とにかく大事にして代々伝承されてきたという感じがするんや」

茶川は、由美から聞いた話やトモヨの思い出した風貌などから、少年は兵隊に志願したとたんに戦争が終結して、やり場のない気持ちを持てあましていたのではないかと推理した。敵国への怒りを抱いたまま、さまよう日々を過ごしていたときに、トモヨの事件に出くわした。

「つまり、兵隊になることを志願するということは、死ぬことを覚悟するのと同じや。その男の子が身につけていたお守りが、その辺の土産もんとは思えへん。帰らぬひととなったとき、身元を明かすもんを身に着けてた兵隊も多かったと聞くで」

「そやったら、うちらにとって何よりの情報ですやんか」

「室町時代のもんやったら、先祖は勘合貿易してた家とわしは胸張って言えるんや」嘆くような声を出した茶川は、さらに焼酎のロックを頼んだ。明らかに速いペースだった。

「より古い方が、判明しやすいだなんて」ため息混じりに雄高が言った。

「思い出を捜すんやったら、ちょっとでも新しい方が早分《はよ》かると思い込んでたもん」雄高の言葉に由美も応えた。

「偽もんでも、勘合符をお守りにするんやから海で暮らす一族にはちがいない。明と割符の『本字壱号』……」茶川は酒量が多くなり、呂律《ろれつ》が怪しくなってきた。体が揺れていて目も充血している。「……そうなると京都よりも西やと思う。瀬戸内海の公算が大きいな。中世以降、年貢《ねんぐ》やなんかを輸送する水路としての役割をしてたんや。そのうちに年貢物以外の商品や物資を運ぶようになって、民間人で船を持つ人間が出てきよった。船を操る人材もおったはずや。尾道《おのみち》、鞆《とも》、因島《いんのしま》なんかの備後《びんご》、安芸《あき》の港も整備されとるさかいにな」

一気に話すと、茶川は大きく息をつき、グラスに手を伸ばす。

彼のトロンとした半眼を見た雄高が、手をつかんだ。「茶川さん、もう止めた方が」

「かまへんて。もうちょっと」

「飲み過ぎですよ」

「もうちょっとで、辿《たど》り着くんや……」

「……茶川さん」

由美の方へ視線を送った雄高の気持ちは分かる。探偵社の人間でもない茶川が、必死でトモヨの捜している少年を追っていたのだ。そのことへの驚きが、雄高の瞳に浮かんでいた。

「紋が分かって、お守りを発行した土地が見つかったら、わしの似顔絵がものを言うで」

そう言って茶川は、ごろりと横になった。そしてすぐ、大きないびきをかきはじめた。

「どうしましょう」雄高が茶川の側に寄った。

「しゃあないな。ピッチ早かったもん」由美は四つん這《ば》いになって茶川の脈をとりながら、顔を観察した。手や足を軽く持ち上げてはぱっと離し、筋肉の反応をみた。「茶川はん、大丈夫?」

「おお……べっぴんさんが介抱《かいほう》してくれるんやな。家まで送ってんか」茶川は由美の手を握ったまま、目を閉じた。

「大丈夫みたいや。疲れが出たんやろ」心配そうに見守る雄高に、由美は言った。

「茶川さんってすごいですね。物知りだし、粘《ねば》り強い」

「ほんまやね」

「だって毎回料金はいらない、飲ませてくれたらそれでいいって」

「いまどき、考えられへんよね」

「実相さんのこと大好きだって感じが、伝わってきます」入道のような顔をして寝息をたて始めた茶川を、雄高はじっと見た。

「撮影、何時から？」

「午前三時に大覚寺《だいかくじ》です」

由美の腕時計は十二時少し前を指していた。

「どんな役？」

「今夜は、屋形船《やかたぶね》の船頭《せんどう》です。大沢の池の朝《あさ》もやを撮らないといけないんで、三時集合ですよ」

「ほな、出よか」

茶川のほっぺたをぴたぴたと叩いてみたが、にやつくばかりで動こうとしない。由美は雄高と一緒に、茶川を引き起こした。

会計を済ませ店を出ると、由美はタクシーを呼び止めた。開いたタクシーのドアから、二人がかりで茶川を車内に押し込む。

酔い潰れて、されるがままの茶川は、だらしなくシートに倒れ込んだ。由美の名前を何度も叫んでいたが、茶川の家の住所を乗務員に伝えて、連れていってくれるように頼んだ。

茶川を乗せたタクシーが走り去るのを由美は見送り、ふと雄高を見た。すると雄高は、ぼうっとタクシーのテールランプを眺めている。

大きく伸びをして風に当たるふりをしながら、黙って由美も車道を行き交う車を見ていた。

「なあ」少し間を置いて、由美は声をかけた。後ろに束ねた髪が、生暖かな風に揺れる。

「えっ」急に我に返ったように、雄高が声を上げた。

「どうしたん？　何か考え込んでるみたいやけど」

「いえ……」

「何かおかしいなあ」上目遣《うわめづか》いで、由美は雄高の顔を覗いた。

「茶川さんっていいひとですよね。そう思ったら、みんな実相さんがいるから会えたひとたちだなって思えてきて……」

「何かあったん？　ちゃんと言うて」由美は詰め寄った。

「実相さんって魅力的で……そこに集まるひともみんな素敵だと。だから……」

「だから、何なん」

「思い出探偵社が好きなんですよ、ぼく」

「みんなそうや。思い出探偵ちゅう仕事も、実相浩二郎ゆう人間も……」由美は言葉を詰まらせた。好きだと言ってしまうと何かが崩れるような気持ちになった。

「ぼく、役がもらえそうなんです」

「えっ何て？　役ってテレビ時代劇の配役のこと？」

「大河ドラマです」

「すごいやんか！　天下の大河やん」

「この間、東京から戻って撮影に出たとき、本番で、主役から突然『船頭、体の具合はもういいのかい』って言われて、ぼくも『へえ、ありがとうございます』って応えたんです。そのときはカメラのことも忘れて自然に。前の撮影休んだとき、その役者さん、いつもの船頭はどうしたんだって、スタッフに聞いてたそうで。大河の主役も決まってるんですが、おれに付いていろって」

「浩二郎さんに言わな。みんなでお祝いや。おめでとさん！」由美は雄高の手をとって握手をした。

「由美さん。ぼくも長年の夢を現実のものにできる、チャンスだと思います」

「そや、そや」

「だから逃したくない。たとえ付き人からはじめても……」

「ついにつかんだチャンスや。何も悩むことやあらへんやん。そのために頑張ってきたんやから」

「撮影そのものは十カ月強ですが、拘束《こうそく》は一年以上になると思います」雄高の声に力がない。

「そらずっと付いてんとあかんで……」当たり前だと言おうとして、由美は気づいた。雄高が思い悩んでいるのは、これまでのように思い出探偵社との両立が不可能になるということなのだ。「浩二郎さんには、何も言うてへんのやなあ」

雄高は小さくうなずいた。

浩二郎は、雄高が大物俳優に見込まれたことを知れば大喜びして、雄高の迷いを断ち切るために一喝するにちがいない。それも雄高は分かって、由美に打ち明けている。

雄高の眉間の皺には、そんな彼のディレンマが、現れていると由美は思った。

「ここらでひとの思い出のことは置いといて、自分が思い出になること考えてもええんとちゃうかな」

「自分が思い出になること？」

「うん。大河を見てるひとの、思い出になる番や」由美は雄高の背中を、ポンと叩いた。

「あの大河の本郷雄高、ちょうど私が人生に悩んでいるときに目にしたんです。ひたむきな演技に感動して、えいやっと決断したことをいまでも覚えています。そんな、そんな役者になる番や」

「いまは付き人でも何でも、役者に全力投球することが、ぼくの恩返しの方法なんですね。由美さんのお陰で、そんな気になってきました」

「その通りや、何よりの恩返しになるやんか」由美はもう一度、雄高の背中を手のひらで叩いた。

「今夜の船頭役も、一所懸命やりますよ」

いっこうに冷めることのない盆地の熱風が、今度は雄高の髪を揺さぶった。

9

浩二郎は、妻の三千代と琵琶湖の畔《ほとり》にあるファミリーレストランにいた。

テーブルの上には、穴井《あない》という滋賀県警の元巡査が草津に住むひとたちと作る同人誌、『湖風《うみかぜ》』を置いている。

穴井は息子浩志《こうし》の遺体を引き上げた人間であり、句会のメンバーの藤村知足《ふじむらちそく》という人物が、気になる俳句を掲載していると、同人誌を同封した手紙で知らせてきたのだ。
三千代は席に着いてからも、何度となく『湖風』を開き、知足の書いた文章を凝視《ぎようし》していた。

一昨年までは遊泳ができた琵琶湖のY浜だが、いまは葦《よし》を守るために遊泳が禁止されている。賑《にぎ》やかな夏にあって、その一角だけは早秋の風が吹いているかに思えて、少し寂《さび》しい。緑の葦の中に鶏頭《けいとう》の花束を見つけた。

よしのべに乙女の手向《たむ》けし赤い花
湖《こ》の風に悲しく揺れる鶏頭花
鶏冠花《けいかんか》根付きのごとく今日も咲く
藤村知足

Y浜は、七年前に浩志が遺体で発見された場所だった。穴井の調べでは、それ以前も以降も、Y浜では水難死亡事故者の報告はないということだった。もし俳句に詠《よ》まれた乙女の行為が供養《くよう》のための献花だとすれば、ご子息の事件を知っている可能性があるのではと思い、お節介《せっかい》ながら調査をした。そう穴井は手紙に記していた。そして藤村知足氏と引き合わせる手筈《てはず》を整えてくれたのだ。

穴井が知足を伴ってレストランに姿を見せたのは、午後一時過ぎだった。今年の春、五十五歳で警察を退職し農業をしている穴井は、それほど月日が経っていないにもかかわらず巡査時代よりも日に焼け、短く刈った髪の白い部分が際立っていた。それとは対照的に色白の知足だったが、酪農《らくのう》をしていると自己紹介をした。

「仕事に神経を集中させて、できるだけ息子のことは考えないようにしてきましたが……。折りに触れて、どうしても思い出してしまいましてね」

挨拶《あいさつ》の後、浩二郎は自戒《じかい》を込めて言った。

「お辛いことでしょうから、却《かえ》って思い出させてもいかんと思ったんですが、どうも気になって仕方なかったんで連絡させていただきました」

「息子のことを覚えていただいていたことに、感謝してます」浩二郎が頭を下げると、横の三千代も一緒にお辞儀をした。「早速ですが、藤村さんが詠まれた俳句のことを」テーブルの上に開いた同人誌に、目を向けながら訊いた。

「秋の句を詠もうと、ここで題材を捜していたんですよ。奥の窓際の席で」知足が、浩二郎の背後の席に目をやった。

「葦の緑が鮮やかだったんですが、どうも俳句にできなかったんです」知足は推敲《すいこう》によって俳句を仕上げていくのが、苦手だと言った。そのため、詠む対象を観察し続けるのが彼の流儀なのだそうだ。

「そうしてると高校生ぐらいの女の子が、鶏頭の花束を持って現れたんです。緑色の葦の辺《べ》に供えた赤い花が鮮烈に映《は》えて、そこに載せた句ができたという訳です」知足は、浩二郎の手元にある同人誌の自分の句に目を落とした。

「それは、手向けのようだったんですか？」三千代が知足に尋ねた。念をおす声が少し緊張しているようだ。

「それは間違いありません」知足ではなく、穴井が応えた。

「間違いない、というと」浩二郎は身を乗り出した。

穴井が憶測《おくそく》でしゃべる人間でないことは、当時交わしたやり取りでよく知っている。当時も他の捜査官が早々に自殺で処理しようとしていたとき、穴井は思い込みを排して懸命に目撃情報を探った。

「同人誌の編集委員をやらせてもらってて、藤村さんの句を見たとき、ピンとくるもんがあったんです」

「ピンとくるもん」

「ええ。藤村さんの俳句は、見たままを写生するものが多いんですよ。『根付きのごとく今日も咲く』というのを読んで、そこに根っこが生えるぐらい、花束が頻繁《ひんぱん》に供えてあったっちゅうニュアンスを感じたんです」

「そうなんですか、藤村さん」浩二郎は藤村に訊いた。

「ええ、まあ。三句目はかなり後になってできました。その間三度ほど、あの葦の辺を観察しに通ったんです。それで枯れてるだろうと思った鶏頭がきれいに咲いてたんですよ。枯れた花はきちんと回収して新しいものを置いていくようなんです」

「それを聞いて、二人で葦の辺を見張りました。藤村さんが句を詠んだのが先月ですから、上手く会えるかどうか。それほど期待はしていなかったんですが」穴井が、知足の言葉を引き継いだ。

「で、女の子に会えたんですか」

「ええ」大きく穴井はうなずいた。

彼女は月に数度、自宅の庭にある花を摘《つ》んでくるとのことだった。

「それで、その女の子が花を手向ける相手は？」

肝心《かんじん》なのは、その子が浩志の事件を知っていたのか、どうかだ。ただ現在高校生ぐらいだとすれば、浩志が死んだとき、まだ小学生ほどの年齢になる。浩志と親交があったとは思えない。もし知り合いでないとすれば、献花の理由は何なんだろうか。

浩二郎は心中で、都合のいい解釈をしようとしていた。知り合いでもないのに花束を供えるのは、事件の目撃者ではないかという期待を抱いたのだ。

「よう分からないんですよ、実相さん」穴井は、浩二郎と三千代の両方に目を向けて言った。

彼は確かにその子に会って、話を聞くことができた。ところが、彼女は献花の理由を言わなかったという。

「私も、長年県警で世話になった人間ですから、尋問には自信を持っていました。しかし彼女の口は、堅かった」

「その女の子は、やはり高校生だったんですか」

「それにはうなずいて応えましたから、間違いないでしょう」

「息子の事件以外、Y浜で死亡事故などはなかったんですよね。もし息子の事件に対しての弔意《ちょうい》だとすると、事件当時小学生ということになります。事件の目撃者だとしても、花を供えるというのは……」浩二郎は首をひねった。

「そうなんです。だから慎重に尋ねました。何せその子が花を供えている場所での不幸は、私が調べた中には実相さんの息子さん以外になかったんですから」

穴井は、自分が巡査だったことを女の子に説明し、Y浜で高校生の男の子が亡くなったが自殺で処理されたことを伝えたという。

「女の子は何と?」三千代が、せかすように尋ねた。

「ただうつむいて何も言いません」

どうしようもない穴井は、質問にうなずいてもらうことで、情報を聞き出そうとした。

花束を供えたのは君か。それは誰かに言われたからしている行為なのか。ここで亡くなった男子高校生のことは知っているのか。

「小さくですが、うなずいたり首を振ったりしてくれました。その結果、彼女が自分の意志で花を供えていることが分かりました。いつからしていたかは分かりませんが、もうじき引越して来られなくなるので、先月から毎週きていたそうです。また別の質問から、どうやら浩志君の事件のことを知っていることが分かったんです。ところが、その事件の内容になると、まったく反応がなくなってしまう」首を振りながら穴井は、おしぼりで顔の汗を拭った。

「でも間違いなく、少女は事件のことを知っているんですね」

少女は、浩志を殺害した犯人を見たのか。

「そうです。ただ……」

「ただ、何か」浩二郎は、そう言って穴井の顔を見つめ、隣の三千代にも一瞥をくれた。

「手を替え品を替え、いろいろ訊いたんですが、第三者の影はないんです」

「何ですって?」浩二郎は声を上げた。

自殺ではなく、何者かに殺されたと思ってきた。浩志に、敵《かたき》をとってやると誓ってこれまで生きてきたのだ。当時あれほど捜しても見つからなかった目撃者が現れたことで、敵に近づいたはずなのだ。

「大事な部分ですので、私も何度も確認しました。ひとが死ぬ現場を目にした小学生が、あまりの恐怖で、記憶を葬ってしまうこともありえますからね」

「それでも女の子は……」

「言い争いや、もみ合う姿を見たか、また誰かが逃げるのを目撃していないかなど、確認しました。でも、彼女は首を振って否定したんです」

「じゃあ息子は……いや、自殺はあり得ないんですよ、穴井さん。浩志は自分の命を粗末にするような子じゃない」力の入った浩二郎の五指が、テーブルに突き立った。

「事件当時から、実相さんはそう言ってこられた。だから私も、息子さんの事件を気にかけてきたんです。退職してからも」

「……」

「やはり、第三者の関与はないと思うんです。その上で実相さん、少女が気になることを言ったんです」

「何と？」

「最後にぽつりと、私の命の恩人だと」

「命の恩人！」浩二郎は、さらに身を乗り出した。

「確かにそう言いました。そして逃げるように立ち去りました」

それからその女の子は、姿を見せなくなったのだと、穴井が嘆くような声を出した。その顔は、彼女に悪いことをしたという表情にも感じられた。

「命の恩人か……」浩二郎は、Y浜に生えている葦を見た。

「実相さん。彼女にお会いになりたいですか。人定質問《じんてい》は警戒心を起こさせるので実施していませんが、その気になれば捜し出すことはできます」

　穴井は警察用語を使ったが、ごく自然に感じた。

「もう充分です。ね、あなた」三千代は、目頭《めがしら》をおしぼりで押さえて言った。

「うん？」浩二郎が三千代に顔を向けた。

「そのお嬢さんが、他にひとを見ていないと言っているんでしょう。花を供えてくれていたんでしょう。もういいじゃありませんか」

「……」

「これ以上、お嬢さんを追いかけても」三千代が今度はおしぼりで顔を覆《おお》った。

「そうだな。もういいな」自分に言い聞かせるように、浩二郎はつぶやいた。

「どういうことですか？」浩二郎と三千代の言葉を聞いた穴井が、怪訝な顔で言った。

「穴井さん、そして藤村さん。息子のことでここまで尽力《じんりょく》していただいて感謝しています。その女の子にも、言いたくない事情があるのでしょう」

「それはそうですが。本当に引越してしまえば……」穴井の言葉には、戸惑いが混じっていた。

「彼女が言った命の恩人という言葉から、浩志のやったことを推し量《お》りたいんですよ。勝手な思い込みでも」

「思い込み？」

その言葉は、穴井が巡査時代には封印していたものだろう。

「第三者がいないことで、息子の死には事件性がないことが分かりました。そして少女の恩人という言葉で、自殺ではないことも確信できた気がするんですよ。だからもうこれ以上は望まない方がいいのではと。そうだろう三千代」

三千代は脱力したように、大きくうなずいた。

どこの誰だか分からない犯人を恨み続けることに、三千代は疲れていたのかもしれない。

「そうですか……」穴井が、半信半疑の表情を浮かべた。

「本当に、ありがとうございました」浩二郎は深々と頭を下げた。

三千代はうつむいたままで、すすり泣いているようだ。

「『鶏冠花根付きのごとく今日も咲く』。この句を拝見したとき、単に置かれた花束ではなく、そこから心の根っこが生えているような、そんな感じを受けました。彼女は彼女なりに、何かを抱え込んで苦しんでいるのかもしれません」浩二郎は、この句が自分の気持ちも癒してくれると、知足に礼を述べた。

知足は目を瞬《しばたた》かせた。

穴井たちと別れて、浩二郎は三千代としばらくY浜付近を歩いた。夏の終わりだが釣り客は多く、それぞれのポイントで糸を垂らしていた。

「本当に、あれで良かったんだね」浩二郎は、前を歩く日傘《ひがさ》の中の三千代に声をかけた。

「あれでって?」三千代が立ち止まって、日傘を斜めにずらして振り向いた。

「いや、穴井さんが言うように、女の子の所在を突き止めることもできた。直接会って話せば、事実を聞き出せたかもしれない」

二人が頭を下げて頼めば、彼女の気持ちを動かせるかもしれない。

「あなたも、私の意見に賛成したんでしょう?」

「ああ。いや、いいんだ。君の気持ちが堅ければ」

「『丈夫《じょうぶ》の心を持ちたい』っていう浩志の詩、覚えてる?」

「『丈夫の心を持ちたい。困難なら、小さきより大きく。艱難《かんなん》なら、浅きより深く』」浩二郎は言葉を嚙みしめながら言った。

「やっぱりあなたも、頭から離れないのね」

「あいつの、叫びのような気がしてね」

「丈夫って、達者とか健康だと思ってたの」

「ますらお、のことだろう」

「それもあるけど、正しいことをやり遂げる、修行者って意味もあるそうなの」

「修行者？」

「すると、艱難っていう言葉も腑に落ちるの」

「うん。だけど修行といっても」

普通の高校生が、いったいなぜ修行などと、抹香臭《まっこうくさ》いことを考えたのか。

「友達のいじめを、止められなかったからだと思う」

「思い詰めていたんだな」

二人は、湖の小さな波が届く砂浜にたたずんでいた。あと一歩前に出れば、浩二郎の靴《くつ》は湖水に浸《ひた》ったにちがいない。

「そう、思い悩んでいた。だから少女を……」三千代が湖面に目をやる。

「君は何を考えているんだ」

「あなたと同じこと」

「……そうか。そうだな」浩二郎は足下の石を拾って、湖に投げた。ぽつりとわずかな波紋が水面に広がった。

第三者がいない、と聞いた瞬間、浩二郎もあるストーリーを頭に描いていた。

浩志は、冬の湖で溺れる少女を見つけた。今度こそ丈夫の心を奮い起こして、上半身だけ服を脱ぐと水に飛び込んだ。少女は助かったが、浩志は――。

少女がなぜ、湖に入ったのかは分からないが、口を噤《つぐ》んでいる事実から根深い事情があるにちがいない。少女が命の恩人であることを認識して、Y浜に花を手向けていながら、事件のことは話せないという事実からも、寒空の湖水に近づいた理由には何らかの問題があるのだろう。

しかし、いまさらそれを知ってどうなる。その少女にとって浩志は、命の恩人ということでいいんだと浩二郎は思った。

「これ見て」三千代は、一冊の文庫本をバッグから取り出し、浩二郎に渡した。

「『夜間飛行』。サン＝テグジュペリか」

「浩志の机の引き出しにあったの」

「部屋に入ったのか」

三千代には、浩志の荷物を置いた部屋に、気持ちが落ち着くまでは入らないように言っていた。興奮と落胆《らくたん》が、またアルコールに手を出すきっかけになるかもしれないと、医者から注意を受けていたからだ。

「ひと月ほど前にちょっとだけ。心配しないで、お酒は飲んでないから」

「そのときに、これを？」

複葉の小型飛行機が描かれた表紙を見た。

「本棚じゃなくて、どうして引き出しにしまってあったのかなって、不思議だったから持ち出したの。そしたらメモが挟んであってね」

浩二郎は文庫本を開き、そこに挟んである四つ折りのメモを取り出した。そしてメモを声に出して読んだ。「人生には解決法なんかないのだよ。人生にあるのは、前進中の力だけなんだ。その力を造り出さなければいけない。それさえあれば解決法なんか、ひとりでに見つかるのだ」

「浩志の字でしょう？　物語の中の一節。きっと気に入ったのよね」

「友達のいじめを、どうすることもできなかったことに悩み、喘《あえ》いでいたんだ。しかし一方では、前へ進もうとしゃかりきになっていた」

「あの子のことは一生忘れない。でも止まったままは、もう止めようと思っていたの。そんなときに穴井さんからお手紙をいただいたのよ」

「そうか」

「ええ」

「じゃあ一歩前に、進んでみようか」

「うん、努力してみようと思う。へこたれるかもしれないけど」

「そうしたら、またこれを」三千代に『夜間飛行』を示した。

「そうね。浩志に叱《しか》ってもらいましょう」三千代は微笑んだ。

「ホッとしたよ」

「私がお酒を飲んでないって知って？」

「それもあるけど。浩志はすでに丈夫の心を持っていたんだと思ってね」

浩志は命がけで、正しいことをやり遂げた。自殺という後ろ向きの気持ちなど、微塵《みじん》もなかったことが、浩二郎の気持ちを楽にした。

「トモヨさんの事案に、全力を投入してあげてね」

「前進中の力さえあれば解決できるさ」浩二郎は文庫本を三千代に返しながら、力強く言った。

10

それから丸二日が経った日の夕方、茶川が探偵社にやってきた。

「由美はんおるかいな」

「これは茶川さん、先日は電話で失礼しました」浩二郎は浩志の件を茶川に伝えていた。

「うん。浩二郎おったんかいな」事務所内を見渡しながら、茶川が言った。

「由美君は病院です」

「どっか悪いんか。浩二郎がこき使うよってに、夏バテしてしもたんとちゃうか。ええ加減にせなあかんで」茶川が、応接用のソファーにどっかと尻を落とした。

「由美君はいたって元気です。トモヨさんが転院したんですよ」浩二郎も応接テーブルについた。

「そうなんか。こないだ会《お》うたときは元気そうやったけど」

「大事をとっての措置《そち》ですけどね」

「とはいえ、悠長《ゆうちょう》なことは言うてられへんな」

「ええ。私はこの二日、知り合いを通じて、戦後『コデューナ』少年が連行された界隈で、巡査や刑務官をしていた、大阪府警のOBと接触してました」

「みんな、歳とっとったやろ」

「そうですね。それでも十数人から、話を訊くことができました」

リチャード杉山氏に宛てた、フランク・A・ミューレンの手紙によって、被害を受けた米兵の名前や立場、さらに新大阪ホテルで治療を受けていたことなど、判明した点をいくつか結びつけることで、巡査たちの記憶を引き出すことができた。

「そら優秀やな。浩二郎の顔から判断して、収穫ありちゅうところか」

「実際に、かの少年に結びつくかどうかは分かりませんが、ちょっとした手がかりにはなると思います」

「わしも、ええ情報持ってきたんやで」

「ありがとうございます」

「浩二郎の仕入れたネタは、どんなこっちゃ」茶川は座り直し、幼子《おさなご》のような目を向けてきた。

「ある巡査の話ですと、米兵に手を出した日本人が連行されたという事件は多くはないのですが、まああったらしいんです。大概《たいがい》は小競《こぜ》り合い程度でしたが、お灸《きゆう》をすえる意味と、米軍関係者に気を遣っていたこともあって、豚箱に放り込んだといいます。ただ怪我をさせたということで、少年の処遇を巡って、様々な憶測が流れたようです」

「つまり話題になってたんやな」

「巡査たちは、杉山さんとは立場がちがいますから、沈黙してたんでしょうね」

そして何人かは、少年の勇気に心の中で拍手を送っていたと述懐《じゆつかい》した。

「放免になるまでの少しの時間、形だけですが豚箱に入れたという巡査がいました。こっそり励《はげ》ましてやろうと話をしたそうです」

その巡査に、浩二郎が茶川の描いた似顔絵を見せると、細部は覚えてないが傷の感じなどが似ていると感想を述べたという。

「わしの絵の腕も、やっぱり大したもんや」

「ええ。似顔絵のお陰で思い出してくれたんですから、すごい効果ですよ」

「そうやろ、そうやろ」茶川は上機嫌で毛のない頭を撫でた。

「『コデューナトシイゲ』という名前には首をかしげるだけだったんですが、少年の言った一言だけは耳に残っていると」

「少年が言うた言葉をか。人間の記憶っちゅうのはけったいやな」

「殴ったことを『くらしてしもた』と言ったそうです」

「なるほど、どっかの方言や」茶川はそう言って、にんまりした。

「巡査の親戚に……」

「ちょっと待った」手のひらを浩二郎に向け、茶川が言葉を遮った。

「どうしたんです？」

「その巡査の親戚は、伊予《いよ》の方やろ」

「いや驚きました。その通りです。茶川さんが伊予の方言に詳しかったとは」

「いや聞いたことあらへん」頭を振って茶川が否定した。

「確かに巡査の親戚は松山にいるんですが、どうして伊予だと分かったんですか」

「今日、由美はんに会いにきたんもそのことなんやけどな。ついにお守り袋の紋の解析が終わった」

　茶川がテーブルの上に置いたのは、お守り袋からスキャンした図柄を修復した写真だ。そこに映っていた紋は、六つの花びらとも、また水車の形ともとれるような図案だった。

「これはキンポウゲ科の、クレマチスいう植物の花弁を象《かたど》ってる『六《む》つ鉄線《てっせん》』ちゅう家紋なんやそうや」

「この家紋が伊予に関係あるんですか」浩二郎は、写真を手にとって訊いた。

「いや、この紋だけやったらそないに限定はできひんのやけどな。お守り袋の中に墨印があったやろ」

「勘合符、ということでしたね」

「K縫製《ほうせい》の人間と、そんなもんをお守りにしてるのは、その昔船に乗っていた一族かもしれへんいう話をしてたんや。そのときに、伊予辺りの島を拠点にしてた水軍があって、その旗印に六つ鉄線を使《つこ》うてたいうのを聞いたことがあるんやって」

「伊予の水軍。その旗印」

言葉に出してみると、どこか浮世離れした響きがあった。いや現実離れした話だろうと、トモヨの捜すかつての少年に行き着ければ、それでいい。

浩二郎はトモヨが持っていた薬瓶を思い浮かべた。中身は劣化していたとはいえ、青酸カリだった。少年の勘違いであっても、トモヨを助けていなければ間違いなく彼女は、その瓶の蓋を開いていた。

命の恩人――。

浩二郎の耳朶《じだ》に、湖風に揺れる葦の音とともにそんな言葉が聞こえた。

「その水軍の名は、忽那《くつな》水軍というんや」

「クツナ、ですか」

外国人の耳に「コデューナ」と聞こえても不思議はない、と浩二郎は考えた。

「そうや」

「コデューナとクッナ」

「うん、K縫製に、その線で調べてもらうわ」

「お願いします」

「こんどは由美はんのいるときに寄せてもらおう。そや浩二郎。大きい姉ちゃんが言うとった。葦はほんまは『アシ』と呼ぶんやけど、『悪《あ》し』を連想させるから『ヨシ』と呼ぶようになったんやて。心の持ちようは大事やな」そう言いながら茶川は、事務所から出て行った。

浩二郎は時計に目をやった。

雄高が折り入って話がしたいと言っていたのだが、この二日間、会えていない。雄高はずっと撮影所に詰めている。

何か悩みでもあるのだろうか。深刻なものでなければいいが。

そう願いつつ浩二郎は、茶川が置いていった六つ鉄線の紋に目を落とした。

そして、コデューナ少年に生きていてほしいと心の底から思った。

11

二日後の朝、茶川が風変わりな中年女性を伴って、事務所にやってきた。その女性は和装で上は白衣《びゃくえ》、下は緋袴《ひばかま》という一見して巫女《みこ》装束《しょうぞく》に身を包んでいた。背中までの髪を固く後ろで縛った顔は五十代半ばに見えたが、実際はもっと上かもしれない。

茶川は連れてきた女性を玄関口に置いたまま、復帰したばかりの佳菜子を見つけると彼女のデスクに近づいた。

「ようなったか？」

「はい。ご心配をおかけしました。いろいろありがとうございました」佳菜子は立ち上がって礼を言った。

「無事で何よりや。気ぃつけや、男みんながわしみたいに紳士なわけやないから」

「はい」笑みを浮かべて佳菜子は返事をした。

「ちょっと茶川さん。早《はよ》う紹介してよ。紳士が聞いて呆《あき》れるわいな」和装の女性が大きな声で言った。

「へえへえ、すんまへん」茶川は、女性を応接セットの前まで連れてきた。「浩二郎、由美はんは今日も留守か？」とのんきな声を出した。

「トモヨさんの検査が入ったので、付き添っています」浩二郎は、業を煮やしている女性を気にしながら言った。

「ほんで、本郷君は撮影か。頑張っとるな」

「あの、茶川さん。こちらは？」浩二郎は女性を見やって、紹介を促《うなが》した。

「おう。こちら土屋夕紀《つちやゆうき》はん。うちの近所で占いをしてはるんや。大昔、巫女してはってん」

「大昔ゆうんは余計ですやろ。土屋いいます、よろしく」夕紀は、ようやく紹介した茶川に一言言ってから、浩二郎へお辞儀をした。

「ここの責任者の実相です」

「姓名判断とか、いろいろしてはるさかいな。例の忽那という名字は、珍しいと思て、夕紀はんに聞いてみたんや。期待はしてへんかったんやけど」

「茶川さん、一言多いわ」そう言うと、夕紀が浩二郎に向き直った。

「忽那いう姓は、元を辿れば藤原氏やったといいます。まあ古い話ですから諸説はあるし、どれがほんまやゆうんは分かりません。けど『忽那嶋開発記』という文書《もんじょ》には、藤原道長の子孫である親賢《ちかかた》が、瀬戸内海の中島、現在の愛媛県松山市中島ですけど、そこに流されはったことに始まると書いてあるそうですわ」

「愛媛県ですか」

大阪府警ＯＢから聞いた「くらしてしもた」という伊予訛りが、愛媛県なら符合する。

「忽那はコツナ、骨奈と書いたいう文献も残ってます。そやから元は骨奈いうたんですやろな。中島は忽那島とも言いますけど、昔はたぶん骨奈島やったんです」

忽那氏は島を切り開き、藤原氏の力に支えられて次第に力をつけていく。

「瀬戸内の小島がぎょうさんある地の利を生かして、独特の発展を遂げていきますけど、そこには常に海人《あまびと》としての船の操舵術《そうだじゅつ》ゆうのが存在してます。ところが、諸行無常《しょぎょうむじょう》ですね。戦国時代に事実上滅びてしまうんです」

制海権を確立した忽那氏は、その手腕《しゅわん》を買われ、南北朝時代に伊予国守護《しゅご》となった河野《こうの》家に仕《つか》えることとなる。しかしその河野家が大内、細川、大友、長宗我部《ちょうそかべ》氏などに圧迫され、豊臣秀吉の四国征伐により所領を没収、滅亡したのを受けて忽那氏も滅したという。

「面白いのはな浩二郎。忽那氏は南北朝の争乱の際、官軍についてたんや。けど一転、足利尊氏《あしかがたかうじ》に寝返る。勘合貿易を始めたのが三代義満《よしみつ》といわれてるから、忽那家の子孫が勘合符をお守り袋に入れててもおかしゅうはないやろ」

「茶川さん、ちょっとちゃいますわ」隣の茶川に首を向け、夕紀が言った。

「ちゃうって、何が」

「水軍の旗印は六つ鉄線やったかもしれませんけど、忽那家の紋は『杏葉牡丹《ぎょようぼたん》』です。ましてやお守り袋に使うんやったらなおさら、牡丹の方やと思います」

「どんな紋や」

「牡丹の葉を杏《あんず》の葉の形にして、左右対象に向かい合わせにします。その上に牡丹の蕾《つぼみ》を、下に牡丹の花を書き込んだ粋《いき》な紋どすわ」

「ぜんぜんちゃうちゅうことだけは分かる」茶川はうなずき、わざと胸を張ってみせた。

「茶川さんが、中身の信憑性《しんぴょうせい》も疑《うたご》うてはるんやから……」

「ちょっと待ってください。それじゃ中身もお守り袋も偽物だと」茶川と夕紀の間に浩二郎が割って入った。

「そうやないんです。忽那家の系譜《けいふ》だけやなく、水軍は、海の上で暮らすためのあらゆる技術を持ったひとたちやと思います。そやから実際に船に乗って貿易に携《たずさわ》った人間だけが、その子孫を名乗ってたんやないと言いたいんです」夕紀の言葉には、熱がこもっていた。

「土屋さん、もう少し分かるようにお願いできますか」

「幅を持たせた方が、ええんやないかと」

「どういう意味の幅でしょうか」幅も何も、限定というものができない。浩二郎は座り直して訊いた。

「勘合符が偽物だから勘合貿易に関係ないとか、お守りに勘合符を入れていたから船乗りの家系やという枠を、取っ払ってみやはった方がええいう意味ですわ」

「なるほど……。土屋さんには何かお考えがあるようですね」

「考えいうほどやないんです。ただ伊予地方の方言を使って、お守り袋に忽那家ではないけど水軍の旗印に使うた紋、その中身が勘合符という三点で人物をとらえた方がええんとちゃうか。そない思いますんやわ」少し休んで、夕紀はそのまま続けた。「ほんまに菩提《ぼだい》寺《じ》とか、先祖を祀《まつ》る神社で作らはったお守りやったら、K縫製はんが何かご存じのはずです。たとえ競合の会社が作ったとしても、全国の社寺の情報はもってはるさかい。それが分からへんかったんやったら、手作り、もしくはかなり個人的な社寺です。この三点の手がかりでしらみ潰しに捜さはる以外には」夕紀は斜に構えて、横目で浩二郎を見た。

浩二郎は、自分の覚悟を覗かれている気がした。「しらみ潰し……」

「無茶やけど、それが一番早いかもしれへんな。少年が故郷に戻って、現在もその地で壮健ならええんやが。ただ別の場所に移り住んでても、何か手がかりが見つかるかもしれへんやないか」茶川がソファーにもたれて言った。

「その際に、先ほどおっしゃった幅というのが効いてくるんですね」浩二郎は夕紀に視線を投げた。

「姓についても」

「姓も?」

「忽那は、骨奈とも書いたといいましたやろ。愛媛の松山で、クツナ、コツナと発音する人物を当たらなあかんと思います」

「クツナとコツナ。あっ。コツナ。コツナの方がコデューナに近いですね」浩二郎は実際に発音して、気づいたことを茶川に言った。

「クツナをコデューナいうのには違和感があったんや。コッナやったらしっくりくるな。それに英語圏の人間は『ツ』とか『ヅ』を発音するのが上手ないで。大きい姉ちゃんとこに都々逸《どどいつ》を聴きにきた外国人が、『ドゥドゥイチュ』って言うてたもんなあ」

「コツナで当たってみましょう」浩二郎の心はすでに、瀬戸内海の島々へと向かっていた。

12

次の日、浩二郎は以前由美が入手したK縫製の顧客リストから広島、山口、そして四国方面の顧客をピックアップし、それを持って午後一時過ぎの飛行機に乗った。

創業百余年のK縫製には、戦前戦後の取引社寺の図案や素材などの記録も残っていた。つまりK縫製と取引のある社寺は、この際調査から外すことにした。

ただ建物が火事や災害でなくなっていたり、後継者などの問題で社寺そのものが存在しないことも考えられる。その辺は、役所や近隣の住民へ聞き込むしかないだろう。

いずれにしても現地に行かなくては、何も前に進まない。鞄《かばん》の中には瀬戸内海周辺の地図、少年の似顔絵と六十年後を想像した絵、彼が持っていたお守り、そしてフランク・A・ミューレンの手紙を訳したものが入っている。

フランクの手紙を本人に見せることには、迷いがあった。あくまでトモヨの依頼は、助けてもらったことへの礼なのだ。事実を白日《はくじつ》の下にさらすことが目的ではない。

本当のことを知ることが、幸福だとはいえなかった。

浩二郎は窓の外を眺めた。そこから見える雲は真っ白で、目の奥が痛いくらいまぶしく、思わず目を閉じた。

夜間飛行。

一瞬にして目の前から光を失うと、三千代の手にしていた文庫本が瞼《まぶた》に浮かんだ。

調査にどれだけの時間がかかるのか、まったく見当がつかないが、ひとまず五日間の出張を決めた。立ち直ってきているとはいえ、三千代のことが気がかりだったが、佳菜子が家に泊まりにきてくれることになっていた。

佳菜子も、さすがに一人でいるのは心細かったようで、浩二郎の頼みを二つ返事で承諾した。

雄高とはまだ会えていない。こちらも気になるが、いまは目の前の事案に傾注《けいちゅう》しなければならない。

浩二郎は目を開いた。

しばらくすると、シートベルト着用のアナウンスが流れ、機体が大きく傾いた。松山空港が眼下に見えた。

事務所から三時間強で、松山空港に浩二郎は降り立った。

空港から伊予鉄道大手町駅経由で高浜港へ向かい、そこからフェリーで中島本島に上陸した。中島は三十にも及ぶ島々からなる忽那諸島の中で、九つあるという有人島の一つだ。忽那水軍の本拠地とされている。

近くにK神社があったが、ここはリストに載っていた。念のために社務所に行き、簡単な事情を話してお守りと似顔絵を見せた。

神主は首を振ったが、「コツナ」と発音する姓はないか、奉納者名簿などを当たってくれた。しかし見当たらなかった。

仕方なく次のT寺へ向かった。神社から四十分ほど歩いて寺の門をくぐった。

K縫製との取引はない寺だが、住職はお守りにも、似顔絵にも心当たりはないと言った。

そこから急勾配《きゅうこうばい》を登り高台へ着くと、海と島々が見えた。確かに天然の要塞《ようさい》になり得る地形だと思えた。

タオル地のハンカチがみる間に汗を吸う。晩夏《ばんか》の日差しの強さは京都の比ではないが、海風が気持ちよかった。

十分ほど行くと八幡宮《はちまんぐう》があったが、そこでも収穫はなかった。きた道を戻る。

ふと気づくと辺り一面が朱色の世界になっている。傾いた太陽が鮮やかな橙《だいだい》色をして海へと沈みかけていたのだった。

腕時計を見ると、すでに午後六時半を過ぎている。

浩二郎は、事前に予約を入れていた中島の民宿への地図を鞄から取り出した。

部屋に入るとすぐ、事務所に連絡を入れた。

「待ってたんですえ、浩二郎さん」明るい声の由美が出た。

「何かあったのかい」

「いや、かなわんわぁ、心配してたんやないですか。飛行機落ちてへんか、ネットのニュース何回見たか」

「すぐに調査に入ったんで、連絡できなかったんだ。すまない」

「しょうがないから許したげます。で、どうでした？」

トモヨを間近で見ている由美には、余計に浩二郎の調査結果が気になるのだろう。声のトーンが変わったのが分かった。

浩二郎は正直に空振りに終わったことを告げた。「今日は時間的に厳しかったが、明日からはもっと動けるから」

「それでも、無理せんといてくださいね」

「ありがとう。トモヨさんの具合はどう？」

「検査の結果、あんまりええことないんです。心筋に栄養がいかへんし、冠動脈硬化症がひどいから怖いです。冠動脈形成術いう方法もあるんやけど、それに耐えられるかどうか……」

「転院は、正解だったのかな」

「飯津家先生がそないせいせい言わはったんやから、それは間違いないと思います」

「そうだね。トモヨさんは何か言ってた？」そう訊いたとき、ほとんど由美にトモヨの世話をさせていたことに、改めて気づいた。

「興奮は心臓に悪いから、こっちからあんまり言わんようにしてるんやけど。元気でいてほしいとか、病院で会うのはいやだから、どこか景色のいいところないかしらって、ほんまに再会だけを糧《かて》に病気と闘ってるみたいで。なかなかそれを見てるの辛いんですわ」

「絶対に会わせないといけないね」

あの少年は生きている。絶対に生きていてもらわなければ困る。トモヨの最後の願いなのだ。

浩二郎は携帯電話を固く握りしめた。

「浩二郎さん」迷っているような由美の声がした。

「どうしたんだい？」

「うち、トモヨさんの息子さんに知らせようと思うんですわ」

トモヨの息子は約二十年前に人妻と駆け落ちして以来、行方は分からない。それが三十五歳のときだというから、すでに五十五歳になっているはずだ。

「捜し出すつもりだね」

「トモヨさんは、二十年前にご主人が電報で勘当《かんどう》することを伝えてから、音信不通だと言ってましたけど、ほんまは何か知ったはる節があるんです」

転院して入院手続きをする際、入院申込書に保証人や緊急連絡先などを記入するが、そのときトモヨがふと遠くを見る仕草をしたのだと言った。

「遠くを見たのは息子さんを思い浮かべたんだと、由美君は思ったんだね」

「それだけやないんです。その後いつも大事に持っているポーチを、じっと見はったんです。うちの勘では、あの中に息子さんの住所を書いたもんが、入ってるんやないかなと」

由美は勘の鋭い女性だ。

「なるほど。もしそうなら、トモヨさんの気持ちを汲んであげないといけないな」

「そうなんですけど、いまさら息子はんになんて頼りたくない、と思たはるから」

ひとの気持ちの難しいところだ。本心とは裏腹な行動をとっているのが辛いと感じながらも、素直にはなれない。ひとに言われるとなおさら頑《かたくな》になって、心を閉ざしてしまう。

「上手く住所を聞き出して、息子さんと会わせよう」

トモヨの命のある間に――。

「いい方法が見つからへんのです」

「無理をすると、トモヨさんの体に障《さわ》るからね」

「そうなんです」

「分かった。ちょっと考えてみるよ」

「お疲れやのに、すんません」

「いや、よく気づいてくれた」

「それと」

「他に何か？」

「佳菜ちゃんですけど、今日から浩二郎さんの家に？」

「ああ、そうしてもらうことになったんだ」

「そうですか……」由美の声が小さくなった。

「どうした？」

「いいえ、心配なんですね」

「そうだね、あんなことがあったばかりだから。犯人は逮捕されたとはいえ、まだ恐怖心は消えないだろう」

「……佳菜ちゃんが、心配？」

「佳菜ちゃんに、何か変わったことでもあるの」

「いえ。だいぶ回復してます。やっぱり若いから、気持ちの切り替えが早いんやわ、きっと」由美はそう言って電話を切った。

由美のいつもとはちがう声を訝《いぶか》りながら、浩二郎は携帯をたたんだ。


明るい日差しに目が覚めた。調査はすでに五日目に入っていた。

島を渡り歩き一つ一つ調べたが、結果は同じだった。

最後の島、二神島《ふたかみじま》の宿の窓を開けると、潮の香りが飛び込んできた。今日も快晴だ。

階下の食堂で朝食を摂《と》った。他の客は皆釣りが目的で、朝早くに出て行ったようだ。食堂には浩二郎しかいなかった。

今日回るルートを思案していると、宿の女将《おかみ》が話しかけてきた。

「お客さん、釣りでも観光でもありゃせんね」女将は、ひとが良さそうな柔和《にゅうわ》な表情をしていた。

「ええ、人捜しなんです」

「借金取り？」警戒するように、女将が浩二郎を睨んだ。

「いえ、そうではありません」浩二郎は名刺《めいし》を渡し、素性《すじょう》を明らかにした。その上で、捜しているのはある女性の命の恩人で、一言礼を述べたいと願っていると話した。

「あら、探偵さん」

「思い出を捜す探偵です。どうしても見つけてあげたいんです」

「その方、島のひとなんじゃね？」女将の目元に柔らかさが戻った。

「だと思っているんですが、確証はありません」

「そのひとの名前は？」

「コツナさんだと思うのですが、それもはっきりとは分かりません」

「あらま。そのひとの仕事は何じゃろ」

「実は、それも……」浩二郎は申し訳なさそうに女将を見た。

「何も分かっておらんのに、無理ぞなもし。もうちょっと手がかりというのか、何かないですかの」

「これを見てもらえますか」浩二郎は似顔絵を取り出した。

「よう描けとる絵じゃにぃ。あれ、どこかで見たような気がしようわいね。ちょっと待ってね、主人と息子にも見せてみるけぇ」

女将は調理場にいる二人を呼んできた。

「見覚えありますか？　コツナさんというんですが」浩二郎は似顔絵を示して尋ねた。

「あのひとではないやろか」息子の方がつぶやいた。

「心当たり、あるんですか」浩二郎の言葉に力がこもった。

「ほら、お祭りの船を作ってもろうた、船大工さんじゃないやろか」息子が父親に訊いた。

「ああ、あの船大工さんに似ちゅうな」

「船大工さん、ですか」

夕紀が幅を持たせろといった意味が分かった。

「いや船いうても模型じゃ。それでも畳一畳はあるわい」

和船の需要はほとんどなく、古い船の修繕《しゅうぜん》をしている船大工の中で、早くから祝い事などの贈答用模型を手がけている匠《たくみ》が何人かいるそうだ。

「そのひとに似ちゅうかもしれんな」父親も大きくうなずいて見せた。

「その方の名前は、何と」

「青年団の出納帳《すいとうちょう》見たら、分かると思うけんね」息子が言った。

「そうしてあげんね」

女将が息子の尻を叩くと、彼はすぐに奥へ引っ込んだ。

「すみません。お手数おかけします」

「うちは海水浴と釣りのお客さんが多いけんね。ほんでも京都からのお客さんは珍しいなと、思うとったんです」嬉しそうに女将が笑ったとき、息子が戻ってきた。

「小谷船渠《こたにせんきょ》としか書いてなかったけん、大工さんの名前までは」頭を左右に振りながら息子は言った。

「いや充分です。小谷船渠は、どこにあるんですか」浩二郎が微笑みかけた。

「控えの住所は、呉《くれ》になっとるねぇ」

浩二郎は住所を訊き、すぐにメモした。

「島のひとじゃなかったんじゃ。雇われてたんかね」息子が漏らした。

いまはどんな些細《ささい》な情報も、おろそかにはできない。そう思った浩二郎は、すぐさま息子に訊いた。「雇われ大工ではないように、お感じになったんですか」

「島いうもんに、馴染《なじ》んでいたような気がしただけじゃが」

「なるほど。印象というのは馬鹿にできません」

「そんなもんじゃろか」宿の家族は、皆不思議そうな顔を浩二郎に向けた。


浩二郎は、メモした『株式会社小谷船渠』のある広島県呉市W町一番地へ向かった。二神島から一旦中島に戻り、小谷船渠に着いたのは、昼を過ぎていた。

周辺は造船所の建物がいくつかあって、さらに海沿いには海上保安大学校の白い建物が見えた。

小谷船渠はドックと事務所が併設されていた。浩二郎は、海の匂《にお》いと鉄臭さがどこからともなく漂《ただよ》う事務所に入った。

受付の女性に名刺を渡し、ひとを捜していることを告げると、女性は事務所内の初老の男性に相談した後、応接室に浩二郎を案内した。

「あの参考までに、これを」浩二郎は捜している人物の似顔絵だと言って女性に手渡した。

「お預かりします。しばらくお持ちください」そう言って、女性は応接室から出て行った。

浩二郎は鞄をソファーに置き、室内を見渡した。壁の棚には精巧《せいこう》な船の模型がいくつか展示されている。その中に風格のある和船を見つけた。

浩二郎は木造船模型に近づいた。作られてからかなり経っているにもかかわらず、檜《ひのき》の香りがした。

丹念に手入れされているのか、年輪は感じるが古びた感じがしなかった。傍らに木製のネームプレートが置かれ「大安宅船《おおあたけぶね》」と記されていた。

浩二郎は、プレートの下部に書かれた作者名を見て息を呑んだ。

小綱利重《こづなとししげ》。

今度はプレートを手に取り、目に近づけて確かめた。

間違いない。

「小綱利重、コデューナトシイゲだ！」思わず声が出た。

ついに、トモヨを助けた少年・コデューナトシイゲ、いや小綱利重を見つけた。わき上がる興奮に浩二郎は震えた。追い求めてきた人物が、もう目の前にいる。六十年以上の年月を隔《へだ》てた人間の思い出の糸は、細いながら繋がっていた。トモヨの執念《しゅうねん》がそれをたぐり寄せたのだ。

ドアがノックされた。

浩二郎は身構え、ドアを注視した。

しかしそこに現れたのは、似顔絵とは似ても似つかない五十がらみの男性だった。

男性は浩二郎に歩み寄ると、名刺を差し出した。「わざわざ京都からお見えになったんですか。私はここの代表者の中谷といいます」

「突然お邪魔して申し訳ありません。まったく曖昧な情報しかないまま、ひとを捜しているものですから。非礼の段はどうかお許しください」恐縮しながら浩二郎が頭を下げた。

「いやいや。この絵を見せていただいて、よく描けてるなと感心しましてね。いまも専務とよく似ているなと話していたところです」中谷はソファへ腰掛けるよう浩二郎に促した。

浩二郎は中谷が座るのと同時に腰を下ろす。「ここに、その絵の方がいらっしゃるんですね」

「ええ」

「ここにある和船の模型を拝見していたんです。それを見るまでは名前がさだかではありませんでした。しかしいまはっきりとその名前を知ることができたんです」

「義理の父です。小綱利重は」

「義理のお父さん？」

「ええ。利重は私の妻、利子《とし こ》の父親です。この会社の先代社長です。私が社長になるとき社名変更しましたが」

小綱が、中谷の「谷」を社名に入れたのだそうだ。

再びノックの音がして、受付の女性がお茶を運んできた。

「小綱さんはご健在なのですね」失礼を承知で浩二郎は尋ねた。

「隠居して、趣味で模型作りをしていますよ」

「趣味とは思えない出来映《で き ば》えですが」

「それはそうでしょう。船大工をしてましたから」

社内に船の模型やレプリカ作りの部署はないが、最近需要が増えつつあるらしい。会社の宣伝にもなるということで、利重を中心に積極的な受注を始めたのだと語った。

「あれだけの技術、もったいないですからね。模型から間口《ま ぐち》を広げ後継者育成に繋がればと、本人ははりきってますよ。ぼけ防止にもなるしね」

「これを、見ていただけますか」浩二郎がテーブルに置いたのは、茶川がスキャンして拡大したお守り袋の紋の写真だ。

「先ほどお渡しした、名刺の裏を見てください」

中谷に言われて、浩二郎は名刺を手に取り裏返した。名刺の左上に六つ鉄線と社名のロゴタイプが印刷されていた。

「これは、社章ですか」

「義父《ちち》が大切にしている紋です。忽那水軍の旗印にもなったものだと、酔えば必ず聞かされましたよ」

「忽那水軍の……旗印」

「あの、実相さん。義父を捜している方というのはどんな方なんです。トラブルにはならんでしょうね」

「それは私が保証します。まったく利害関係のない純粋な思い出捜しです。ただ依頼人の体の具合がよくありません。一刻もはやくお義父《とう》さまにお会いしたい」

「そうですか……」

「お義父さまには、お会いできますか」

「いまは、青森なんですよ」

13

午後六時半、由美はK大病院を小走りで飛び出し、そのままタクシーを拾った。京都駅へ向かうように運転手に告げると、手の中の名刺を見つめた。

そこには有限会社バナ・ドリンコ代表取締役社長という肩書きと共に、島崎智弘《ともひろ》という名前が記されていた。住所は静岡県富士宮市《ふじのみや》となっている。

由美は携帯電話を取り出し、バナ・ドリンコの代表番号をプッシュした。

「ありがとうございます。バナ・ドリンコの梅垣《うめがき》と申します」若い女性の声だ。

「島崎社長は、いはりますか」

「生憎《あいにく》、外出しております。お約束でしょうか」

「いえ。わたしは京都から電話してますが、島崎社長の……」一瞬、どういえばいいのか言葉が出てこなかった。

「島崎トモヨさんという方の入院されている、京都のK大病院からお電話しています」

嘘も方便だと、由美は思い切って話を続けた。「そのご婦人の持ち物の中に、島崎社長の名刺が入っていましたので、もしやお身内の方ではないかと思ったのですが」

「えっ、あっそうですか。私、島崎の娘で泰子《やすこ》と申します。結婚して姓が変わっていますが。祖母の名前はカタカナでトモヨ、トモヨに間違いありません。それで祖母の具合は」

勘当した息子とは音信不通にもかかわらず、孫娘がトモヨの名前をすぐ認識したことに、由美は違和感を持った。しかしいまは、それを確かめている暇はない。由美はトモヨの病状を簡単に説明した。「もともと心臓の具合が良くなくて、三重から京都に出てこられてからひと月ほど経ちますが、小康《しょうこう》状態を保っていました。でも今朝から熱が出て、肺炎か感染症の疑いがあります。体力が落ちていて予断を許さない状態なんです」

「分かりました。すぐ父に連絡をとります」

そう言った泰子に、由美は自分の携帯番号を教えた。

京都駅に着くと浩二郎へ連絡を取った。

「そうか、トモヨさんが……」病状を話すと浩二郎は絶句した。

「うちの思った通り、肌身離さず持ってはったポーチに、息子はんの名刺が入ってました。まるでお守りみたいやった。熱が下がらへんから点滴を打ってもろてるんですけど、うなされたはって。それでもポーチを離さはらへん」

薬が効き始めてトモヨが眠った隙に、ポーチを彼女の手から引き離した。そしてやってはいけないことだが、由美はポーチを開いた。

「すんません。いかんことやけど、言うてられへん状態やと思たんです」由美は必死の思いだったことを、浩二郎に告げた。

「いいや。私が由美君に適切な指示を出せずにいたんだ。由美君にそこまで思いつめさせたこっちこそ悪かった。すまない」

「そ、そんな、悪いのはうちなんですから」

「まあ由美君の処分と私の責任問題は、後で考えよう。どんな理由があったとしても、個人の持ち物を本人の了解を得ず持ち出したのは明らかにルール違反だからね。けれど、いまは息子の智弘さんとトモヨさんを会わせてあげることの方が大事だ」

「おおきに、浩二郎さん」

「私の方も、ついにコデューナトシイゲをとらえたんだ」

「えっ、ほんまですか」由美は大きく目を開き、叫んだ。

「早く会いたい。もうすぐ新大阪に着くところでね。これから十九時伊丹《いたみ》空港発の飛行機で青森に行く」

「瀬戸内から青森へ?」

「そこにコデューナトシイゲ、いや小綱利重さんがいる」

「コヅナトシシゲ!」

「ああ。トモヨさんが捜し求めてきた男性だ。夜十時には青森駅前ホテルに着ける。そこで小綱さんと会う約束はできているんだ。絶対にトモヨさんに引き合わせてみせる。由美君は、息子さんのこと、よろしく頼むよ」

「首に縄をつけてでもトモヨさんのもとへ連れてきます。浩二郎さんも気ぃつけて。無理せず、気張ってくださいね」由美は矛盾《むじゅん》したことを言っていると、自分でも思った。

それは浩二郎が、トモヨは襲われていたのではなく、逆に溺れたところを米兵に助けられていた事実を伝えるのかどうか、迷っていることを知っているからだ。

由美は、浩二郎の心中を察すると胸が痛んだ。

「頑張るよ。心を尽くせばきっと上手くいくはずだ」

「そうですよね。うちも気張りますよって」

由美が電話を切るとすぐ、智弘からの連絡があった。


「なぜ母が、京都にいるのです？」その声は疑心《ぎしん》に溢れ、暗く冷たい印象だった。

由美は、智弘の娘、泰子に告げたのと同じ病状を伝えた。そして続けた。「京都の病院に入院されたことは、少々話が混み入ってるんで、会ってからお話しします」

「私が京都へ？」彼の口調は拒絶を感じさせた。

「島崎トモヨさんは、実のお母さんでしょう。息子さんが側にいてあげなくて、誰が代わりをつとめられるとおっしゃるのですか」感情的にならないように、由美は京都弁を極力使わないようにして言った。

「母は、私になど会いたがらないでしょう」

「あなたはどうなんですか。そのままお母さんの顔を見なくていいのですか」

「どうして？　なぜ他人のあなたが、そんなことまで……。いくら看護師でも」

「とにかくトモヨさんは、危険な状態なんですよっ。三時間もあれば、こられるはずですが？」

「母とは、もう……」

「もう、何なんですか」大きな声を出したために、通りすがりの若い男女が由美の方を見た。その視線から、逃れるように体を反転させて、由美は詰問した。「母親が生きるか死ぬかの瀬戸際に、何を言っているんですか。京都駅に着いたらうちの携帯に連絡くださ い」

「行けません。放っておいてください」

「もしもし……」電話は切れた。

由美には、何となくこうなる予感がしていた。五十代という年齢が、心を閉ざし他人の言うことを素直には受け止められなくしているのか。

看護師時代に、そんな患者と家族の姿を何度か目にしてきた。勘当されたという経緯からすれば、余計に頑な態度に出るだろうと思っていた。

駅にきたのはそう思ってのことだ。

由美は、携帯のインターネット検索にバナ・ドリンコの住所を入力し、最寄り駅が新富士駅であることを確かめると「みどりの窓口」へ急いだ。直近の午後七時発、新富士駅に停車する新幹線の切符を買い、プラットホームへ駆け上がった。

何が何でもこの機会に智弘に会わせないと、トモヨは息子と絶縁したままになってしまう。

もちろんトモヨが死ぬと決まっているわけではない。充分持ち直す可能性もある。むしろ由美はそうあってほしいと祈っている。

だからこそ、勘当してから過ぎ去った二十年もの年月を、トモヨに埋めるチャンスを与えてあげたいのだ。

お節介は、承知の上だ。

絶対に連れて帰ると、由美は自分に言い聞かせていた。

程なく列車がホームに入ってきた。

14

浩二郎の乗った飛行機が、夜の青森空港に着陸した。

残暑の厳しい四国、大阪から比べると、幾分空気が冷たく感じるが、駆け足で移動すると浩二郎の額はすぐに汗が滲《にじ》む。

空港バスに乗れば、三十五分で青森駅に着く。浩二郎が急いでも、到着時刻が早まることはないのだが、つい急ぎ足となった。

刑事時代に強盗犯を確保する際でも、これほど逸《はや》ることはなかった。

小綱利重の顔をこの目で確かめるまでは、六十年以上という時間の壁を打破したと信じることができなかった。もし人違いだったら、と考えると胸が締めつけられる。

由美から聞くトモヨの病状を考えれば、『少女椿のゆめ』事案の調査を、振り出しに戻す時間はない。

意識がはっきりとしている間に、小綱と再会させてやらねば意味がないのだ。

それが、浩二郎を焦らせていると同時に、真実を記したフランク・A・ミューレンからの手紙も心の重荷となっていた。

まずは人定が先だ。遠い昔教わった、職務質問の手順を思い出した。

すると突然、警察学校時代の教官の言葉が蘇《よみがえ》った。

『剣道の試合でのことだ。一方は面打ちを得意としていて、竹刀《しない》のスピードは学内一番だった。もう一方は胴を得意としていたが、剣先の速度はそれほどじゃない。しかし胴打ちが勝ったんだ。なぜだと思う』

若い浩二郎の剣道は、スピードを第一義としていたため、教官の質問には答えられなかった。

『胴打ちはスピードのないことを知っていたが、面打ちは自分の速さに自信を持っていた。自分よりスピードで劣《おと》る相手が面を打ってくることはないと、高《たか》をくくっていたんだ。しかし相手は、胴ではなく面を打ってきた。それでも躱《かわ》せば何でもない面だ。だが躱さず、自分の早さを過信して面を打ちにいった。結果、間に合わなかった。弱点を知る人間こそ強くなれるんだ、『実相』

弱点か。浩二郎は、心中でつぶやいた。

浩二郎自身の弱点は数え切れないほどあるが、いま問題なのはそういうことではない。『少女椿のゆめ』事案において、小綱利重は最重要人物だ。彼がトモヨと邂逅《かいこう》した人間だったとして、対峙《たいじ》しなければならない。この局面を打開するには、何が問題になるのかを冷静に見つめる必要があるということだ。

小綱と勝負をするのではない。勝ち負けではなく、小綱という人間の本質を見極め、その上でトモヨに会う気持ちにさせるのが、浩二郎の役目だ。

トモヨが抱いている少年像と、実際の小綱にそれほどちがいがないなら、彼は目の前の問題から逃げるような人間とは思えない。現実を受け入れながらも、トモヨの気持ちも忖《そん》度《たく》できるような気がする。

だが、人間の心を変えるのに、六十年を越える年月は充分すぎる時間であることも、浩二郎は知っている。

つまり小綱に関して、彼の性格付けができていないことが、いまの浩二郎にとっての弱点ということになる。

小綱と会って、それをできるだけ早く読み取らなければならない。六十余年の変遷を、一刹那《いっせつな》で判断することになる。

それが勝負だといえば、そうなのかもしれない。

いや、浩二郎は恐れていた。

小綱がトモヨのことを覚えていない可能性もある。もしそうだったら、それは人違いよりも厄介《やっかい》なことだ。

六十余年という記憶の壁。

浩二郎の得体《えたい》の知れない焦燥《しょうそう》は、そこからきているのかもしれない。

窓に映る浩二郎自身の顔が唇を嚙みしめたとき、車窓にひときわ明るい光が差し始め、青森駅のロータリーが見えてきた。

バスを降りると、潮の香りがしたが、瀬戸内海とはちがう濃厚さを頰に感じる。

浩二郎は左手に海を見ながら、駅前通を少し歩いた。五分ほど行ったところに、小綱が指定したホテルの看板を見つけた。周辺のホテルの中では、小振りのビジネスホテルだ。

一階が食事処になっていて、大漁旗の暖簾《のれん》から明かりが漏れている。

いよいよ小綱と対面する。浩二郎は手のひらに爪が食い込むほど拳《こぶし》を握った。犯人逮捕へ向かうときに出る癖だった。

店は空《す》いていた。

浩二郎はさほど広くない店内を見渡し、似顔絵の男性を捜した。窓際の席に座っていた短髪の男性が首を伸ばして、浩二郎を見た。

少しえらが張っていて、アゴは鋭角的に尖った顔。左右に広がった両耳、特徴的な眉はまちがいなく似顔絵に描かれた男だ。ちがっているとすれば、似顔絵よりも刻まれた皺が多いことぐらいか。

浩二郎の前にいる男は、紛《まご》うことなく小綱利重だった。

高揚した気持ちを抑えつつ浩二郎は、テーブルに近づいた。

さっと小綱は立ち上がった。「わしをお訪ねの……」

「探偵の実相と言います、初めまして」名刺を渡しながら浩二郎は言った。「改めてお尋ねします、小綱さんですね」

「はい。まあ、おかけください」小綱が関節のはっきりした手を突き出し、前の席を示した。

「ありがとうございます。お疲れのところを申し訳ありません」

「あんたこそ、わざわざ島まで、わしを訪ねてくれたと聞いとります。やりませんか」

日本酒のとっくりとおちょこが、げそ焼きの皿の横に出ていた。

「すみません、下戸《げこ》なもので」禁酒の誓いの説明を省くため、下戸と言った。

「そりゃあ気の毒な。人生の楽しみですのに」すでに酒が入っていたのか、初対面の浩二郎に向かって笑顔を見せた。「しかし、思い出探偵とは、これまた変わった商売があるもんじゃの」名刺を見ながら、小綱は酒を口に運んだ。

小綱の右アゴには、いまも分かる切り傷があった。

「本来は、人捜しが目的ではありません。どうしても埋めたい思い出を捜し求める探偵社なんです。生きてきた足跡、証《あかし》のようなものを見つける手助けだと思って取り組んでます」

「生きてきた足跡、証か。ほいで実相さん、このわしを捜している方いうのはどういうひとなんです。あんたと電話で話した後に、婿《むこ》さんにも訊いたんじゃ。そしたら婿さんが、実相さんを一目で気に入ったんじゃろな、おかしげな話にはならんからって言っとりました」

婿というのは小谷船渠の社長、中谷のことだ。浩二郎は彼から、小綱が青森の青函《せいかん》連絡船八甲田丸《はっこうだまる》をそのまま利用した鉄道連絡船ミュージアム内に展示する、和船のミニチュアを造る現場監督として招聘《しょうへい》されていることを聞いた。

思い出というものに特化した探偵であることにいたく興味を抱き、いろいろ話す間に浩二郎と打ち解けたのだった。

小綱が手にしたおちょこをテーブルに置いたのを機に、浩二郎は切り出した。「小綱さん。私の依頼人は、いま病《やまい》の床《とこ》で伏せっております。いや、非常に危ない病状であると言った方がいいでしょう」

「わしを捜しているひとが、病だとは聞いていたが、危ない……」小綱の顔から笑みが消え、真剣な眼差しに変わった。それは射るような鋭い視線だった。

「そうです。その前にどうしても会ってお礼を言いたいのだと、彼女は懸命に闘ってきました」

「彼女？　おなごですか」

「ええ。島崎トモヨという女性です。おそらくお名前はご存じないでしょう。いまから六十年以上も前の春のことです。梅田から泉大津《いずみおおつ》へ帰る、安治《あじ》川の河川敷で島崎さんは、ある少年に助けられました」

「六十年以上前……。敗戦間もない時期じゃね」小綱は、おちょこから指を離した。その表情に酔いは感じられなかった。

「ええ。街は焼け野原だったそうですが、駅前には様々な物資を売る闇市が立っていました。非合法の商いを取り締まるＭＰたちの他、米兵の姿もそこら中で見受けられたそうですね」

「確かにそうじゃった。わしはお恥ずかしい話だが、敗戦の年に海軍に志願した少年兵じゃけん、ろくに活躍もせんうちに……」

小綱は十三歳で呉海兵団に入団し、その後、海軍少年研究生として横須賀海軍機雷《きらい》学校へ進んだのだと言った。

ふた月たらずの訓練を経て、「少年水測兵」になったという。水測兵とは、潜水艦内で水中を航行する船舶の種類や、自艦との距離などを、音で聞き分けることを任務とする兵士のことだ、と小綱は噛み砕いた。

初めて耳にする任務だ。

「そんな年齢で兵士に？」

「わしの家は由利島《ゆりじま》で代々船大工をしていた。小綱という姓を忽那氏から拝受したと伝わっとる。家の自慢は、勘合貿易で海を渡った弁才船《べざいせん》、忽那水軍の大安宅船造りに携わったことじゃった。じゃから忽那水軍の旗印の六つ鉄線の紋を受け継いだと言い伝えられてきたんじゃ。いまでは無人島じゃが、波の音を子守歌にして育ち、物心ついた頃から和船に乗っていた。お国のために、潮が骨身に染《し》みついた自分にできることだと、海軍少年兵に志願した」

「潮が骨身に染みついた」

「ああ、骨の髄《ずい》までな」

「忽那水軍の旗印、六つ鉄線を誇りに」

「もちろん」

「小綱さん、これをあなたに見てもらいたいんです」浩二郎はトモヨから預かった古いお守り袋を、テーブルの上に置きながら、力を込めて言った。

「こ、これは……」

「すでに消えて見えなくなっていますが、ここにあった紋は六つ鉄線だったんですね」

「……信じられん、これが」お守り袋を手にした小綱が、懐から眼鏡を取り出して穴が開くほど見つめた。「わしのお守りじゃ」そう言って眼鏡を外し、浩二郎を睨んだ。

　思わぬ品との対面への驚きが、小綱の瞳を揺らしているかに思えた。それは、自らの記憶を辿るかのようにも見える。

「当時十四歳の少女だった依頼人が、大事に持っていたものです」

「十四歳の少女……」

「彼女は家族を助けるために自宅で穫れた野菜を米や塩などに交換しようと、リヤカーを引いて闇市へ行くことを日課にしていました。その帰り道に事故は起こった」浩二郎は水で、口を湿らせた。

「事故っちゅうと？」

「米兵を乗せたジープとすれちがったんです。彼女はジープを避けようとして、バランスを崩した。非力な少女にはそれを止めることはできませんでした。リヤカーごと転倒して、自分は土手を転げ落ち川へ」

「川に、落ちたんかね」小綱は眉をひそめ、探るように言って、何かを思い出したような表情を浮かべた。

「ええ、そうですが……」

浩二郎は、まだ決めかねていた。ここから先、トモヨの記憶に基づいて話すのか、フランク・A・ミューレンの手紙に記されたことを伝えるのか。

「小綱さん。あなたは、安治川の河原で、二人の米兵に襲われている少女を見かけ、そしてその少女を救った覚えはありませんか」意を決し、浩二郎は訊いた。

「……若気の至りじゃ」

小綱が手の中のお守り袋を握り締めるのを、浩二郎は見た。

「覚えておられるんですね」

「忘れようと思ってもできんかった。あれは、わしの弱さから起こった事件じゃったから」目を伏せ、小綱は自分で銚子《ちょうし》を持ち、ゆっくりとした動作で酒をおちょこに注いだ。

「弱さ？　弱さとはどういうことですか」浩二郎は小綱に尋ねた。

軍隊経験を武勇伝として語る元兵士は、よく知っている。戦後にあって泣く子も黙る進駐軍から、大和撫子《やまとなでしこ》を救ったことは、勇敢な行為ではないのか。少なくとも弱いとは言えないだろう。

「死ねなかったんじゃ」唸《うな》るような声だった。小綱は苦しげな表情を浩二郎に向けて語り出した。「戦局が難しい状態に入って、わしの一年先輩は十五歳で海に散った。人間魚雷じゃ。それなのにわしは耳を澄まして、海中音を聞いているだけじゃ。そうこうしているうちに敗戦……。何もできんかった自分の死に場所を捜して、ほっつき歩いてたんじゃ。海軍に所属していた事実も消し去ってしまいたかった。そらそうじゃろ。忽那水軍の旗印をお守り袋につけ、勘合符を持たせてもらって島を出たんじゃ。水音だけを聞いて敗戦を迎えた水兵なんてものが、おめおめと故郷にも戻れまい」

確かにトモヨから聞いた少年の格好、開襟シャツに半ズボン姿から、水兵は連想しなかった。

「思い出したくないことかもしれませんが、あなたは少女を救った」

「そんなこともあった。じゃけど、当時のわしは未熟じゃった」

小綱は故郷に帰れず、抜け殻のようになって、浮浪児同然の格好でその日暮らしをしていた。

初めは死に場所を捜していたが、それでも腹は減る。生きる気力はないのに、本能は食い物を欲した。腕の立つのを見込まれて、闇市の用心棒のようなことで食いつなぎ、空腹が癒されればまた嫌悪感に苛《さいな》まれ、死を考えたのだと小綱は漏らした。

「毎日が苦痛の連続じゃった。ぼろぞうきんのようになったわしだが、ほんでも日本の女性が辱めを受けることは絶対に許せなんだ」

「それで木刀で」

「手作りの木刀じゃ。用心棒をしているときにこさえた」小綱が手慣れた仕草で、木を削るふりをした。

「その木刀で米兵の頭を……」

「そこもまた未熟だったんじゃ。肩を狙って気を失わせるはずじゃったんぞな」

「では誤って？」小綱に殺意などなかったはずだ。浩二郎はそれを確認したかった。

「いまも手が憶《おぼ》えとる、頭に当たった衝撃を」自らの失敗に首を力なく振る小綱の顔つきは、頑固《がんこ》な職人の面構《つらがま》えだった。

「しかし米兵は、それこそ憎い存在だったんでは？」殺意の有無《うむ》に関して、浩二郎は念を押す質問をした。

「若い実相さんには分からんだろうが、当時の軍国少年なら、みんな同じ気持ちになったんじゃなかろうか」一息入れて小綱は言った。「くらしてしまえってな」

浩二郎は大阪府警のOBの言った『くらしてしもた』という方言を、小綱自身の口から聞いた。

「じゃけど、わしは頭にくらわす気持ちなどなかったんじゃ。そんなことをすればおなごが怖がる。頭は割れると、血しぶきがあがりますけん。肩なら出血せんで、気を失うと思たんじゃ」

「気を失わせて、少女を救うつもりだったんですね」

「おなごは叫んだ後、気を失いよったが、幸い大事には至らなんだ。それはわしが断言する」

「その少女が、依頼人である島崎トモヨという女性なんですよ」

「そのようじゃな。あんたの話しぶりから察しはついとった」

「米兵に襲われた恐怖は相当だったらしく、持たされていた薬瓶をいままでずっと持っていたほどです。薬瓶の意味はお分かりですね」

「乙女の覚悟じゃろ。ほいでも、それを使わんでくれたんじゃなぁ」小綱はしみじみと言った。

浩二郎は酒を注ごうと銚子を持ったが、中身はなかった。それを見ていた小綱が皺だらけの手で、もういい、という合図を送った。

「だから、あなたがトモヨさんの命の恩人なんです。彼女は気が動転していて、名前はおろか、助けてもらった礼も述べることができなかった。それが心残りだと、私のところへやってきたんです。そのお守りと青酸カリ入りの薬瓶を携《たずさ》えて」

「じゃあ、このお守りを頼りに、ここまで」

「ええ。お守りと彼女の記憶に誘《いざな》われるようにして」そう言って、浩二郎が小綱に見せたのは、茶川の描いた似顔絵だった。

小綱は絵を受け取ると、再び眼鏡をつけた。「上手いもんじゃね。気持ち悪いぐらい似とりますぞな」

「腕がいいだけじゃなく、あなたの容姿というものが、トモヨさんの心の、より深いところに刻まれていたんだと思うんです。忘れることができないひとだということです」

「そう言われても……。わしは何とも」照れるというのではない、逡巡《しゅんじゅん》が小綱の表情から見て取れた。

「小綱さんにとって当たり前のことが、トモヨさんには、生涯忘れ得ぬ出来事だったんです」

「いや。さっきも言うたんじゃが、わしは役立たずの水兵じゃと心底思っとった。同志が戦死したいう報告やら、噂話を聞くたんびに胸が痛んだ。じゃけ……」

「死に場所を」

「その瞬間はそのおなごを助けよう思たけど、くらしてしもてから後は、自分のことを考えとりましたぞな。正直、ああこれで死ねるって」

少年が逃走せず、座して現場に留まっていたとフランク・A・ミューレンの手紙にあった。あれは死を覚悟してのことだったのか。

浩二郎は改めて小綱の顔を見つめ、刻まれた皺のいくつかが、戦争体験の傷跡のような錯覚《さっかく》をおぼえた。

「だけぇ、わしは、がいな、かいしょなしじゃ」

「がいな……」

「ああ伊予の方言でな、たいへんな意気地《いくじ》なしちゅうことじゃ」

「意気地なし、なんてことありません」

「いんにゃ、意気地がなかったんじゃ。そんな男のことを六十年以上も覚えていたなんて。わしに、そのおなごのひとから礼を言われる資格はありゃせん」はき出すように言ってうつむき、小綱がぽつりと言った。「あんとき、ほっとしたんじゃから」

「ほっとした？」

「ああ、ほっとしとった。自分でよう死なんで、アメさんに殺してもらえると思とった」

「米兵の手で？」

「あの占領下じゃ、法律的にどうこうじゃなしに、葬られると思ったんじゃ。ほな戦友と同じじゃ。日本のおなごを助けての戦死ってな。子供の、未熟者の思いつきそうな、卑《ひ》怯《きょう》な考えに取り憑《つ》かれとった。ああほんまに、浅はかな男じゃ」小綱が両耳を手のひらで覆《おお》い、うなだれた。

トモヨの想いも純真なら、小綱という男も、真っ直ぐな心の持ち主だと浩二郎は感じた。

「しかし、結果は無罪放免でしたね」わざと現実に戻すような冷静な口調で、浩二郎は言った。

「ほう。そんなところまで調べておられるんか」名刺の探偵という文字に、小綱は目を落とした。

「あなたに会いたい一心で調べたんです」

「……豚箱で一晩泊められて釈放された。アメさんに怪我を負わせてお咎《とが》めなしじゃいうんも、不思議な気がした」

やはり、小綱に頭を殴られた米兵が、事件性を否定したことは知らない。

釈放後小綱は、さらに死に場所を求めてさ迷ったが、ある飲み屋夫婦と知り合って生きることを決心したのだった。

その夫婦は、小綱少年の船大工として修行した経験を、商店街復興のために活用できるよう道筋をつけてくれたという。

「資材はなかったけんど、焼け残った梁《はり》や柱をつぎはぎし、何とかお店の体をなすよう工夫したんじゃ」

ひとに必要とされる喜びが、やがて小綱から死の影を追い払っていったのだ。

「自信がつくと故郷の島に戻って、船大工をしてみようという考えが出てきたぞな。十九歳になったとき島に戻ったんじゃ。その中富《なかとみ》のかあちゃんと、とうちゃんはわしの恩人じゃ。いまも手を合わせとるよ」

「飲み屋のご夫婦ですね、中富さん」

「店は焼かれ、息子は戦死して、まさに地獄じゃったのに、中富のかあちゃんはガイ、いや、ものすごい明るいひとじゃった」

両方とも二十年ほど前に亡くなっていたが、小綱は命日には商店街に立ち寄り、墓参りも欠かさないそうだ。

「かあちゃんは芙久子《ふくこ》さんちゅうんじゃけど、お金には縁がなかったひとじゃ。けど、こころが豊かなひとでな」小綱が、自分の胸を二、三度叩いてみせた。

「心が豊かだった？」

「ほんまに、心だけは財閥《ざいばつ》じゃ言うて、笑っとったな」

小綱は両親に早く死に別れ、叔父《おじ》の養子となった関係で、本当の親子関係がどんなものか知らずに育ったと言った。

「だけ、叔父夫婦には悪いけど、あんまり親いうもんの有り難《がた》みを知らん。芙久子かあちゃんには何かを感じとったんじゃな。とくに死にとうなっとったからかもしれん」

小綱は芙久子の教えてくれたことが、その後の自分をつくったのだと、ある話をした。

あるとき小綱少年は、芙久子から料理に使う菜箸《さいばし》を握らされた。お膳に着き皿に盛った里芋の煮っころがしを食べてみろというのだ。

皿の位置が近すぎて、上手く里芋をつかめない。そこで皿を少し遠ざけようとすると芙久子が前に座り「動かしたらあかん」と声を出した。

「わしは大工仕事では器用な方じゃ。じゃけあんまり箸が長すぎる。今度は自分が椅子を後ろに下げようとしたんじゃ。けどそれもあかんって」

「芙久子さんが、動かすなと？」

「いつになく、怖い目をしちょった」

「で、どうしたんですか」

「ようやく芋をつかんだが、口に運ぼうとして転がしてしもた。やりにくそうにしちょったら、ニコニコしながら自分も菜箸持って芋をつかみ、わしの口の前にそれを差し出してくれたぞな。それでもって『何してるの、おあがり』って、いつもの優しい目で言うんじゃ」

意味が呑み込めず、首をひねりながら芋を食べてると、芙久子が自分の口を指で示した。

「芋を食べさせろと言うんじゃ。仕方なくわしはかあちゃんの口に芋を放り込んでやった。すると『二人とも芋にありつけたやろ』ちゅうてまた大笑いじゃ。これどういうことじゃか、実相さん分かりますか？」

「互いに芋を食べさせあった、ということしか」

「そうじゃろ、わしも分からんかった。じゃけ素直に、何の意味があるんじゃ言うて訊いてみたんじゃ」

「芙久子さんは何とおっしゃったんですか」

浩二郎は小綱の話に登場する芙久子に、どこか由美を彷彿《ほうふつ》させる大らかさを感じた。

「箸が長すぎてほしいものが食べられへん。それは苦しいことやけど、誰かの口に運ぶには便利のええ道具になる。お互いに他人の口に運ぶと両方が嬉しいやろってな。状況や環境が良くなくても、人間、心一つで楽しくできる。そんな知恵があるもんなんやって。そう言われて、わしは思い出したんじゃ。芙久子かあちゃんの苦労を見てて、なんで他人の店のことでそんなムキになってるんかって、尋ねたことがあったんを」

「その答えが、菜箸で里芋だったんですね」

「芙久子かあちゃんが、自分のお母ちゃんから聞かされた話じゃそうじゃ。お経《きょう》に出てるって言ってたかな。その話で、自分の目の前のもんは自分ではどうにもでけんことがあるけど、他人へは何かやってやれると思えた。商店街に何とか復興の兆《きざ》しが見えてきて、わしは島に帰ったんじゃ。だけぇ、そのトモヨさんとかいうひとの気持ちも、分からんことはない。ただ感謝に値する人間かというとな……」小綱が激しく頭を振った。

「小綱さん！　心一つですべては変わると、おっしゃったじゃないですか。トモヨさんの容態は一刻を争っています。一目だけでも会ってあげてくれませんか。それで彼女の心が安らかになるんです。ひどい言い方をしますが、小綱さんの問題ではなく、トモヨさんの気持ちのためにきていただきたいんです」

「実相さん……」小綱は浩二郎を見つめる。

「小綱さんと会って、病気がどうこうなるとは思っていません。そんなことはどうでもいいんです。六十年以上もトモヨさんの心の中にあって、石のように重く堅くなっているつかえを取ってあげてほしい、それだけです」一気にしゃべった浩二郎は、コップの水を口にした。

真実を伝えるべきか――。

まだ浩二郎は手紙の件を話すべきか迷っていた。知ればかえって小綱は自分を卑下《ひげ》し、一緒に京都へはきてくれないだろう。

そう考える一方で、エドワードを悪者のままにしておくことへの罪悪感もあった。溺れた異国の少女を助けようとした善意を、葬り去ることにも抵抗がある。

だが、善意の米兵を結果的に死に至らしめた過ちを、小綱はどう受け止めるだろうか。これまで話した印象では、彼が高潔《こうけつ》な精神の持ち主であることはよく分かる。

それだけに、過去のこととはいえ、何らかの傷になることは確かだ。

だが知った以上、このままでは浩二郎自身の気持ちが許さなかった。誰しも大きさや重さのちがう荷物を背負って生きている。ある意味、その重みが人生の実感だと浩二郎は思ってきた。

小綱に手紙の内容を知らせることは、彼にまた重い荷を背負わせることに相違ない。そして誰かがその肩代わりをすることなど不可能なのだ。

「一晩、今晩だけ考えさせてもらえんじゃろか、実相さん」小綱は重い口を開いた。

「もちろん構いません」

「あんな怖い目に遭《お》うたおなごが、その後、これまで生きていたんじゃ。それだけでも偉いって、ほめてやりたい気持ちもありますけ」

「小綱さん、ありがとうございます。ここまで訪ねてきた甲斐がありました」浩二郎は、テーブルに額がつくほど頭を下げた。

「病状も気になりますので、できれば明日一日体を空けてほしいんです」

「会うと決めれば何とかするぞな」

そう言って小綱は熱燗《あつかん》をたのみ盃を薦《すす》めたが、浩二郎はお辞儀をしてそれを辞退した。

「そうじゃった、下戸じゃったの」

その後、一旦小綱が泊まっているこのホテルにチェックインし、刺身などを食べながらしばらく雑談を交わした。

その会話の中で、困難に遭ったとき「賢者《けんじゃ》は喜び、愚者《ぐしゃ》は退く」という言葉を小綱が使った。島に帰ってから、船大工として一匹狼だった小綱が、呉で船渠会社を興《おこ》すまでの苦労を振り返っての言葉だった。

不況風に煽《あお》られ、娘婿の援助によって現在の小谷船渠があると回想した中で、婿の父、つまり自分の娘から見れば舅《しゅうと》にあたる人物の座右《ざゆう》の銘《めい》だと語った。小綱自身事業を展開してきて、何かトラブルが生じたとき、賢者はよしきたとやる気になるが、愚か者は周りのせいにして逃げていくのを、目《ま》の当たりにしたらしい。

「身に染みる言葉じゃと思てな」

小綱の顔に刻まれた深い皺を見て、浩二郎の腹は決まった。「小綱さん。もう一つ、お伝えしたいことがあります」

「なんじゃ。改まって」

「これを、読んでいただけますか」鞄からフランク・A・ミューレンの手紙を取り出し、小綱に渡した。リチャード杉山の娘、沙也香に翻訳してもらっておいたものだ。そして彼が黙読《もくどく》するのを浩二郎は見守った。

15

由美は道順を泰子に聞き「バナ・ドリンコ」に行き着いた。時刻はすでに九時を過ぎていた。

「遅くにすみません」会社の前で待っていてくれた泰子に、由美は頭を下げた。

「いいえ。おばあちゃんの具合はどうです？」そう言った泰子は色白で、ふっくらした顔つきがトモヨに似ているように思えた。

「変わったことがあったら、うちの携帯に連絡してもらうように言うてあります。何も入ってへんから……いまのところは」

「そうですか。と言っても私、顔も知らないんですよ」

「でもトモヨさんの名前を聞いて、すぐおばあちゃんって分からはったわね」

「あれは、五年前にこの会社を父が始めたとき、三重県から定期購入の申し込みがあって、それが島崎という名字だったんで、母に聞いたんです。そしたらおばあちゃんだって」

「そうやったんですか」

「そのとき父とのことも聞きました。もう私も二十歳を越えていましたから。勘当されてたけど、サンプルを送ったみたいです」

五年前に二十歳を越えていたとなると、智弘の実子ではないかもしれない。

「サンプルって、ここのお水のことやね。天然バナジウム水」会社の外灯に照らされ、浮かび上がるポスターの商品名を見て由美は訊いた。

「ええ。おばあちゃんは心臓が弱いからって」

バナジウムは必須ミネラルの一つだ。動脈硬化や高血圧の予防という観点から注目されていることは、由美も知っていた。電話では冷たい対応をしていたが、母親の体を心配していたのだ。

トモヨはトモヨで、息子の事業を支える気持ちから商品の定期購入を申し込んでいたのだろう。親子は天然水で繋がり続けていた。

「バナ・ドリンコ」という会社を興す動機にも、母の持病が影響しているのかもしれない。

智弘は意固地になっているだけだ。素直にさせられれば、トモヨに会わせることができるはずだと由美は確信した。そしてそれには、泰子の存在は小さくない。

「泰子さん、おばあちゃんに会ってくれるやろか」

「……そうですね。会ってもいいなら会いたいけれど」

「お父さんは会社の中？」

「ええ。採水工場から戻って、伝票整理してます。一ノ瀬さんがおっしゃったように、いろいろ言ってできるだけ仕事を長引かせてました」

「おおきに。迷惑かけてしもたねえ」由美は泰子に微笑むと、その口元を引きしめて事務所の扉を開いた。

「何ですか、こんな時間に。それに看護師じゃないじゃないか。探偵が何だっていうんだ」由美が名刺を渡しながら名乗ると、智弘は大きな声を出した。

「そんなことはどうでもええやないですか。トモヨさん、いえお母さんが危篤《きとく》だと言うてるんです。会ってあげてください」由美は、智弘の前の大きなデスクを手のひらで叩いた。

「だから、電話でも言ったでしょう。母は私などに会いたくないって」

「天然水の定期購入の話、聞きました。トモヨさんはあなたのことを心配してるんやないですか、母親として」

「そんなことまで。でもそれはこっちも商売だから」

「あんたがバナジウムを飲んでほしいって思う気持ちを、トモヨさんは汲んだんとちゃいますか。いまも母子の絆《きずな》は切れてへん。一緒に暮らしていてもいがみ合う家族かて、世の中にはぎょうさんあるんやで。体裁《ていさい》だけの家族よりも、ちゃんと思い合ってるのに、一番大変やと思うときに顔を見せられへんのはおかしいわ。ひと月後でも一週間後でも遅いんや。いま、いましかないんやで。つまらん意地で、ひとの道をはずしてほしくない。うちはそう思てここまで寄せてもらいました。けったいな女がいちゃもんつけてると思うんやったら、警察にでも突き出してんか」腕組みをして、由美は智弘を睨み付けた。

「………」長身の由美から見下ろされた智弘は目を逸《そ》らし、伝票を見るふりをしている。

突然、由美の背後から泰子の声がした。「お父さん、おばあちゃんに会ってあげようよ！」

「泰子……」智弘は急に顔を上げ、由美越しに娘を見た。

「いま行かないと、もうおばあちゃんに、会えなくなるかもしれないんでしょう」

「……だけどな、泰子」智弘は口ごもりながら、泰子を見た。

「お母さんのこと？　お母さんならきっと許してくれるわよ」

「お母さんのことって」由美は泰子に訊いた。

「母も具合が悪くて入院中なんです」と泰子が答えた。

「泰子、そんなこと赤の他人に話す必要ない」智弘は怒鳴《どな》った。

「その赤の他人が、おばあちゃんのためにここまできてくれたんだよ」

「………」

「行ってあげよう、お父さん」泰子の声が、事務所に響き渡った。

16

長い時間が流れた。少なくとも浩二郎にはそう思えた。

手紙を読む間、カモメのような形をした眉とまなじりが時折上下する以外、小綱は微動だにしなかった。

そんな小綱の不動の構えが、浩二郎には辛かった。大きな衝撃は時として、体の自由を奪うことがある。もしや小綱は動けない状態に陥《おちい》っているのではないか。

大丈夫なのか声をかけようと思ったとき、小綱は静かに手紙から目を離した。

浩二郎は息を呑み、小綱の表情をうかがった。

「出よう」小綱は眉をひそめたまま立ち上がった。

「分かりました」浩二郎は小綱の背中を追い、勘定《かんじょう》を済ませると店を出た。

暗い青森湾の海は凪《な》いでいた。

黙ったまま、十分ほど歩くと中央埠頭《ふとう》へ出た。いっそう潮の香りが強くなった。

辺りは倉庫の明かりで、目が馴《な》れれば暗さは感じない。けれど沖は、吸い込まれそうになるほどの漆黒《しっこく》が広がっていた。

「そのおなご、この手紙のことは？」海が迫る場所で小綱は立ち止まり、訊いてきた。

「何も知りません」

「実相さん。あんたどういうつもりじゃ」小綱の目はすわっている。「何で、アメさんの肩を持つ」彼の声は、これまでとはちがってドスが利いていた。

「肩を持つ気などありません」

「戯《ざ》れ言《ごと》じゃ」小綱が海に向かって言葉を吐き捨てた。

「戯れ言？　手紙の内容のことを言っているのですか」

「……」無言で小綱は、浩二郎に向き直った。

「貴様っ、わしを愚弄《ぐろう》しちょるのか」胸《むな》ぐらをつかんだかと思うと、小綱は右の拳を振り上げた。

拳が浩二郎の左頬をとらえる瞬間に、素早く右へ体を開いた。体捌《たいさば》きによって衝撃を軽減したが、殴った相手には充分手応えを感じさせたはずだ。

しかし小綱は胸ぐらを引き寄せ、もう一度殴ってきた。

それを捌ききれず大きな衝撃を頬に受け、唇を切ったが、浩二郎は小綱を睨み続け、瞬《また》き一つしなかった。「気が済みましたか」浩二郎が唇の血を手の甲で拭いながら言った。「エドワードが偽《いつわ》りを言っているとは、思いません」小綱の目を見つめた。

「鬼畜《きちく》米英の、言い逃れじゃ」力のない声だった。

「いいえ」

「まだ言うか、貴様!」小綱は浩二郎に迫ったが、手を出そうとはしなかった。

「私を殴っても、真実は変わりません」

「何を……」

「分かってるはずです。あなた自身、さっき言ったじゃないですか。あの時代、米兵に手をかけてただで済むはずはないって。戦争を知らない私でも、どれほどの危険行為かは想像できます。現に、死ぬつもり、いや、殺されることを望んだ」

「何が言いたいんじゃ」小綱は目を海の波間へ逸らした。

浩二郎は、彼の虚勢が剝《は》がれ落ちそうなのを感じた。ひとを殴る拳の痛みというものが、自らに還流することを知っているからだ。

そう思った瞬間、かつて浩二郎の父が自分を殴った後、悲しげな表情で拳をさすっていた光景が脳裏をかすめた。

「あなたの無罪放免という事実、それがすでに、エドワードの言葉が戯れ言ではないという証明ではありませんか」

「……」

「あなたは知らないといけない。トモヨさんを助けようとした善意のエドワードを」

「ひどい、な。赤の他人のあんたが、わしの誇りも何もかもをずたずたにしよる」

「誤りを正すことからしか、何も始まらないんです」

「いや。あんたがわざと殴られたことじゃ。あんたの体捌きは見事じゃ。じゃけ、空を切らせることぐらいできた。それをせんじゃった。負けじゃ。あんたの言うとおり、長年何でお咎めなしじゃったのかと疑問に思とったんじゃ。胸の奥で引っかかっとった。手紙を読んで分かったぞな」涙は見えないが、小綱の目が充血している。「おなごには……」

「真実は伝えようと思っています。たとえそれが重い荷物であっても」

「実相さん、あんたっちゅうひとは……」

「七時台のバスで空港に向かいます。それまで……小綱さん、あなたの行くべき道を考えてください」浩二郎は小綱の方を向いて言った。

ふいに海風が吹いて、港に係留中の漁船の艫綱《ともづな》が激しく揺れた。潮風が切れた唇にひりりと痛かった。

17

何時間経っただろうか。由美は泰子と夜空を眺めながら、智弘の返事を待っていた。

軽トラックの荷台に腰掛け、泰子の子供時代の話を聞いた。父が母を連れて三重を出たとき、泰子は五つだったと言った。実の父から虐待《ぎゃくたい》を受けていて、それを知った母が智弘に相談をしたらしい。

「子供心に、新しいお父さんになるような気がしていました。優しいおじさんの方が、本当のお父さんだって思い込んでいたのかもしれません。自分でお伽噺《とぎばなし》を創るのが好きな子供だったんで」

「いまのお父さんとは、ちょくちょく顔を合わせていたん？」

「ええ。メリヤス工場の会社で、いまの父が上司だったんだと後で知りました。私のためにいろいろと面倒をみてくれたそうです。ですから工場内にある保育所でよく顔を合わせました」

「子供は子供で、助けてくれそうなひとに対して、何かピンとくるもんがあるんやろね」

血の繋がりのない泰子が、トモヨに似ている印象をもったのはなぜだろうか。ひょっとしたら智弘は、トモヨに似た泰子の母に惹《ひ》かれたのかもしれない。

「優しかった。本当の父と比べて、ものすごく。だから三重から出るとき旅行に行く気分で、私嬉しくて」

「島崎さん、相当な決心やったんやろね」

「それは、そうだったと思います」

「きつい言い方だけど、両親よりあなたのお母さんを選ばはったんやから」

それだけにいま再び母と会うことは、妻を裏切る気持ちになるのかもしれない。智弘を誠実で、泰子の言うとおりの優しい男性だと思った。

「優しすぎるんかもしれへんな、お父さん」

「そうですね」

話は泰子の夫である梅垣にも及んだ。彼女は由美を、まるで歳の離れた姉のように、ためらいなく何でも話した。

「父に似ています。主人も優しいひとです」

暗い体験をした女性が、不幸な結婚をする例を由美はいくつか見てきた。心的外傷《しんてきがいしょう》を負った患者のケアに当たった経験もある。

「島崎さんは、本当にいいお父さんやったんやわ。心の優しいひとやから、おばあちゃんときちんと向かい合わな後悔しはることになると、うちは思うの」

「大丈夫です。きっと父は……」

「そうやな」

東の空が明るくなったとき、中から智弘が出てきた。

「外になんかいないで、中に入ってください」

「島崎さん！」由美が荷台から飛び降り、駆け寄った。

「軽トラじゃ、三人は窮屈《きゅうくつ》ですから、いま車を回してきます」

「おおきに……」由美は声を詰まらせた。

泰子が由美にうなずいて見せる。

車に乗り込み、窓を開くと朝の風が由美の頬を撫でる。その清々《すがすが》しさの中に浩二郎の顔を思い出した。

誠実なひと。だから浩二郎は、三千代を決して裏切ることはない。いえ、裏切らないひとだからこそ……。

「いいお天気やわ。けど京都は暑いやろな」由美は心のもやもやを振り払うように、ひとりごちた。

18

青森空港から飛び立った飛行機に、浩二郎は搭乗《とうじょう》していた。そしてその隣には小綱が座っている。

二人は朝挨拶を交わしたきり、終始《しゅうし》黙ったままだった。

伊丹に着いて空港バスに乗り換え、飛行機内で切っていた携帯電話の電源を入れた瞬間、三千代からの電話を受けた。時計は十二時を少し回っていた。

「容態に変化が？」

「トモヨさんは相変わらず」

「そうか」トモヨの容態が急変したのかと思った浩二郎だったが、三千代のおっとりした口調に安堵《あんど》のため息を漏らした。

「いままで、雄高君が付き添ってくれていたんだけどね……」

「雄高がどうしたんだい」

「雄高君、来年の大河ドラマに出演が決まったんだって」

「何だって！　話があるって言っていたのは、そのことだったのか」浩二郎は唇を噛んだ。

「それで岩手県奥州《おうしゅう》市ってところに、集合しないといけなくなってね」

「今日なのかい」

「うん。それで一年間拘束《こうそく》されるから、挨拶をしたいって、何度か連絡したの。でも間に合わないからさっき出たわ」

「飛行機内にいたんだ」

「思い出探偵の仕事には未練がありますが、夢に向かって頑張りますので、期待していて

ください って。佳菜ちゃんも可哀相《かわいそう》なぐらい泣いちゃって……」三千代の言葉も涙声だった。

「そうか、そう言ったのか。分かった」電話を切ると、浩二郎は隣の小綱の方を見た。そして静かに言った。「行くべき道を歩き始めた人間が、もう一人いました」

19

雄高は大河ドラマの顔合わせのために奥州市にある『えさし藤原の郷《さと》』というテーマパークへ向かっていた。

彼を乗せた新幹線は、まもなく富士川鉄橋を通過しようとしている。窓には雄大な富士の姿がはっきりと見えていた。

ぎりぎりまで浩二郎を待ったのだが、会うことができなかった。由美の担当している『少女椿のゆめ』事案の最終局面、島崎トモヨと小綱利重を再会させる場面を見ることもない。

いまトモヨは抗生剤の点滴を打ちながら、懸命に病魔と闘っている。

三千代の話では、由美がトモヨの息子と孫、浩二郎が青森から小綱を伴って病院へ向かっているという。何とかみんなが着くまでに、意識が回復していることを祈っていた。

雄高の携帯が鳴った。浩二郎からだ。

雄高はデッキに急いだ。

「実相さん」

「おめでとう」

「ありがとうございます。何も恩返しができなくて」

「雄高。みんなを勇気づける思い出になるんだ。それまで戻るな」それは強く、温かい言葉だった。「実相さん……」

電話は切れた。

熱いものが込み上げたが、雄高は歯を食いしばって涙を堪《こら》えた。デッキから見える車窓の風景がどんどん過去へと流れていく。そして浩二郎と三千代、佳菜子、由美、浮かんでは消える顔が思い出に変わっていくのを、雄高は実感していた。


〈了〉

解説

小柳治宣《おなぎはるのぶ》

読めば読むほど、味が出る小説というものは、多くはないが確かにある。だが、それをミステリーに求めるのは、きわめて難しい。読者アンケートのベストテンに入るような、長く読み継がれている名作といえども、トリックや犯人が分かってしまえば、なかなか再読しようという気にはならないのではあるまいか。再読したくなる作品には、ミステリーとしての完成度とは別の何か、プラスα《アルファ》の魅力があるということなのだ。

私は、ミステリーを読むとき、この「プラスα」を発見できるか否《いな》かを、愉《たの》しみの一つとしている。「読めば読むほど味が出る」作品は、もちろん、このプラスαを備えたものであることは言うまでもないが、その中でも、さらにもう一つ別の味わいがあるものなのである。読むごとに、「ああ、こういう味わい方もあるのか」——と唸《うな》らされる小説ということでもある。

ということを、私に感じさせてくれたもので、すぐに思い浮かぶのは、本格ミステリーでは土屋隆夫の、ハードボイルドでは北方謙三の作品であるが、その後、なかなかそうしたものには、巡り会えずにいた。そんな折出会ったのが、本書の作者、鏑木蓮のデビュー作『東京ダモイ』（第五十二回江戸川乱歩賞受賞作、二〇〇六年、講談社文庫）であった。ストーリー作りの旨《うま》さで読ませる力が充分あり、伏線《ふくせん》の張り方も絶妙である。だが、それだけではない、心の琴線《きんせん》に触れてくる重みがあるのだ。シベリアの極寒の収容所から、六十年の時空を超えて低く響いてくる命の叫びが行間から聴こえてくるのである。その叫びが、現代に『句集』という形で甦《よみがえ》ってきたとき、私たちは今の自分の生き方がこれでいいのかと、改めて考えさせられることにもなる。それは、本書の第四章「少女椿《つばき》のゆめ」や最新刊の『しらない町』（二〇一二年、早川書房）にも通ずるものである。日本人が戦後喪《うしな》ってしまったものが何であったのか――それを気付かせてもくれる。だから、読んでいて、つい力が入り、時の経つのを忘れてしまってもいる。初読では「読む」だったものが、再読では「味わう」、そして再々読では「嚙みしめる」と、作品への接し方が変化していく。私が、『東京ダモイ』を「読めば読むほど味が出る」と感じたのは、まさに三度目に読んだときのことであった。

デビュー作での、この一本筋《すじ》の通った、どこか剛《つよ》さとしなやかさを合わせ持った日本刀を彷彿《ほうふつ》させるような作者の姿勢は、その後の作品にも受け継がれる――というよりも、それが鏑木蓮という小説家の本質的部分であるとも言えるのだろう――が、そこにさらに、静かに心に染《し》み入るような「味わい」が加えられたのが、『東京ダモイ』から三年後の二〇〇九年に刊行された本書『思い出探偵』であった。殺人や誘拐《ゆうかい》といった一般的な犯罪とは別の世界でミステリーに挑戦した意欲作でもある。従来の枠を超えた形でミステリーの可能性を追求した作品と言えば、第二十九回日本推理作家協会賞（一九七六年）を受賞した戸板康二の『グリーン車の子供』が即座に思い浮かぶが、『思い出探偵』は、また別の意味で、ミステリーの懐《ふところ》の深さ、奥深さを感じさせてくれる。そこに、この作品を「読めば読むほど、味が出る」ものならしめている源泉《げんせん》があると言ってもいい。

では、このあたりで本書の内容にふれてみることにしよう。作品の舞台となるのは、京都にある「思い出探偵社」。〈思い出に関わるものやひと、そしてことを捜す手伝いをする〉というのが、その仕事である。四十五歳になる京都府警の元刑事であった実相浩二郎《じっそうこうじろう》が、〈人生は思い出の積み重ねでしかありえない。良きにつけ悪《あ》しきにつけ、そのひとが生きてきた証《あかし》なのだ。そこに喜怒哀楽《きどあいらく》のすべてがあって、人間らしさがある。それを見つけるのが思い出探偵の仕事ではなかろうか〉

という思いで、妻三千代《みちよ》のリハビリも兼ねて始めたものだった。

その三千代は、一人息子の浩志《こうし》を亡くしたのをきっかけにアルコール中毒症となった。高校一年生だった息子の死は、自殺として処理されたのだが、浩二郎も妻も納得してはいない。息子がなぜ死んだのかという謎は相変らず残ったままなのである。その謎の解明も本書の隠し味の一つとなっている。

思い出探偵社には浩二郎をキャップとして、他に三人のメンバーがいる。順次紹介してみよう。まず一人目は、元看護師の一ノ瀬由美《いちのせゆみ》。バツイチの三十四歳で、九歳になる女の子由真《ゆま》の母親だが、750cc《ナナハン》を乗りこなす行動派でもある。

二人目は、三十二歳になる時代劇俳優志望の本郷雄高《ほんごうゆたか》。太秦《うずまさ》で役者の仕事をしながらの兼業だ。一人前の役者となるには三十二歳は遅すぎるのではないかと気にしている。浩二郎の兄が経営する剣道場の門下生で、兄の紹介でメンバーに加わった。

そして、三人目が、橘佳菜子《たちばなかなこ》だ。十年前に十七歳だった彼女を、悲惨な事件が襲った。その事件を担当していたのが、浩二郎だったのである。その事件の後遺症が未《いま》だに彼女を苦しめていたが、何とかその思い出したくない過去を克服して、探偵社の役に立ちたいと努力していた。

こうした、それぞれが何らかの悩みや思いをかかえたメンバーが「思い出探偵社」という特殊な場に身を置いたとき、彼らの内にも変化が生じてくる。とりわけ目を離せないのが、心に深い傷を負ったゆえに、可憐《かれん》な少女のまま成長し、風が吹けば折れてしまいそうに見える橘佳菜子の存在だ。

その佳菜子が、探偵社に来て初めて関わったのが、「温かな文字を書く男」と名づけられた事案であった。亡くなった猫の遺品を詰めたガラスの小瓶《こびん》のペンダントを嵯峨《さが》にある名勝《めいしょう》、清涼寺《せいりょうじ》の境内《けいだい》で落としてしまった。四日間必死で捜したが見つからず、あきらめかけて入った喫茶店に、それは落とし物として届けられていた。その届けてくれた人を捜して欲しい。というのが、一人住まいの四十七歳の女性からの依頼であった。

手掛かりは、その人物が残したメモと喫茶店の主人の証言のみ。書道をやっていた佳菜子は、メモに書かれた独特な味わいをもつ我流《がりゅう》の文字に注目する。万年筆で書かれた極太文字だ。その「温かな文字」の足跡を辿《たど》りながら、人物像を推理する過程が、実に興味深い。佳菜子の発する、

「極太の文字で小刻みに震《ふる》えていて、丁寧《ていねい》で、実直な、何より温かい。こんな文字を書くひと、この世に二人といないはずです」

という言葉は、文字は「書く」ものではなく「打つもの」という誤った常識が支配しかけている現代に対する痛烈な批判とも言える。手書き派であり万年筆派でもある私にとって、この警句は我が意を得たりの感がある。読むほどに味が出るのは、こうしたところに起因してもいるのだ。

本書の面白い点は、一章ごとに一つの事案が結着をみる形式のように見えて、実は、複数の事案が並走するスタイルを取っているところである。したがって、連作でありながら、長編を読んでいる醍醐味《だいごみ》を愉しむことができるのだ。第一章の「温かな文字を書く

男」の途中で、第四章で結着する「少女椿のゆめ」の事案がすでに持ち込まれ、第三章「嘘をつく男」では、佳菜子の衝撃の過去が現代に甦ってくる。その彼女の暗い「思い出」を清算すべく探偵社が一丸となって闘うことになる。犯罪が絡《から》んでくるため、他の事案とは異質な印象を受けるかもしれないが、本書のテーマが思い出をスプリングボードにした人生の「再生」であるとすれば、佳菜子に新しい人生をスタートさせることが、浩二郎にとっても、そして本書にとっても必要不可欠だったと言える。同じことは、亡くなった息子の思い出を抱《かか》えて生きている浩二郎本人にも当てはまることなのだ。

第二章「鶴を折る女」では、四十三年前に一度会っただけの女性を捜して欲しいという依頼が舞い込む。岩手から集団就職で上京した当時、依頼人は十五歳の少年であった。職場でのトラブルで飛び出してきた少年がジャズ喫茶で出会った年上の少女——その出会いが少年のその後の人生を変えたのだという。手掛りは、そのとき少女が残した折り鶴と、その紙片に記された一編の詩。四十三年前に遡《さかのぼ》って、少女の人生を追いかける時空の旅は、戦後日本の歩みともオーバーラップする。高度経済成長を裏で支えた集団就職の少年たち、その姿を歌った「ああ上野駅」、そして彼らが通った夜間の定時制高校——そこには、依頼者個人の思い出を超えて、日本人として忘れてはならない「思い出」が描かれてもいる。作者が「思い出探偵」に託したものは、この日本の原風景捜しであったのかもしれない——私は本書を再読した折、そんなことを考えさせられもした。だからこそ深く共感できるのであろう。

「少女椿のゆめ」では、さらに歴史を遡り、六十二年前の昭和二十一年、戦後の動乱期の「思い出」が捜す対象となる。依頼主は、余命の限られた七十五歳の女性。彼女が十四歳のとき、進駐軍のアメリカ兵に暴行を受ける寸前、身の危険を顧《かえり》みずに救ってくれた男性がいた。最期《さいご》を迎えるにあたってその男性に一言お礼が言いたいという切実な願いである。手掛りは、その男性が現場に落としていったお守り袋、そして右手の甲から手首にかけての傷跡のみ。これだけで、気の遠くなりそうな六十余年の溝をどう埋めていくのか。闇市《やみいち》を足掛りとしながら、浩二郎たちの調査が一歩一歩進められていく。やがて米兵暴行未遂《みすい》事件の裏側に潜《ひそ》んでいた意外な真実が明らかになるのだが……。一つ一つベールを剝《は》ぐように「思い出」を露《あらわ》にしていく作者の筆の冴《さ》えは、卓抜した外科医の手技を思わせるものがある。外科医と言えば、作者には医療をテーマとした『屈折光《くっせつこう》』（二〇〇八年、講談社文庫）と『救命拒否』（二〇一〇年、講談社）という作品もある。鏑木蓮の「生命のミステリー」の世界も味わってみてはいかがだろうか。

さて、本書には三年後の思い出探偵社を舞台にした続編『思い出をなくした男』（二〇一一年、ＰＨＰ研究所）がある。役者に専念するために辞《や》めた本郷雄高に代わって、医師免許をもつ青年が新たにメンバーに加わった。本書と併《あわ》せて是非お読みいただきたい。

（日本大学教授・文芸評論家）

この作品は、二〇〇九年三月にPHP研究所より刊行された。
本書はフィクションであり、実在の人物、団体等とは一切関係ありません。

著者紹介
鏑木　蓮（かぶらぎ　れん）
1961年、京都市生まれ。塾講師、教材出版社・広告代理店勤務などを経て、1992年、コピーライターとして独立する。2004年、立教学院・立教大学が「江戸川乱歩と大衆の20世紀展」を記念して創設した第1回立教・池袋ふくろう文芸賞を、短編ミステリー「黒い鶴」で受賞する。2006年、『東京ダモイ』で第52回江戸川乱歩賞を受賞し、デビュー。著書に、『屈折光』『エクステンド』『救命拒否』『白砂』『見えない鎖』『ねじれた過去』『真友』『しらない町』『時限』『イートハーブ探偵』『殺意の産声』などがある。12年より、佛教大学文学部非常勤講師を務める。

PHP文芸文庫　思い出探偵

2013年2月1日　第1版第1刷
2019年1月30日　第1版第8刷

著者　鏑木　蓮
発行者　後藤淳一
発行所　株式会社PHP研究所
東京本部　〒135-8137 江東区豊洲5-6-52
第三制作部文藝課　☎03-3520-9620（編集）
普及部　☎03-3520-9630（販売）
京都本部　〒601-8411 京都市南区西九条北ノ内町11
PHP INTERFACE　https://www.php.co.jp/
組版　朝日メディアインターナショナル株式会社
印刷所　共同印刷株式会社
製本所　株式会社大進堂

ISBN978-4-569-67938-9

PHP文芸文庫

第42回星雲賞受賞

去年はいい年になるだろう(上)(下)

山本 弘 著

24世紀から「ガーディアン」と名乗るアンドロイドが、人を不幸から守るためにやってきた……。第42回星雲賞を受賞した、衝撃と感動の歴史改変SF長編。

定価 本体各六四八円(税別)

PHP文芸文庫

ねじれた過去

京都思い出探偵ファイル

鏑木 蓮 著

思い出は人を幸せにも不幸にもする――京都府警元刑事が始めた「思い出探偵社」をめぐる、切なくて懐かしいハートフルミステリ第二弾。

定価 本体八〇〇円(税別)